16	3	2	13
5	10	11	8
9	6	7	12
4	15	14	1

Coleção LESTE

Nikolai Leskov

UM PEQUENO
ENGANO
e outras histórias

Organização, tradução, comentários e notas
Noé Oliveira Policarpo Polli

editora■34

EDITORA 34

Editora 34 Ltda.
Rua Hungria, 592 Jardim Europa CEP 01455-000
São Paulo - SP Brasil Tel/Fax (11) 3811-6777 www.editora34.com.br

Copyright © Editora 34 Ltda., 2024
Tradução © Noé Oliveira Policarpo Polli, 2024

A FOTOCÓPIA DE QUALQUER FOLHA DESTE LIVRO É ILEGAL E CONFIGURA UMA APROPRIAÇÃO INDEVIDA DOS DIREITOS INTELECTUAIS E PATRIMONIAIS DO AUTOR.

Imagem da capa:
Boris Kustodiev, O passeio dos Streltsí, *1901, óleo s/ tela, 80 x 131,5 cm, Museu Hermitage, São Petersburgo*

Capa, projeto gráfico e editoração eletrônica:
Franciosi & Malta Produção Gráfica

Preparação:
Francisco de Araújo

Revisão:
Cide Piquet, Fábio Furtado

1ª Edição - 2024

CIP - Brasil. Catalogação-na-Fonte
(Sindicato Nacional dos Editores de Livros, RJ, Brasil)

L724p
Leskov, Nikolai, 1831-1895
Um pequeno engano e outras histórias / Nikolai Leskov; organização, tradução, comentários e notas de Noé Oliveira Policarpo Polli — São Paulo: Editora 34, 2024 (1ª Edição).
336 p. (Coleção Leste)

ISBN 978-65-5525-211-8

1. Literatura russa. I. Polli, Noé Oliveira Policarpo. II. Título. III. Série.

CDD - 891.73

UM PEQUENO ENGANO
E OUTRAS HISTÓRIAS

O espírito da senhora Genlis 7
Viagem com um niilista 27
O fantasma do Castelo dos Engenheiros 39
O rublo mágico 59
Um pequeno engano.. 71
Colar de pérolas 83
O imortal Golovan... 105
Toirovelha 173

Comentários aos contos 263
Onomástica leskoviana,
    Noé Oliveira Policarpo Polli.............................. 287

Traduzido do original russo, de Nikolai Semiónovitch Leskov, *Sobránie sotchiniénii v odínnadtsati tomakh* [Obras reunidas em onze volumes], Moscou, Gossudárstvennoie Izdátelstvo Khudójestvennoi Literaturi, 1958.

As notas do autor fecham com (N. do A.); as da edição russa, com (N. da E.); e as do tradutor, com (N. do T.).

O ESPÍRITO DA SENHORA GENLIS
(Um caso espírita)

> "Às vezes, é mais fácil invocar um espírito do que livrar-se dele."
>
> Antoine Augustin Calmet

I

O estranho incidente que pretendo contar aconteceu há alguns anos e pode hoje ser relatado sem problemas, ainda mais que me reservo o direito de não citar nomes.

No inverno de 186*, mudou-se para São Petersburgo uma família abastada e ilustre, de três pessoas: mãe, dama já entrada em anos e princesa, tida como mulher de requintada formação e agraciada com as melhores relações da alta sociedade da Rússia e do exterior; filho, moço que naquele ano ingressara no serviço do corpo diplomático, e filha, jovem princesinha, que mal completara dezesseis anos.

Até então, a recém-chegada família vivera no exterior, onde o finado marido da velha princesa ocupara o posto de representante da Rússia num reino secundário da Europa. O jovem príncipe e a princesinha haviam nascido e crescido em terras estranhas e ali também recebido educação inteiramente estrangeira, mas muito esmerada.

II

A princesa era mulher de princípios rígidos e gozava merecidamente da mais inatacável reputação na sociedade. Nos seus juízos e gostos, seguia as opiniões das mulheres francesas que se haviam celebrizado pela inteligência e pelo talento na época de florescimento dos talentos e da inteligência das mulheres na França. A princesa era tida como mulher muito lida e, diziam, lia com muito discernimento. A sua leitura preferida eram as cartas das senhoras Sévigné, de La Fayette e Maintenon, bem como Caylus, de Dangeau e de Coulanges, mas, mais do que a todas, ela respeitava a senhora Genlis,[1] por quem tinha um fraco que chegava à adoração. Os pequenos volumes da estupenda edição parisiense dessa inteligente escritora, de encadernação simples e elegante em marroquim azul, dispunham-se sempre numa estante de parede, sobranceira a uma grande poltrona, o lugar preferido da princesa. Acima da incrustação de nácar, que rematava a estante, de uma almofadinha de veludo escuro pendia uma mão em miniatura, magnífico trabalho em terracota, que Voltaire beijara algumas vezes na sua Ferney,[2] sem sequer imaginar que ela deixaria cair sobre ele a primeira gota de uma crítica sutil, mas ácida. Com que frequência a princesa relia os pequenos tomos escritos por essa mãozinha, eu não o sei, mas eles estavam sempre à sua mão, e a princesa dizia que tinham para ela um significado especial, por assim dizer, misterioso, de que não falaria a qualquer pessoa, porque não era qualquer pessoa que conseguiria acreditar em uma coisa daquelas. Das suas palavras depreendia-se que não se separava daqueles volumes "desde que se conhecia por gente" e que eles a acompanhariam ao túmulo.

---

[1] Madame de Genlis, nome por qual é conhecida Stéphanie-Félicité du Crest de Saint-Aubin (1746-1830), escritora e educadora francesa. (N. do T.)

[2] Cidade no leste da França, onde Voltaire adquiriu uma propriedade em 1758 e, dois anos depois, passou a residir. (N. do T.)

— Já encarreguei o meu filho — dizia — de colocar estes livrinhos comigo no caixão, sob a almofada, e estou convicta de que eles me servirão até depois da minha morte.

Eu expressei, com todo o tato, o desejo de receber nem que fosse a mais remota explicação para essas últimas palavras, e recebi-a.

— Estes livrinhos estão impregnados do *espírito* de Félicité (como a princesa se referia a madame Genlis, provavelmente pela intimidade com a escritora).[3] Pois, crendo piamente na imortalidade do espírito humano, creio também na sua capacidade de comunicar-se livremente, lá do outro mundo, com aqueles que precisem de tal contato e saibam dar-lhe valor. Estou convicta de que o delicado fluido de Félicité escolheu para si um lugarzinho aprazível sob o marroquim feliz, que abraça as folhas nas quais adormeceram os seus pensamentos, e, se o senhor não é totalmente descrente, então espero que consiga entender isso.

Fiz-lhe uma reverência silenciosa. A princesa, aparentemente, gostou de eu não lhe ter objetado nada e, em recompensa disso, acrescentou que tudo o que me fora dito por ela, era não apenas uma crença, senão também uma verdadeira e cabal *convicção* de fundamento tão sólido, que força nenhuma conseguiria abalá-la.

— E isso precisamente porque — concluiu ela — tenho uma quantidade enorme de provas de que o espírito de Félicité continua vivo e mora precisamente aqui!

À última palavra, a princesa levantou a mão acima da cabeça e apontou o elegante dedo para a estante onde estavam os livrinhos azuis.

---

[3] Aqui e adiante: os grifos em itálico ou entre aspas serão sempre do autor. A exceção serão as palavras russas ou estrangeiras necessitadas de explicação. (N. do T.)

O espírito da senhora Genlis

III

Por natureza, sou um tanto supersticioso e escuto sempre com muito prazer quaisquer histórias em que haja pelo menos uma nesguinha de espaço para mistério. Por tal motivo, a crítica sagaz, que já me inscrevera em várias categorias perniciosas, até me considerou espírita durante um tempo.

De mais a mais, a propósito, tudo de que estamos a falar agora aconteceu justamente numa época em que do exterior nos chegavam muitas notícias acerca de fenômenos espíritas.[4] Elas despertavam curiosidade, e eu não via razão por que não pudesse interessar-me por uma coisa em que as pessoas começavam a acreditar. A "quantidade enorme de provas", citada pela princesa, podia ouvir-se dela muitas vezes: tais provas consistiam em que a princesa, desde havia muito, pegara o costume de, em meio aos mais variados estados de espírito, consultar as obras de madame Genlis como a um oráculo, e os volumezinhos azuis haviam demonstrado invariável capacidade de responder de modo muito sensato às suas mudas perguntas.

Isso, pelas palavras da princesa, entrara nas suas *habitudes*,[5] às quais era sempre fidelíssima, e o "espírito" morador dos livros nunca lhe dissera o que quer que fosse de inoportuno.

Eu via que estava diante de uma seguidora muito convicta do espiritismo, pessoa, ademais, inteligente, vivida e culta, e por isso fiquei imensamente interessado pela coisa.

Era já do meu conhecimento alguma coisa da natureza dos espíritos, e, naquilo que pudera testemunhar, sempre me

---

[4] Falava-se muito, por exemplo, das sessões espíritas organizadas por Victor Hugo em salões parisienses. (N. do T.)

[5] "Hábitos", em francês com escrita russa no original. (N. do T.)

impressionara um traço estranho de todos eles, que era o fato de, aqui chegados lá do outro mundo, comportarem-se com muito mais leviandade e, a falar com franqueza, com muito mais estupidez do que quando andavam por aqui, na vida terrena. Conhecia já a teoria de Kardec acerca dos "espíritos brincalhões" e aí fiquei interessado a mais não poder: como se dignaria a aparecer diante de mim o espírito da espirituosa senhora Genlis, marquesa de Sillery e condessa de Brûlart?[6]

A ocasião não se fez esperar, mas em um relato breve, assim como também na condução de algum pequeno negócio, não se deve infringir a ordem, então peço aos senhores mais um minuto de paciência, antes de levar a história até o momento sobrenatural, que excederá com folga todas as vossas expectativas.

IV

As pessoas do pequeno, mas seleto, círculo de amizades da princesa deviam já conhecer as suas esquisitices, porém, como gente educada e cortês, sabiam respeitar as crenças alheias, até no caso em que tais crenças divergissem frontalmente das delas e não resistissem nem à menor crítica. Assim, ninguém jamais discutia o assunto com a princesa. A propósito, pode ser também que os seus amigos não cressem que ela considerasse aqueles volumezinhos azuis como morada do "espírito" da sua autora no sentido próprio da palavra, e, por isso, tomassem as suas palavras como figura retórica. Por fim, podia ser também ainda mais simples, isto é, que encarassem tudo aquilo como brincadeira.

---

[6] Outros títulos nobiliárquicos da madame Genlis. (N. do T.)

O único que não conseguia ver a coisa desse jeito, infelizmente, era eu; e tinha para tal as minhas razões, ditadas, talvez, pela credulidade e impressionabilidade da minha natureza.

V

Eu devia a atenção daquela senhora da alta sociedade, que me abrira as portas da sua respeitável casa, a três razões: em primeiro lugar, não sei por quê, mas agradara-lhe o meu conto "O anjo selado", publicado pouco antes na revista *O Mensageiro Russo*; segundo, ela ficara interessada pela encarniçada perseguição a que, durante uma série de anos, sem número nem medida, eu vinha sendo submetido pelos meus bons confrades da literatura, desejosos, é claro, de corrigir os meus equívocos e erros,[7] e, terceiro, ainda em Paris, a princesa tivera boas referências a meu respeito da parte de um jesuíta russo, o bom príncipe Gagárin,[8] com quem me fora

---

[7] As opiniões políticas reacionárias de Leskov granjearam-lhe a antipatia da crítica progressista desde quando ele ainda era apenas jornalista; mais tarde, por suas críticas à corrupção do governo, a denúncia de mazelas da sociedade e polêmicas com a hierarquia da Igreja Ortodoxa, até as publicações de direita fecharam-lhe as portas. (N. do T.)

[8] Ivan Serguéievitch Gagárin (1814-1882): príncipe e ex-diplomata estabelecido em Paris, converteu-se ao catolicismo e ordenou-se padre da ordem dos jesuítas, além de escrever muitos livros acerca da história das Igrejas Ortodoxas Russa e Grega. Ao leitor russo da época, o seu nome lembrava a trágica morte de Aleksandr Púchkin (1799-1837). Leskov conheceu Gagárin em 1875, na capital francesa, e referir-se-ia a ele positivamente no artigo "O jesuíta Gagárin no caso Púchkin", publicado na revista *O Mensageiro Histórico* (1886), refutando as suspeitas de que fora Gagárin o autor das cartas anônimas, insinuadoras da infidelidade da esposa do poeta e motivadoras do duelo deste com o suposto amante dela. (N. do T.)

prazeroso entabular longas palestras e que não formara de mim o pior dos conceitos.

A última razão era especialmente importante, porque a princesa estava interessada no meu modo de pensar e nas minhas disposições de espírito; ela tinha, ou, pelo menos, achava que poderia ter, necessidade de alguns pequenos serviços da minha parte. Tal necessidade fora-lhe insinuada pelo seu desvelo maternal pela filha, que não sabia quase nada de russo... Ao trazer a encantadora moça para a pátria, a mãe quisera encontrar uma pessoa que desse a conhecer à princesinha um pouco que fosse da literatura russa, subentende-se, tão somente da *boa*, isto é, a verdadeira, a não contaminada pelos "temas da hora". Dos tais temas, a princesa tinha apenas uma vaga ideia, a qual era, ademais, exagerada ao extremo. Era muito difícil perceber o que precisamente ela temia da parte dos gigantes do pensamento russo: se as suas forças e arrojo ou se as suas fraquezas e lastimável presunção; mas, apanhando, com dificuldade, aqui e ali, por meio de informes e conjecturas, as "pontinhas e caudinhas" dos próprios pensamentos da princesa, eu concluí, a meu ver, acertadamente, que o que ela mais temia eram as "alusões não castas", que, no seu entendimento, estragavam toda a nossa indiscreta literatura.

Tentar tirar aquilo da cabeça da princesa era inútil, uma vez que ela estava na idade em que as opiniões já se solidificaram e é muito raro quem seja capaz de submetê-las a nova prova e revisão. Ela, sem dúvida, não era uma dessas pessoas, e, para fazê-la abandonar algo de que se tivesse persuadido, seriam insuficientes as palavras de uma pessoa comum; aquilo era tarefa só mesmo para um espírito que achasse necessário vir lá do Inferno ou do Paraíso com tal finalidade. Mas podiam lá coisas insignificantes desse gênero ter algum interesse para os espíritos incorpóreos de um mundo ignoto? Como aquela, não eram insignificantes para eles todas as discussões e preocupações com literatura, a qual a imensa maioria das pessoas vivas considerava uma ocupação fútil de cabeças fúteis?

As circunstâncias, no entanto, logo mostraram que, ao pensar dessa forma, eu estava redondamente enganado. O vezo dos deslizes literários não abandona os espíritos dos literatos nem depois da morte, como logo veremos, e ao leitor caberá a tarefa de decidir em que medida esses espíritos agem acertadamente e permanecem fiéis ao seu passado literário.

VI

Pelo fato de a princesa ter opiniões muito precisas acerca de tudo, a minha tarefa de ajudá-la a escolher obras literárias para a princesinha estava bem definida. Era preciso que, com essa leitura, a moça pudesse conhecer a vida russa, e de mais a mais, sem encontrar nada que pudesse ferir o seu ouvido virginal. A censura materna não admitia nenhum autor por inteiro, nem sequer Derjávin e Jukóvski. Ninguém lhe parecia inteiramente confiável. De Gógol, claro está, nem é preciso falar: estava banido completamente. De Púchkin admitiam-se *A filha do capitão* e *Ievguêni Oniéguin*, mas este só com cortes significativos, que a princesa assinalava de próprio punho. Assim como Gógol, Liérmontov também não se admitia. Dos modernos aprovava-se somente Turguêniev, e, ainda assim, sem aqueles lugares em que "se fala de amor", ao passo que Gontcharov estava excluído, e, embora eu intercedesse corajosamente por ele, a princesa respondia:

— Eu sei que ele é um grande artista, mas isso só piora as coisas; o senhor deve reconhecer que ele tem materiais picantes.

VII

Eu quis a todo o custo saber o que é que a princesa entendia por esses tais *materiais picantes*, encontrados por ela nas obras de Gontcharov. Com que poderia ele, tão delicado no tratamento das pessoas e das paixões que as dominavam, ofender os sentimentos de quem quer que fosse?

Aquilo era intrigante a tal ponto, que me armei de coragem e perguntei diretamente quais eram os tais materiais incendiários de Gontcharov.

À minha pergunta franca eu recebi uma resposta também franca e lacônica, pronunciada num murmúrio agudo: "os cotovelos".

Pensei não ter ouvido direito ou não ter compreendido o que ela dissera.

— Os cotovelos, os cotovelos — repetiu a princesa e, ao ver a minha perplexidade, como que se zangou. — Será que não se lembra... de como aquele sujeito... lá, não me lembro onde... fica embevecido a olhar para os cotovelos nus da sua... de uma dama muito simples?

Aí então, claro, lembrei-me do famoso episódio de *Oblómov* e não achei que responder. A mim, propriamente, era tanto mais conveniente ficar calado, já que não tinha necessidade, nem vontade, de discutir com uma pessoa tão infensa à dissuasão, a quem eu, a dizer a verdade, já havia algum tempo, pusera-me com muito mais aplicação a estudar do que a servir com as minhas indicações e sugestões. E que indicações poderia dar-lhe, depois de ela ter considerado um "cotovelo" uma indecência revoltante, quando toda a literatura contemporânea ia incomparavelmente mais longe nessas revelações?

Que coragem era preciso ter para, sabendo disso tudo, citar pelo menos uma obra recente em que os véus da beleza estivessem solevantados de modo muito mais decidido!

Já que a coisa era daquele jeito, senti que o meu papel de conselheiro deveria ser encerrado, e resolvi já não sugerir, mas contradizer.

— Princesa, acho que estais a ser injusta: há exagero nas vossas exigências à literatura.

E expus-lhe, então, tudo o que, a meu ver, tinha relação com o assunto.

VIII

Arrebatado, proferi não apenas uma crítica inteira ao falso purismo, como também citei a famosa anedota de uma dama francesa que fazia de tudo para não escrever, nem dizer, a palavra *"culotte"*;[9] certa vez, não tendo como escapar de dizer tal palavra em presença da rainha, aí então gaguejou, o que fez toda a gente rir às gargalhadas. Mas não consegui lembrar-me em qual escritor francês lera esse terrível escândalo da corte, que não teria acontecido se a dama tivesse proferido a palavra *"culotte"* com a mesma simplicidade com que a própria rainha a pronunciava com os seus augustíssimos lábios.[10]

O meu objetivo era mostrar que escrupulosidade em demasia podia prejudicar a discrição e que, por isso, a escolha das leituras não devia ser excessivamente rigorosa.

Para o meu grande espanto, a princesa escutou-me sem manifestar nem a menor contrariedade, e, sem deixar o seu lugar, levantou a mão acima da cabeça e pegou um dos volumes azuis.

---

[9] Em francês, no original: *calças*. (N. do T.)

[10] O referido caso é contado em livro de memórias da própria madame Genlis. (N. da E.)

— O senhor tem os seus argumentos, já eu tenho um oráculo.

— Pois estou interessado em ouvi-lo.

— Isso não demorará; eu invoco o espírito de Genlis, e ele próprio lhe responde. Abra o livro e leia.

— Tenha a bondade de indicar o que devo ler — pedi, recebendo o livrinho da sua mão.

— Indicar? Isso não é para mim: o próprio espírito o fará. Abra onde calhar.

Aquilo ia dando-me um pouco de vontade de rir e até de vergonha pela minha interlocutora, mas fiz o que ela mandara e, mal tendo acabado de passar os olhos pelo primeiro período da página aberta, senti um misto de surpresa e enfado.

— Está confuso?

— Sim.

— Sim; isso aconteceu a muitos. Peço que leia.

IX

"*A leitura, pelas suas consequências, é uma ocupação demasiadamente séria e demasiadamente importante para, na sua escolha, não orientarmos os gostos dos jovens. Há a leitura que agrada à juventude, mas torna-a descuidada e predispõe-na à futilidade, depois do que é difícil emendar-lhe o caráter. Tudo isso eu sei por experiência própria*" — li até aí e parei.

A princesa abriu os braços com um leve sorriso e, celebrando delicadamente a sua vitória sobre mim, disse:

— Em latim, isso, parece, chama-se *dixi*,[11] não?

---

[11] Em latim, no original: "tenho dito". (N. do T.)

— Exatamente.

Daí para a frente, não voltamos a discutir, mas a princesa não conseguia renunciar ao prazer de, vez e outra, falar da incivilidade dos escritores russos em minha presença; na opinião dela, eles "não podiam ler-se em voz alta, sem prévio exame".

No "espírito" de Genlis eu, claro, não pensava seriamente. Dizem-se tantas coisas desse tipo! Mas o "espírito" estava realmente vivo e em atividade, e, mais ainda, imaginai, estava do nosso lado, isto é, do lado da literatura. A natureza literária prevaleceu sobre a árida filosofação, e o "espírito" da senhora Genlis, inatacável sob o aspecto da decência, tendo começado a falar *du fond du coeur*,[12] aprontou (assim mesmo: aprontou!) uma daquelas no austero salão da princesa, e as consequências disso tiveram todos os tons de uma profunda tragicomédia.

X

Na casa da princesa, uma vez por semana, reuniam-se para o chá da tarde "três amigos". Eram pessoas dignas, de excelente posição. Dois deles eram senadores, e o terceiro, diplomata. Não jogavam cartas, evidentemente, apenas conversavam.

Normalmente, eram os mais velhos que falavam, isto é, a princesa e os "três amigos"; eu, o jovem príncipe e a princesinha muito raramente metíamos uma palavrinha na conversa. Nós mais aprendíamos, e, em louvor dos quatro, é necessário dizer que havia muito por aprender com eles, prin-

---

[12] Em francês, no original: "do fundo do coração". (N. do T.)

cipalmente o diplomata, que nos assombrava com observações sutis.

Eu desfrutava da sua benevolência, embora não soubesse por que motivo. Propriamente falando, sou obrigado a achar que ele me considerava não melhor do que os outros; aos seus olhos, os "literatos" eram todos "da mesma cepa". Ele dizia, a brincar: "Até a melhor das cobras continua, apesar de tudo, a ser uma cobra".[13]

Pois foi exatamente essa opinião que levou ao terrível caso que se segue.

XI

Sendo estoicamente fiel aos seus amigos, a princesa não queria que uma formulação genérica dessas se estendesse também à senhora Genlis e à "plêiade feminina" que a escritora guardava sob a sua proteção. E eis que, quando nos reunimos na casa dessa honorável pessoa para festejar o Ano Novo, um pouco antes da meia-noite começou a nossa conversa de sempre e nela novamente foi citado o nome da senhora Genlis, e o diplomata repetiu a sua observação de que "até a melhor das cobras continua, apesar de tudo, a ser uma cobra".

— Não há regra sem exceção — disse a princesa.

O diplomata adivinhou *quem* devia ser a tal exceção e permaneceu calado.

---

[13] Aparentemente, citação inexata do trecho final da fábula "O camponês e a serpente", de Ivan Krilov: "*I potomu s toboi mnie nie ujíttsa,/ Chto lútchaia zmieiá,/ Po mnie, ni k tchórtu nie godittsa*" ("E não há como eu dar-me bem contigo,/ Porque a melhor serpente,/ Para mim, não serve para diabo nenhum"). (N. da E.)

A princesa não se conteve e, depois de uma olhadela na direção do retrato de Genlis, disse:

— Mas que cobra pode lá ela ser?!

Mas o diplomata, experimentado na vida, insistiu no seu ponto: discordou levemente com um dedo, sorrindo também levemente: ele não acreditava no corpo, nem no espírito.

Para a solução da divergência, claro estava, eram necessárias provas, e aqui o método de recorrer ao espírito veio a propósito.

O pequeno grupo estava maravilhosamente preparado para semelhantes experiências, e a anfitriã primeiramente lembrou-nos de que conhecíamos as suas crenças e em seguida propôs fazermos uma experiência.

— À afirmação do meu amigo eu respondo — disse ela — que nem a pessoa mais implicante encontrará em Genlis o que quer que for que a donzela mais inocente não possa ler em voz alta, e nós veremos isso agora.

De novo, como da primeira vez, atirou a mão para trás, para a estantezinha que ficava acima da sua cabeça, pegou ao acaso um volume e dirigiu-se à filha:

— Minha criança! Abre o livro e lê-nos alguma página.

A princesinha obedeceu.

Tornamo-nos todos imagem da mais séria expectativa.

XII

Se o escritor se puser a descrever a aparência das suas personagens no fim do relato, merecerá ser repreendido; mas eu escrevi esta historinha ociosa de um modo em que nela ninguém pudesse ser reconhecido. Por essa razão, não citei nomes nenhuns, nem fiz retratos nenhuns. O retrato da princesinha até estaria acima das minhas capacidades, já que ela era do modo mais cabal "um anjo em carne e osso". Quanto à sua inteira pureza e inocência, esta era tal, que a ela se poderia confiar a tarefa de resolver a questão teológica, de insuperável complexidade, discutida em "Bernardiner und Rabiner", de Heine.[14] Por essa alma isenta de todo e qualquer pecado deveria falar algo situado muito acima do mundo e das paixões. E a princesinha, com precisamente essa inocência, guturalizando o "r" de modo encantador, leu as interessantes memórias de Genlis acerca da velhice de madame Dudeffand, quando esta *"fraca dos olhos ficara"*. O apontamento falava do gordo Gibbon,[15] que à escritora francesa fora recomendado como afamado autor. Genlis, como se sabe, logo o avaliou direitinho e passou a zombar acidamente dos franceses cativados pela inflada reputação daquele estrangeiro.

Cito a conhecida tradução do original francês, lido pela princesinha, pessoa capaz de resolver a disputa entre "Bernardiner und Rabiner":

"Gibbon é de pequena estatura, extraordinariamente gordo e tem um rosto admirabilíssimo. Neste, não era possível distinguir nenhum traço. Não se via nariz, não se viam olhos, nem boca; duas bochechas gordurentas, gordas, parecidas sabe lá o diabo com quê, absorviam tudo... Elas eram tão inchadas, que se haviam afastado de qualquer senso de proporcionalidade minimamente digna para as maiores bochechas do mundo; qualquer pessoa que as visse, deveria perguntar-se: por que não foi essa coisa colocada no seu lugar de direito? Eu caracterizaria o rosto de Gibbon com uma única palavra, se me apenas fosse possível dizer tal palavra.

---

[14] Do poema "Disputation", de Heinrich Heine (1797-1856), em que um monge e um rabino discutem para decidir qual é o melhor deus, se o católico ou o judaico, e encarregam da decisão uma jovem mulher, princesa espanhola. (N. do T.)

[15] Edward Gibbon (1737-1794), famoso historiador inglês, autor de *Declínio e queda do Império Romano*. (N. do T.)

O duque de Lausanne, que era íntimo de Gibbon, levou-o, certa vez, à casa de Mme. Dudeffand. Ela estava já cega e tinha o costume de tatear com as mãos o rosto das pessoas notáveis que lhe eram apresentadas. Desse modo, adquiria uma ideia bastante fiel dos traços do novo conhecido. Pois ela aplicou o mesmo método tátil a Gibbon, e isso foi uma desgraça. O inglês aproximou-se da poltrona e com toda a bonacheirice ofereceu o seu admirável rosto ao toque da anfitriã. Mme. Dudeffand estendeu para ele as suas mãos e passou os dedos por aquele rosto esférico. Ela procurava esforçadamente alguma coisa em que parar, mas isso não foi possível. Então, o rosto da senhora cega primeiramente expressou espanto, depois fúria e, por fim, ela, retirando bruscamente as mãos com nojo, deu um berro: 'Que brincadeira mais infame!'."

XIII

Aqui foi o fim tanto da leitura quanto da conversa dos amigos, bem como do festejo do Ano Novo, porque, quando a princesinha, fechado o livro, perguntou: "Mas que é que Mme. Dudeffand pensou que fosse?", a princesa fez uma cara tão medonha, que a moça até deu um grito, cobriu o rosto com as mãos e saiu correndo para outra sala, de onde se ouviu imediatamente o seu choro, parecido a uma histeria.

O irmão precipitou-se para junto da irmã, e no mesmo momento para lá também foi apressadamente a princesa.

A presença de pessoas de fora da família era inconveniente, e por isso os "três amigos" e eu na hora saímos discretamente, e a garrafa da viúva Cliquot,[16] que fora prepa-

---

[16] Champanhe produzido pela Veuve Clicquot Ponsardin, famosa casa vinícola francesa, fundada em 1772 na região de Reims. (N. do T.)

rada para a chegada do Ano Novo, permaneceu envolta em guardanapo e não aberta.

XIV

Os sentimentos com os quais nos dispersamos eram penosos, mas não faziam jus aos nossos corações, já que, mantendo no rosto uma seriedade forçada, mal conseguíamos conter o riso que nos queria rebentar, e agachamo-nos com desmesurada aplicação, à procura das nossas galochas, o que fora necessário, já que os criados também haviam corrido cada qual para um lado, por ocasião do toque de alarme pela repentina doença da princesinha.

Os senadores tomaram as suas carruagens, e o diplomata seguiu comigo a pé. Ele queria respirar ar fresco e, parece, estava interessado em saber a minha insignificante opinião acerca do que se apresentara em pensamento aos olhos da jovem princesinha, após a leitura do citado trecho das obras de madame Genlis.

Eu, no entanto, não ousei fazer nenhuma suposição quanto a isso.

XV

Depois do infeliz dia do tal acontecimento, não tornei a ver nem a princesa, nem a sua filha. Não conseguira decidir-me a apresentar-lhe os meus cumprimentos pelo Ano Novo; apenas mandara uma pessoa saber da saúde da jovem princesinha, e isso ainda assim com muita hesitação, temendo que me pudessem entender errado. A situação era a mais tola possível: deixar de repente de visitar uma casa conhecida seria grosseria, e ir ali também parecia de todo inconveniente.

Eu talvez estivesse errado nas minhas conclusões, mas elas pareciam-me certas; e não me enganei: o golpe sofrido pela princesa da parte do "espírito" da senhora Genlis, às entradas do Ano Novo, fora muito duro e tivera sérias consequências.

XVI

Cerca de um mês depois do acontecido, encontrei o diplomata na avenida Niévski; ele foi muito afável, e nós conversamos.

— Fazia tempo que não o via — disse ele.

— Não havia onde pudéssemos encontrar-nos — respondi-lhe.

— Pois é, perdemos a adorável casa da honorável princesa: a coitada teve de partir.

— Como assim partir? — disse eu. — Para onde?

— Então não sabe?

— Não sei de nada.

— Todos eles partiram para o exterior, e eu estou muito feliz por ter conseguido uma colocação para o seu filho lá. Era impossível não fazer isso, depois do que acontecera... Foi um horror! A infeliz, o senhor nem imagina, naquela mesma noite queimou todos aqueles volumezinhos e fez em pedaços aquela mãozinha de terracota, da qual, a propósito, parece, de lembrança ficou só um dedinho ou, para dizer melhor, uma figa. De modo geral, foi um caso mais do que desagradável, mas, em compensação, serve de bela confirmação de uma grande verdade.

— Na minha opinião, até de duas ou três.

O diplomata sorriu e, olhando-me fixamente, perguntou:

— Quais?

— Em primeiro lugar, isso demonstra que, para falarmos de algum livro, devemos tê-lo lido antes.

— Em segundo?

— Em segundo lugar, que é insensato manter uma moça na ignorância de uma criança, na qual estivera a jovem princesinha até então; caso contrário, ela certamente teria interrompido bem antes a leitura do trecho acerca de Gibbon.

— E em terceiro?

— Em terceiro, que, tal como nas pessoas vivas, nós também não devemos confiar nos espíritos.

— Mas isso ainda não é o ponto: o espírito confirma *a minha opinião* de que "até a melhor das cobras continua, apesar de tudo, a ser uma cobra"; e digo mais, quanto melhor é a cobra, tanto mais perigosa ela é, porque *a cobra guarda a peçonha no rabo*.

Se nós tivéssemos uma sátira, eis aqui um magnífico tema para ela.

Infelizmente, não possuindo nenhum dom satírico, eu pude transmitir isso somente na forma simples de um relato.

(1881)

VIAGEM COM UM NIILISTA

> "Quem cavalga tão tarde pela noite e pelo vento?"
>
> Goethe, "Erlkönig"

I

Aconteceu-me passar uma noite de Natal num vagão de trem, e não sem aventuras. O caso foi num pequeno ramal ferroviário, por assim dizer, bem longe do "grande mundo". A linha não estava ainda concluída, os trens andavam com atraso, e os passageiros eram acomodados de qualquer jeito. Não importava a classe do bilhete comprado, dava na mesma: sentavam-se todos juntos.

Bares, nas estações, ainda não havia; muitos ali, com frio, aqueciam-se com o cantil de viagem.

As bebidas esquentantes desenvolvem a sociabilidade e a disposição à conversa. Mais do que tudo fala-se da estrada, e com condescendência, coisa rara entre nós.

— Pois é, o serviço da companhia não é lá grande coisa — disse um militar —, mas, vá lá, sejamos gratos a ela; é melhor do que viajar a cavalo. A cavalo, em um dia não chegaríamos, mas, aqui, lá pela manhã estaremos no destino e pode-se voltar ainda amanhã. Para um funcionário público é uma beleza poder passar o dia de amanhã com os parentes e, depois de amanhã, estar de volta ao serviço.

— Pois é exatamente isso o que eu estava a dizer — apoiou-o, levantando-se e segurando-se ao encosto de um banco, um eclesiástico grande e magrelo. — Pois então, lá numa cidade um diácono perdeu a goela e está a orar à glória eterna que nem galo. Convidaram-me a fazer a missa da noite por uma notinha de dez. Resmungarei a "Glória eterna ao Senhor" e à noite estarei de volta ao meu povoado.

A única coisa boa de viajar a cavalo, que achavam, era poder ir com gente conhecida e parar em qualquer lugar.

— Bem, aqui os companheiros não são para toda a vida, mas só por uma hora — disse um comerciante.

— É-é-é, mas um sujeito ou outro, ainda que só por uma hora com a gente, pode ficar na lembrança, depois, pra toda a vida — objetou-lhe o diácono.

— Como é lá isso?

— Por exemplo, um niilista[1] lá com todos os seus paramentos, com todas aquelas misturas químicas e revólver-buldogue.[2]

— Isso é coisa lá pra polícia.

— Não, é pra todo mundo, porque, vocês sabem, é só uma sacudidela... e *bum*! Aí tamo tudo morto.

— Pare, por favor... Pra que foi falar duma coisa dessas já tão tarde! Aqui não há ninguém desse escalão.

— Pois pode vir um lá de fora.

— É melhor dormirmos.

Todos obedecemos ao comerciante e pegamos no sono, e não sei já dizer-vos quanto tempo dormíramos, quando fomos sacudidos por um solavanco tão forte, que todos nós acordamos, e conosco, no vagão, estava já um niilista.

---

[1] A personagem usa o termo "niilista" (do latim *nihil*, nada) no sentido de "terrorista". À época da publicação do conto, a organização *Naródnaia Vólia* (Vontade do Povo) praticava atentados contra representantes do poder, havendo já matado o tsar Alexandre II. A sociedade chamou "niilistas" aos seus membros porque julgava que eles quisessem acabar com tudo, reduzir tudo a nada. (N. do T.)

[2] Revólver de cano curto. (N. do T.)

II

De onde surgira ele? Ninguém dera pelo embarque do indesejável hóspede, mas não havia nem a menor dúvida de que aquele era um niilista de verdade, de puro sangue, e por isso todos nós perdemos o sono imediatamente. Não se podia ainda examiná-lo bem, porque estava sentado a um canto escuro, ao pé da janela, mas não era preciso nem olhar, pois já se podia sentir muito bem quem ele era.

A propósito, o diácono empreendeu uma sessão de contemplação do indivíduo: encaminhou-se à porta de saída do vagão, passando bem perto do homem, e, na volta, declarou bem baixinho que conseguira ver muito claramente os "punhos com dobras" da camisa, sob as quais havia de estar sem falta escondido um revólver-buldogue ou alguma *buminamite*.

O diácono revelou-se uma pessoa muito viva e, para um morador de lugarejo pequeno, muitíssimo ilustrado, além de muito curioso, e, ainda por cima, também com presença de espírito. Pôs-se imediatamente a instigar o militar a que tirasse um cigarro e fosse pedir fogo ao niilista.

— O senhor não é civil, até está aí com esporas. E pode dar-lhe um pisão daqueles, pra ele saltar que nem bola de bilhar. Vós, militares, tendes mais coragem.

Dirigir-nos à chefia do trem seria pura perda de tempo, porque ela nos trancara à chave e nunca que aparecia.

O militar concordou: levantou-se, postou-se um pouquinho junto a uma janela, depois perto de outra, e, finalmente, aproximou-se do niilista e pediu-lhe a brasa do charuto para acender o cigarro.

Nós acompanhamos atentamente essa manobra e vimos como o niilista veio com uma evasiva: ele não deu o charuto, mas riscou um fósforo e estendeu-o em silêncio ao oficial.

Tudo isso de maneira fria, num gesto breve, polido, mas indiferente, e no mais completo silêncio. Espetou na mão o palito aceso e virou-se para o outro lado.

No entanto, para a nossa tensa atenção fora já suficiente só aquele momento luminoso, em que fulgurara o fósforo. Pudemos ver que era uma pessoa inteiramente suspeita, até de idade indefinida. É como certo peixinho do rio Don, do qual não se sabe dizer se é deste ano ou do ano passado. Mas de suspeito nele havia muito: os óculos redondos *à la* Greef,[3] o quepe mal-intencionado, não na forma duma panqueca ortodoxa, mas com um prolongamento herege sobre a nuca, e sobre os ombros a manta típica, que na classe dos niilistas faz uma espécie de par com o uniforme, mas o que mais nos desagradou foi o seu rosto. Não o hirsuto e de voievoda,[4] como se via nos niilistas ortodoxos dos anos sessenta, mas o de hoje: alongado como a cara do lúcio predador dos rios, vale dizer, falsificado, que representa uma mistura impossível de uma niilista com um guarda. Em suma, algo semelhante a um cabrito montês heráldico.

Eu não digo um *leão* heráldico, mas precisamente um *cabrito montês* heráldico. Se estais lembrados, eles são representados, nos cantos dos brasões aristocráticos, da seguinte maneira: no meio, um elmo vazio com viseira, ladeado por um leão e por um bode montês, virados para ele e de dentes arreganhados. A figura do segundo é toda inquieta e afilada, como se "felicidade ele não procura e da felicidade não foge".[5] Além disso, as cores com que estava pintado o nosso

---

[3] Referência ao intelectual belga Guillaume de Greef (1842-1924), de tendência proudhoniana. (N. do T.)

[4] Voievoda: chefe militar e governador de província na Rússia dos séculos XVI-XVIII. (N. do T.)

[5] Verso do famoso poema "A vela", de Iuri Liérmontov (1814-1841). (N. do T.)

desagradável companheiro de viagem não prometiam nenhuma coisa boa: cabelos da cor do charuto havana, rosto esverdeado e olhos cinzentos, inquietos como um metrônomo colocado em ritmo *"allegro fugiratto"*[6] (evidentemente, não há tal ritmo em música, mas ele existe no jargão niilista).

O diabo é que sabia: se havia alguém atrás dele, se era ele que perseguia alguém, vá lá saber.

III

O militar, de volta ao seu lugar, disse que, na sua opinião, o niilista estava até vestido asseadamente e usava luvas, e que sobre o banco fronteiro havia um cestinho de roupa.

A isso o diácono respondeu imediatamente que aquilo não queria dizer nada, e aduziu a isso várias histórias curiosas que lhe contara um seu irmão, funcionário de alfândega.

— Passou por eles, uma vez, um tal destes, e assim que começaram a revistá-lo, o que se viu é que era um trapaceiro. Acharam que fosse manso; meteram-no numa cadeia subaquática, e não é que o sujeito escapou dela!

Todos quiseram saber: como é que o trapaceiro conseguira escapar duma cadeia subaquática?

— Ora, muito simples — esclareceu o diácono —, ele começou a fingir que o haviam prendido desfundadamente, e começou a pedir uma velinha. "Dá tédio ficar no escuro — disse ele —, peço a permissão duma velinha, eu quero escre-

---

[6] Leskov tomou o verbo *udirat*, que significa "safar-se, raspar-se, escapulir-se, dar às pernas", e flexionou-o no particípio passado à moda do italiano (*udiratto*). Como a ideia é de "fugir", fez-se o mesmo com o verbo português: *"allegro fugiratto"*. (N. do T.)

ver ao conde Lóris-Miélikhov[7] uma declaração, pra dizer quem eu sou e com base em quais esperanças peço clemência e um bom lugar." Mas o comandante era um soldado velho de guerra — conhecia todas as espertezas dessa gente e não deu permissão. "Quem cai aqui, ah — disse ele —, esse não espere clemência", e deixou o sujeito lá no escuro, que se danasse; mas, quando o comandante morreu e designaram outro, o trapaceiro viu que o novo era inexperiente e deitou a chorar aos soluços diante dele e começou a pedir nem que fosse o menor toquinho de vela de sebo e algum livro de Deus, "porque eu quero ler pensamentos devotos e ao arrependimento chegar". O novo comandante deu-lhe um toquinho de vela e a revista espiritual *A Imaginação Ortodoxa*,[8] e o niilista foi embora.

— Como assim foi embora?!
— Pegou o toquinho de vela e sumiu.
O militar olhou para o diácono e disse:
— Mas com que bela asneira vem o senhor, hein!
— Qual asneira! Houve até uma investigação.
— Mas pra que precisava lá ele dum coto de vela?
— O diabo sabe lá pra que ele precisava de um! Depois, esquadrinharam a cela inteirinha — nenhum buraco, nenhuma frinchinha, nada, nem o toquinho de vela, e da *Imaginação Ortodoxa* ficaram só as lombadas da revista.
— Olhe, sabe lá o diabo o que o senhor está a dizer! — disse o militar, perdendo a paciência.

---

[7] M. T. Lóris-Miélikhov (1825-1888), ministro dos Assuntos Internos, considerado liberal, chefe da Comissão Suprema para a Manutenção da Ordem Estatal e da Paz Social, ou seja, de luta contra os revolucionários. (N. da E.)

[8] O nome correto era *Panaroma Ortodoxo*. (N. do T.)

— Pois não é asneira, estou a dizer-lhe; houve até uma investigação, e descobriram depois quem ele era, mas era já tarde.

— Muito bem, e quem era ele?

— Um insolente lá das bandas de Tachkent.[9] O general Tcherniáev[10] enviara-o num cavalo de tiro com quinhentos rublos do Kókorev para os búlgaros,[11] mas ele, que nada, eram só teatros para cá e bailes para lá, perdeu todo o dinheiro às cartas e fugiu. Passou o sebo da vela no corpo e com o pavio sumiu.

O militar apenas fez um gesto de desprezo com a mão e deu-lhe as costas.

Mas aos outros passageiros o diácono tagarela não entediava nem um pouquinho: eles escutaram avidamente como ele, do traiçoeiro insolente das lombadas da revista espiritual ortodoxa, passou para a nossa real e própria situação com o niilista suspeito. O diácono disse:

— O homem, pra mim, não está limpo. Agora vai chegar a primeira estação, onde a mulher do vigia vende vodca em garrafas de querosene,[12] eu vou convidar o chefe do trem prum gole pela *Brüderschaft*,[13] e nós vamos dar uma sacudida bem boa no homem e ver o que que ele leva naquela cesta de roupa... as substâncias e misturas escondidas...

---

[9] Capital do Uzbequistão. (N. do T.)

[10] Mikhail Grigórievitch Tcherniáev (1828-1898), comandante-chefe dos exércitos russo e sérvio na guerra contra a Turquia pela libertação dos Bálcãs. (N. da E.)

[11] Leskov zomba da atitude do milionário russo V. A. Kókorev, que enviara, em 1876, quinhentos rublos à Bulgária, então sublevada contra o jugo turco. (N. da E.)

[12] Alusão ao comércio ilegal de bebidas alcoólicas de fabricação caseira. A produção de vodca era monopólio do Estado. (N. do T.)

[13] Em alemão, no original: amizade. (N. do T.)

— Mas vão com cuidado, hein.

— Estejam tranquilos, nós iremos com uma prece: Tem misericórdia de mim, ó Senhor...

Nesse instante, fomos arrancados de repelão dos lugares. Muitos estremeceram e benzeram-se.

— Pois aí está — exclamou o diácono —, chegamos à estação!

Ele saiu e correu, e em seu lugar apareceu o chefe de trem.

IV

O chefe de trem postou-se diante do niilista e disse gentilmente:

— Não deseja, senhor, levar o cestinho para o vagão de bagagens?

O niilista olhou para ele e não respondeu.

O chefe de trem repetiu o oferecimento.

Então, nós, pela primeira vez, ouvimos a voz do nosso odioso companheiro de viagem. Ele respondeu com insolência:

— *Não desejo*.

O condutor apresentou-lhe as razões, por que "era proibido entrar no vagão com coisas tão grandes".

Ele disse por entre dentes:

— E fazem muito bem em não permitir.

— Se desejar, levarei o cestinho para o vagão de bagagem.

— *Não desejo*.

— Como assim, o senhor próprio raciocina corretamente, entende que isso não é permitido e, no entanto, não o deseja?

— *Não desejo*.

Tendo chegado de volta nesse pé da história, o diácono não aguentou e exclamou: "Assim não pode!", mas, ao ouvir o chefe de trem ameaçar o niilista com "os superiores" e protocolo, acalmou-se e concordou em esperar pela próxima estação.

— Lá é uma cidade — disse-nos —, lá vão dobrar-lhe o cachaço.

E, realmente, que homem teimoso era aquele: não lhe conseguiam arrancar nada, a não ser aquele "não desejo".

Não parecia, realmente, que era mais um daqueles de lombadas de revista?

A coisa ficara muito interessante, e nós esperamos pela estação seguinte com impaciência.

O diácono declarou que ali o guarda era até seu compadre e militar velho de guerra.

— O compadre vai enfiar-lhe uma tal chave de fenda por baixo da costela, que toda a sua formação de colégio científico[14] vai saltar pra fora.

O chefe de trem apareceu e disse de modo incisivo:

— Assim que chegarmos à estação, tenha a bondade de pegar essa cesta.

E o outro repete-lhe no mesmo tom:

— Não desejo.

— Mas leia o regulamento!

— Não desejo.

— Então queira vir comigo explicar-se ao chefe de estação. Agora há uma parada.

---

[14] Na Rússia, como no Brasil, antigamente, o ensino secundário possuía a vertente do *colégio científico*, de programa mais voltado para as Ciências Naturais e as Exatas, à diferença do *colégio clássico*, mais centrado nas Ciências Humanas. (N. do T.)

V

Chegamos.

O prédio da estação era maior do que os das outras e um pouco mais bem acabado: viam-se luzes, samovar, e, na plataforma e atrás de portas de vidro, um bar e uns guardas. Numa palavra, todo o necessário. E imaginai vós: o nosso niilista, que opusera tanta resistência grosseira durante toda a viagem, de repente manifestou a intenção de fazer o movimento conhecido, entre eles, pelo nome de *allegro escapatto*. Pegou a sua maletinha e dirigiu-se à porta do vagão, mas o diácono notou isso e de modo muito ágil barrou-lhe a saída. Nesse mesmo instante, apareceu o chefe de trem, acompanhado pelo chefe de estação e um guarda.

— É sua essa cesta? — perguntou-lhe o chefe de estação.
— Não — respondeu o niilista.
— Como não é sua?!
— Pois não é.
— De qualquer modo, queira acompanhar-nos.
— Desta não escapas, amigo, não escapas, não — disse o diácono.

O niilista e nós, na qualidade de testemunhas, fomos convidados à sala do chefe de estação, para onde também foi levada a cesta.

— Que é que temos aí na cesta? — perguntou o chefe de estação com severidade.
— Não sei — respondeu o niilista.

Aí acabaram as cerimônias com ele: abriram a cesta imediatamente e viram um vestido azul novinho, mas, nesse mesmo instante, no escritório irrompeu um judeu com um berro desesperado e disse aos gritos que aquele cestinho era seu e que levava o vestido para uma senhora fidalga; e que a cesta fora colocada no vagão por ele próprio e por nenhuma outra pessoa, para o que pediu a confirmação do niilista.

Este confirmou que haviam embarcado juntos e que o judeu entrara realmente com a cesta e a colocara sobre o banco, mas ele próprio se metera debaixo do assento.

— E o bilhete?

— Ora, o bilhete... — respondeu o judeu. — Eu não sabia onde comprar bilhete...

Foi ordenada a detenção do judeu, e do niilista exigiram-se documentos de identidade. Ele estendeu em silêncio ao chefe de estação um papel, após um rápido olhar no qual o chefe mudou bruscamente de tom e convidou-o ao seu gabinete reservado, acrescentando:

— Vossa Excelência estará ali mais a gosto.

E, quando o outro sumiu-se atrás da porta, o chefe de estação encostou as palmas das mãos à boca e anunciou-nos distintamente:

— Ele é um promotor de Justiça!

Todos sentiram uma completa satisfação e gozaram-na em silêncio; apenas o militar deu um grito:

— E quem causou tudo isto foi o diácono tagarela! Vamos lá — onde está ele... onde foi que se meteu?

Todos olharam à roda, procurando em vão "onde se metera ele" — e nada de diácono; ele desaparecera, como o insolente da história das lombadas de revista, e até sem vela. Vela nenhuma, a propósito, fora-lhe necessária, porque começara já a clarear e os sinos da cidade tocavam às matinas do Natal.

(1882)

O FANTASMA DO CASTELO DOS ENGENHEIROS
(Memórias dos tempos de cadete)

I

Os edifícios, assim como as pessoas, têm a sua reputação. Há alguns, que, segundo a opinião geral, *são assombrados*, isto é, neles observam-se manifestações de alguma força maligna ou, pelo menos, incompreensível. Os espíritas deram-se a grandes trabalhos para o esclarecimento de fenômenos desse tipo, mas, como as suas teorias não desfrutam de grande crédito, o caso das construções habitadas por fantasmas e outros seres impuros[1] permanece na situação de sempre.

Em Petersburgo, durante muito tempo, teve para muitos essa má fama o edifício que fora o palácio Pávlovski, hoje conhecido como Castelo dos Engenheiros.[2] Misteriosas aparições, atribuídas a espíritos e fantasmas, foram ali registradas quase desde a construção do castelo. Ainda em vida do imperador Pável, diziam, ali podia ouvir-se a voz de Pedro,

---

[1] A mitologia russa possui uma galeria de seres fantásticos, além de bruxas, feiticeiros, divindades das águas e das florestas e iaras; no âmbito doméstico, o *domovoi* (um espírito da casa, às vezes bom, às vezes mau — de *dom*, "casa") e a *kikímora* (mulherzinha invisível, que vive escondida atrás do fogão ou da estufa). (N. do T.)

[2] Atualmente Castelo Mikháilovski, construído em 1800 por encomenda do tsar Pável Petróvitch (Paulo I da Rússia), que nele seria assassinado na noite de 11 para 12 de março de 1801. (N. da E.)

o Grande, e, finalmente, até o próprio imperador Pável chegara a ver ali o vulto do seu antepassado. Esse último fato, sem nenhuma refutação, foi apontado em compêndios estrangeiros, em que se dão descrições do repentino falecimento de Pável Petróvitch, e no recente livro do senhor Kobekó.[3] O bisavô teria saído da sepultura para alertar o bisneto de que os seus dias de vida já eram poucos e já estavam perto do fim. O vaticínio cumpriu-se.

Ademais, o vulto de Pedro fora visto nas paredes do castelo não apenas pelo imperador Pável, senão também pelos seus validos. Numa palavra, o edifício metia medo, já que nele moravam ou, pelo menos, apareciam espectros e fantasmas, e dele contavam-se coisas aterradoras que, além do mais, continuavam a acontecer. A repentinidade do falecimento do imperador Pável, por ocasião do qual, na sociedade, imediatamente se lembraram os espectros pressagiadores que haviam aparecido ao monarca no castelo, aumentara ainda mais a reputação sombria e misteriosa daquela lúgubre edificação. A essa época, o edifício perdera a sua destinação inicial de moradia do tsar e, no dizer do povo, "passara pros cadetes".

Atualmente, ele é o quartel dos futuros oficiais da arma de Engenharia do Exército, mas o trabalho de "torná-lo habitável" começara já com os primeiros cadetes engenheiros nele alojados.[4] Eles eram uma malta ainda mais jovem e ainda não liberta de superstições infantis e, a par disso, vivaz e travessa, curiosa e audaz. Claro, pois, que da rapaziada toda fossem mais ou menos conhecidos os casos assustadores que se contavam do seu terrível castelo. Ela interessava-se muito pelos pormenores dos medonhos relatos e impregnava-se des-

---

[3] Dmitri Kobekó (1837-1918), historiador que lançou *O tsariévitch Pável Petróvitch (1754-1796)*, em Petersburgo, em 1801. (N. da E.)

[4] Em 1819 a Escola Superior de Engenharia do Exército Imperial Russo ocupou o edifício. (N. da E.)

sas medonhezas todas, e aqueles que haviam logrado familiarizar-se bem com elas, gostavam muito de meter sustos aos outros. Isso tornara-se corriqueiro entre os cadetes, e o comando não conseguira de modo nenhum acabar com esse péssimo costume até acontecer um caso que acabaria de vez com o gosto de todos por assustações e traquinices.

É esse caso que será contado agora.

II

Era tradição especialmente arraigada assustar os novatos, os assim chamados "calouros", os quais, uma vez caídos no castelo, logo de cara ficavam a saber de uma tal quantidade de medonhezas dele, que se tornavam extremamente supersticiosos e medrosos. Mais do que tudo, metia-lhes medo o haver, ao fundo de um dos corredores, um aposento que fora a alcova do falecido imperador Pável, no qual ele se deitara, de noite, com saúde para dar e vender e, de manhã, fora dali retirado mortinho. Os "veteranos" asseguravam que o espírito do monarca permanecera naquele quarto e saía todas as noites para vistoriar o seu amado castelo, e os "calouros" acreditavam nisso. O aposento ficava sempre bem trancado e, ademais, não a um só cadeado, mas a vários, porém para um espírito, como todos sabemos, cadeados e ferrolhos não significam nada. Além do quê, dizia-se, havia um jeito de penetrar naquele quarto. Aparentemente, de fato assim era. Pelo menos, existia a lenda, que perdura até os tempos de hoje, segundo a qual vários "velhos cadetes" haviam logrado fazê-lo e persistido nisso até um deles ter vindo com a ideia de uma tremenda traquinada, pela qual acabaria por pagar bem caro. Tendo descoberto uma passagem para o terrível quarto do falecido imperador, o tal cadete levara para ali um lençol e escondera-o; à noite metia-se lá, cobria-se da cabeça aos pés com esse lençol e postava-se à janela escura, que abria para a rua Sadóvaia e se via bem por qualquer pessoa que, passando por ali a pé ou com cocheiro, olhasse na direção dela.

Representando, assim, o papel de fantasma, o cadete realmente conseguiu assustar muitas pessoas supersticiosas do castelo, bem como os passantes a quem acontecia ver a sua branca figura, por todos tomada como vulto do falecido imperador.

A travessura durou vários meses e espalhou o persistente rumor de que Pável Petróvitch à noite andava pelo seu quarto de dormir e olhava da janela para Petersburgo. Muita gente tivera a clara e viva impressão de que o branco vulto, postado à janela, lhes acenara com a cabeça em reverência; o cadete realmente fazia dessas artes. Tudo isso suscitava longas conversas no castelo, com interpretações pressagiadoras de coisas terríveis, e terminou em que o causador da descrita inquietação foi apanhado em flagrante e, após "exemplar castigo no corpo", desapareceu para sempre do estabelecimento. Correu o boato de que o malfadado cadete tivera a infelicidade de, com as suas aparições à janela, assustar um alto dignitário que passava em frente ao edifício, e fora por isso castigado não como criança. A dizê-lo de forma mais simples, os cadetes diziam que o travesso infeliz "morrera sob a chibata", e, como naquele tempo semelhantes coisas não pareciam inverossímeis, então também esse boato recebeu o crédito das pessoas, e a partir daí o tal cadete tornou-se, ele próprio, mais um fantasma do castelo. Os companheiros começaram a vê-lo "todo em carne viva dos açoites" e com uma coroa fúnebre na testa, e nela como que se podia ler a inscrição: "Provei um pouco de mel, devo morrer".[5]

---

[5] Citação da Bíblia: I Samuel, 14, 43. (N. da E.)

Se recordarmos o relato bíblico em que tais palavras se encontram, então a história torna-se muito comovente.[6]

Logo em seguida à morte do cadete, aquele aposento de dormir, fonte dos principais horrores do Castelo dos Engenheiros, foi aberto e passou por uma remodelação que mudou o seu caráter horripilante, mas as lendas acerca do fantasma perduraram ainda por longo tempo, apesar do desvendamento do mistério. Os cadetes continuaram a acreditar que o seu castelo possuía um fantasma e que este, noite e outra, aparecia. Tal era a convicção geral, compartilhada igualmente pelos cadetes mais jovens e pelos mais velhos, aliás, com a diferença de que os primeiros, simplesmente, acreditavam piamente no fantasma e os segundos promoviam, eles próprios, a sua aparição. Uma coisa não impedia a outra, no entanto, e os próprios falsificadores do fantasma também o temiam. Assim, os próprios "contadores fraudulentos de coisas apavorantes" reproduziam tais coisas e cultuavam-nas com veneração e até criam-nas reais.

Os cadetes de menor idade não conheciam "toda a história", e falar dela, depois do acontecimento com o rapaz castigado cruelmente no corpo, punia-se com rigor, mas eles acreditavam que os colegas mais velhos, entre os quais havia muitos companheiros daquele, conhecessem todo o mistério do fantasma. Isso dava um grande prestígio aos cadetes mais velhos, e eles desfrutaram-no até o ano de 1859 ou 1860, quando quatro deles tomaram o grande susto que eu conta-

---

[6] Palavras de Jônatas, filho mais velho do rei Saul, que proibira ao povo comer qualquer coisa enquanto ele, Saul, não se vingasse dos seus inimigos. Sem saber da proibição, Jônatas consumiu mel e deveria morrer. Mas o povo disse a Saul: "É Jônatas que deve morrer, ele que trouxe a salvação a Israel? E o povo libertou Jônatas, e ele não morreu" (I Samuel, 14, 45). A frase tornou-se popular em russo após servir de epígrafe ao poema *Mtsyri* (*O noviço*), de Iuri Liérmontov. (N. da E.)

rei com as palavras de um dos participantes em uma brincadeira descabida, feita ao pé do caixão de um defunto.

III

Naquele ano de 1859 ou 1860, no Castelo dos Engenheiros, morreu o diretor do estabelecimento, general Lamnóvski.[7] Dificilmente poderia dizer-se que houvesse sido um superior querido pelos cadetes, e, como dizem, também não desfrutava de melhor conceito entre os membros do comando. Razões para tal eles tinham muitas: achavam que o general tratava os meninos com muita severidade e indiferença; pouco fazia para inteirar-se das suas necessidades; não se preocupava com a sua manutenção e, principalmente, era maçador, implicante e mesquinhamente severo. Na escola, dizia-se que o general em si era ainda pior e que a sua ferocidade era refreada pela esposa, mulher mansa e serena como anjo, que nenhum cadete jamais vira, porque ela estava sempre doente, mas todos consideravam-na um gênio bom, que protegia a todos de um ato definitivo de ferocidade da parte do general.

Além dessa fama em matéria de coração, Lamnóvski tinha modos muito desagradáveis. Entre eles, havia até alguns engraçados, a que os meninos se apegavam e, quando queriam "representar" o seu detestado superior, costumavam expor um dos seus hábitos ridículos até o exagero caricatural.

O hábito mais ridículo de Lamnóvski era sempre alisar o nariz com todos os cinco dedos da mão direita, ao proferir discurso ou fazer alguma admoestação. Isso, na interpretação dos cadetes, era como se ele "ordenhasse as palavras do na-

---

[7] Piotr Kárlovitch Lomnóvski (1798-1860), general, engenheiro militar e pedagogo, foi diretor da Escola Superior de Engenharia de 1844 a 1860. Leskov o chama "Lamnóvski". (N. da E.)

riz". O falecido não se distinguia por dons oratórios, e, como se diz, com frequência faltavam-lhe palavras para exprimir as suas admoestações de superior aos meninos e, por isso, a cada embaraço desses, a "ordenha" do nariz intensificava-se, e os cadetes imediatamente perdiam a seriedade e começavam a rir um para o outro. Ao notar a insubordinação, o general zangava-se ainda mais e punia-os. Assim, as relações entre ele e os educandos foram tornando-se cada vez piores e, em toda a história, na opinião dos cadetes, o grande culpado era o "nariz".

Não gostando de Lamnóvski, os cadetes não deixavam passar nenhuma ocasião de arreliá-lo e vingar-se dele, estragando, de uma maneira ou de outra, a sua reputação aos olhos dos novos ingressantes no estabelecimento. Para tal, espalhavam rumores, segundo os quais Lamnóvski tinha partes com o Diabo e obrigava os demônios a trazerem-lhe de arrasto blocos enormes de mármore, fornecidos por ele a uma certa edificação, parece que a Catedral de Santo Isaque. Mas, como um dia os demônios declararam-se fartos daquele trabalho, os cadetes contavam que os diabos estavam impacientes à espera da morte do general, como do acontecimento que lhes restituiria a liberdade. E, para que tal parecesse ainda mais fidedigno, os cadetes saíram-lhe com uma grande arrelia, promovendo o seu "funeral". O negócio foi organizado de um tal jeito, que um dia, enquanto nos aposentos de Lamnóvski transcorria um banquete para hóspedes, nos corredores do estabelecimento surgiu uma triste procissão: cobertos com lençóis e com velas nas mãos, os cadetes carregavam um leito com um espantalho mascarado e de nariz comprido, e entoavam baixinho cantos fúnebres. Os organizadores dessa cerimônia foram descobertos e castigados, mas no dia onomástico[8]

---

[8] Dia do santo, do qual a pessoa leve o nome. Era costume darem

de Lamnóvski a brincadeira do funeral repetiu-se. E assim foi até o ano de 1859 ou 1860, quando o general Lamnóvski morreu de verdade e houve a necessidade de realizar os seus reais funerais. De acordo com os costumes da época, os cadetes deveriam postar-se por turnos ao pé do féretro, e foi bem aí que aconteceu a terrível história de meter o maior medo às próprias personagens que durante muito tempo haviam metido sustos aos outros.

IV

O general Lamnóvski morreu num outono já avançado, no mês de novembro,[9] quando Petersburgo tem o seu aspecto mais misantrópico: frio, umidade, a qual chega até os ossos, e lama; a iluminação, sobremaneira embaciada, dos dias nublados age de modo penoso nos nervos e, por meio deles, no cérebro e na fantasia. Tudo isso produz uma mórbida inquietação do espírito e certa angústia. Moleschott, se viesse para cá em tal época, poderia coletar os mais curiosos dados para as suas conclusões científicas acerca da influência da luz sobre a vida.[10]

Os dias da morte de Lamnóvski foram especialmente horríveis. O falecido não fora levado para a igreja do castelo, porque era luterano: o corpo ficara no grande salão dos

---

à criança recém-nascida o nome do santo do dia (que podia ser de mais de um santo) ou de alguma data bem próxima. (N. do T.)

[9] Na realidade, em 27 de janeiro, durante o inverno. (N. da E.)

[10] Jacob Moleschott (1822-1893), médico fisiólogo e filósofo holandês, conhecido por suas opiniões acerca do materialismo científico. Leskov alude ao artigo "Sull'influenza della luce mista e cromatica nell' esalazione di acido carbonico per l'organismo animale", escrito por Moleschott e Simone Fubini. (N. do T.)

aposentos do general, e ali foi instituída a vigília dos cadetes, enquanto na igreja se oficiava a missa das almas pelo rito ortodoxo. Uma foi celebrada de dia, a outra, à noite. Todas as patentes do castelo, bem como os cadetes e os funcionários, tiveram de assistir a ambas as missas, e isso foi observado escrupulosamente. Por conseguinte, à hora do ofício no templo ortodoxo, toda a população do castelo encontrava-se ali e todas as amplas instalações e os longos corredores do edifício ficaram completamente desertos. Nos próprios aposentos do finado não havia ninguém, com a exceção de quatro cadetes postados, com fuzil e com o capacete metido debaixo do braço direito, em torno do caixão.

E aqui o pavor insinuou-se, pouco a pouco, no ânimo dos meninos: todos começaram a sentir uma certa inquietude e a ficar com medo não sabiam de quê; depois, sem mais nem menos, disseram que, em algum lugar, de novo alguém "se levantou" e de novo alguém "anda para lá e para cá". O negócio foi ficando tão insuportável, que todos começaram a ralhar uns com os outros, dizendo: "Chega, basta, parem com isso; vão para o diabo com essas histórias! Vocês só dão cabo dos nervos de toda a gente e dos próprios também!". Depois, esses próprios punham-se a dizer as mesmas coisas, com o que faziam os outros calarem, e, com a aproximação da noite, todos foram enchendo-se mais ainda de medo. Isso exacerbou-se principalmente depois da desanda que lhes passou o padre do estabelecimento.

Ele fez os meninos sentirem vergonha por terem-se alegrado com a morte do general e, falando pouco, mas bem, conseguiu comovê-los e pôr os seus sentimentos em alerta.

— "An-da lá al-guém" — arremedou ele, repetindo o que diziam. — Está claro, anda lá alguém que vós não vedes e não conseguis ver, e nesse alguém há uma força acima do vosso entendimento. Pois sabei que é a *pessoa cinzenta*. Ela não se levanta à meia-noite, mas ao crepúsculo, quando tudo fica a meia-luz e todos sentem vontade de dizer o que carregam de mau na ideia. Essa pessoa cinzenta é a *consciência*: eu aconselho-vos a não perturbá-la com uma reles alegria pela morte alheia. Todo e qualquer ser humano tem alguém que o ama e que dele se compadece; olhai bem para que a pessoa cinzenta não se transforme nesse alguém e não vos dê uma lição de doer!

Isso calou fundo nos cadetes, e eles, com o começar do escurecer, volta e meia olhavam em torno: será que não está por cá a tal pessoa cinzenta, e sob qual forma estará? É sabido que, no crepúsculo, nas almas observa-se uma sensibilidade especial; surge um mundo novo, que oculta, com a sua treva, o outro, que estivera à luz: os bem conhecidos objetos de formas habituais tornam-se algo caprichoso, incompreensível e, no fim de contas, até terrível. Nesse entrementes, todo e qualquer sentimento, por alguma razão, como que busca para si uma expressão indefinida, mas intensa: a disposição dos sentimentos e dos pensamentos oscila constantemente, e, nessa impetuosa e densa desarmonia do mundo interior da pessoa, a fantasia começa o seu trabalho: o mundo transforma-se em sonho, e o sonho, em mundo... Isso é fascinante e terrível, e, quanto mais terrível, tanto mais fascinante e mais tentador...

Em tal estado encontrava-se a maioria dos cadetes, principalmente antes da vigília ao pé do caixão. Na última noite antes do dia do sepultamento, para a missa de réquiem eram esperadas as pessoas mais importantes, e, assim, além dos ocupantes do castelo, havia muita gente vinda da cidade. Até dos aposentos de Lamnóvski tinham ido todos para a igreja russa, a ver a reunião de altos dignitários; o morto ficara rodeado apenas por uma guarda de meninos. Nela, então, estavam quatro cadetes: G-ton, V-nov, Z-ski e K-din, todos até hoje muito bem vivos e prósperos e donos de respeitável posição na carreira e na sociedade.

V

Dos quatro garbosos cadetes daquela guarda, um, precisamente K-din, era o mais atrevido dos travessos e infernizara a vida a Lamnóvski mais do que todos, e por isso, por sua vez, com mais frequência do que os outros sofrera redobradas sanções da parte do falecido. O general não gostava de K-din principalmente porque o maroto sabia arremedá-lo à perfeição "quanto à ordenha do nariz" e tinha a mais ativa participação na organização das procissões fúnebres do seu dia onomástico.

No cortejo da última ocasião do dia do santo homônimo de Lamnóvski, K-din representara o falecido e até proferira um discurso de cima do caixão, e com tais momices e com uma tal voz, que fez rir a todos, até o oficial mandado para dispersar a sacrílega procissão.

Era sabido que esse acontecimento enfurecera o finado Lamnóvski a mais não poder, e entre os cadetes murmurava-se que o zangado general "jurara castigar K-din para o resto da vida". Os cadetes acreditaram na história e, levando em consideração os traços de caráter do superior, deles conhecidos, não tiveram nem a menor dúvida de que ele cumpriria o que jurara contra K-din. Durante todo o ano anterior, achara-se que o rapaz "estava por um fio", e como, pela vivacidade de caráter, a esse cadete fosse difícil abster-se das suas turbulentas e arriscadas travessuras, a sua situação apresentava-se muito periclitante; no estabelecimento, vivia-se na expectativa de que de uma hora para outra K-din seria apanhado em alguma coisa e Lamnóvski não faria cerimônia com ele e reduziria todas as suas frações ao mesmo denominador, "far-se-ia lembrar por ele para o resto da vida".

O medo provocado pela ameaça do diretor apoderara-se tanto de K-din, que ele empregou muitos esforços sobre si e, como inveterado beberrão obrigado a ficar longe do álcool, fugira de todas as diabruras, até o dia em que lhe chegou a ocasião de experimentar na própria pele o ditado de que "o mujique fica um ano sem beber, mas é só o diabo oferecer, que ele bebe até mais não poder".[11]

O Diabo tentou K-din precisamente junto ao caixão do general, que morrera sem haver cumprido a sua ameaça. Agora, ele não metia medo ao cadete, e a turbulência do menino, havia muito contida, achou ocasião para expansão, como mola que houvesse ficado muito tempo comprimida. K-din simplesmente endoideceu.

VI

A última missa das almas, que reuniria todos os habitantes do castelo na igreja ortodoxa, fora marcada para as oito horas, e, como a ela deveriam comparecer os mais altos dignitários, depois dos quais seria indelicado entrar no templo, todos dirigiram-se para ali bem antes. No salão onde se velava o finado, a guarda dos cadetes encontrava-se sozinha: G-ton, V-nov, Z-ski e K-din. Em todas as enormes salas adjacentes, não se encontrava vivalma...

Às sete e meia, a porta entreabriu-se por um momento, e apareceu um dos ajudantes do comandante, com quem acabara de dar-se um acontecimento trivial, que agravaria a lúgubre disposição dos espíritos: quando se aproximava da porta, o oficial ou assustara-se com os próprios passos, ou tivera a impressão de que alguém o quisesse ultrapassar; ele, primeiro, parara, para dar caminho, depois gritara de repen-

---

[11] Leskov omitiu a segunda frase do ditado: *"Mujik god nie piot, dva nie piot, a kak tchort prorviot, on vsió propiot"* ("O mujique passa um ano sem beber, passa dois sem beber, mas é só o diabo assanhar, que ele bebe tudo"). (N. do T.)

te: "Quem é?! Quem é?!". Ao introduzir afobadamente a cabeça pela porta, prendeu-se na outra folha da porta e gritou de novo, como se alguém o tivesse agarrado por trás.

Naturalmente, logo em seguida a isso, ele recuperou o domínio de si e, após uma espiada apressada pelo salão fúnebre, vendo a presença só dos quatro meninos ali, concluiu que todas as outras pessoas já haviam ido para a igreja; então, fechou a porta e, com forte tilintar do sabre, dirigiu-se a passo acelerado ao templo do castelo.

Os cadetes da guarda do féretro perceberam que também os adultos estavam amedrontados com algo, e o medo, como se sabe, passa por contágio a todos.

VII

Os cadetes acompanharam com o ouvido os passos do oficial, que se afastava, e notaram que, após cada passo, a situação deles ali se tornava mais desamparada, como se tivessem sido levados para ali e enclausurados com o defunto por algum desacato que o morto não houvesse esquecido, nem perdoado; ele, até muito mais, levantar-se-ia e vingar-se--ia! E vingar-se-ia de modo terrível, à maneira dos mortos... Para tal faltava só a hora propícia, a meia-noite,

> *quando canta o galo*
> *E se revolvem nas trevas os seres demoníacos...*[12]

Mas eles não ficariam ali até à meia-noite, pois seriam rendidos, e, além do mais, metiam-lhes medo não "os seres

---

[12] Desconhece-se a fonte da citação. Não é comentada nem na novíssima edição das *Obras reunidas* de Leskov. O autor costumava citar deturpadamente ditados, outros autores e inventar frases. (N. do T.)

demoníacos", mas a tal pessoa cinzenta, cuja hora era o crepúsculo.

Aquela era exatamente a hora da penumbra mais densa: o morto no caixão, em meio a um silêncio angustiante... Fora, num frenesi feroz, uivava o vento, banhando as enormes janelas com torrentes de uma turva bátega outonal, fazendo retumbar as folhas de lata do telhado; os tubos da estufa reboavam a intervalos,[13] bem como se suspirassem ou neles irrompesse uma coisa que se detivesse um instante para, depois, exercer uma pressão ainda maior. Tudo isso não predispunha ninguém à sensatez de sentimentos, nem à serenidade de raciocínio. A lugubridade de toda essa impressão aumentava ainda mais para os meninos que deveriam montar guarda na mais absoluta mudez: tudo parecia embaralhar-se; o sangue, ao afluir para a cabeça, latejava nas têmporas, e ouvia-se algo do tipo do ruído contínuo e monocórdico de um moinho. Quem já experimentou tais sensações, conhece essa estranha e bem singular pulsação do sangue — parece um moinho que esteja a moer, mas não algum grão, mas a moer a si próprio. Isso logo deixa a pessoa num estado penoso de exasperação, semelhante ao das pessoas desacostumadas, quando descem a uma mina escura, onde a nossa familiar luz do dia é repentinamente substituída por uma lamparina fumarenta... Aguentar ficar em silêncio torna-se impossível; quer-se ouvir pelo menos a própria voz, quer-se enfiar em algum lugar, quer-se fazer até a coisa mais absurda.

---

[13] O aquecimento de espaços internos era feito por uma espécie de fogão. Este consistia num aparelho de ferro, embutido em parede ou encostado a ela, no qual se acendia um braseiro para, por meio de tubos, enviar calor aos compartimentos do edifício. (N. do T.)

VIII

Um dos quatro cadetes postados junto ao caixão do general, precisamente K-din, dominado por todas essas sensações, esqueceu a disciplina e murmurou:

— Os espíritos vêm buscar o nariz do papaizinho.

Os cadetes, às vezes, de brincadeira, chamavam "papaizinho" a Lamnóvski, mas a graça, naquele momento, não fez os companheiros rirem; pelo contrário, aumentou-lhes o pavor, e dois, tendo notado isso, responderam a K-din:

— Cala-te... já sem isso dá medo — e todos olharam inquietos para o rosto do finado, oculto pela musselina que cobria o caixão.

— Eu falo porque vós estais com medo, e eu, muito pelo contrário, não sinto medo nenhum, pois ele agora já não me poderá fazer nada. Pois é isto: é preciso estar acima das crendices e não ter medo de nada, e um morto já não é nadinha, e eu vos provarei isso agora.

— Por favor, não venhas com prova nenhuma!

— Não, provarei, sim! Provarei que o papaizinho, agora, não me pode fazer nada, nem que eu o agarre pelo nariz neste minuto.

Com isso, e inesperadamente para os outros, K-din, no mesmo instante, fez o movimento de "ombro armas!",[14] subiu correndo os degraus do catafalco e, pegando o morto pelo nariz, gritou em voz alta e zombeteira:

— Aha, papaizinho, tu morreste, e eu estou vivo e sacudo-te pelo nariz, e tu não me poderás fazer nada!

Os companheiros ficaram atarantados com a traquinada e não tiveram nem tempo de abrir a boca para dizer palavra,

---

[14] Movimento de arma em que o militar apoia o fuzil no ombro, segurando-o pela coronha, com o antebraço colado ao tronco e o braço em perpendicular a ele. (N. do T.)

quando, de repente, a todos os quatro soou distinta e claramente um profundo suspiro de dor, um suspiro como o som de quando alguém se senta sobre uma almofada de borracha que esteja cheia de ar e com a válvula mal atarraxada... E o suspiro pareceu a todos ter vindo do caixão...

K-din tirou rapidinho a mão e, após um tropeção, voou os degraus abaixo com estrépito, enquanto os outros, sem se darem conta do que faziam, puseram os fuzis em riste para defenderem-se do morto, que se levantava.

Mas isso foi pouco: o finado não apenas suspirara, mas também se metera em perseguição ao maroto que o ofendera, ou tentava segurá-lo pela mão: atrás de K-din arrastava-se uma onda inteira da musselina do caixão, da qual ele não conseguia livrar a mão; com um grito pavoroso, ele foi ao chão... Essa onda era de fato um fenômeno inteiramente inexplicável e, nem é preciso dizer, medonho, ainda mais que o morto, que estivera coberto por ela, via-se agora inteiro, com as mãos cruzadas sobre o peito cavado.

O travesso jazia no chão, com a arma ao lado, de rosto coberto com as mãos, tal o seu terror, e soltava gemidos medonhos. Aparentemente, estava consciente e devia pensar que o morto agora iria castigá-lo à sua maneira.

Nesse meio-tempo, o suspiro repetiu-se, e ouviu-se um som raspado, baixinho. Fora um som proveniente, talvez, do roçar de uma manga de feltro na outra. Aparentemente, o morto afastara os braços, daí o leve ruído; em seguida, uma corrente de ar de temperatura diferente perpassou como um sopro pelas velas, e, no mesmo instante, nos oscilantes reposteiros dos aposentos interiores, surgiu um *fantasma*. A tal pessoa cinzenta! Sim, aos olhos assustados dos meninos apresentou-se um fantasma muito nitidamente definido em forma de gente... Era aquilo a própria alma do finado em novo invólucro, adquirido por ela no outro mundo, de onde voltara por um instante para castigar o ultrajante atrevimento, ou talvez fosse um hóspede ainda mais terrível, o próprio *espírito do castelo*, vindo do mundo subterrâneo através do assoalho da sala ao lado?!

IX

O fantasma não era uma fantasia da imaginação; não desaparecia e, com o seu aspecto, lembrava a descrição de uma "misteriosa mulher", feita pelo poeta Heine: como tal mulher, aquele representava um "cadáver que continha uma alma".[15] Diante das apavoradas crianças, erguia-se uma figura macilenta no mais alto grau, toda de branco, mas que, à penumbra, parecia cinzenta. Ela tinha um rosto extremamente descarnado, pálido e com olheiras, totalmente sem luz de vida; na cabeça, longos e bastos cabelos desgrenhados, que também pareciam cinzentos e, soltos em desordem, cobriam o peito e os ombros do fantasma!... Os olhos viam-se brilhantes, inflamados e com um fogo mórbido... A cintilação das fundíssimas órbitas parecia a cintilação de brasas. A visão tinha mãos finas e magras, semelhantes às mãos de um esqueleto, e segurava-se com ambas essas mãos às franjas do pesado reposteiro da porta.

Ao apertarem convulsamente o tecido com os débeis dedos, essas mãos é que haviam produzido o ruge-ruge seco de feltro, ouvido pelos cadetes.

Os lábios do fantasma eram totalmente negros e estavam abertos, e deles, com assobio e ronqueira, saía, a breves intervalos, aquele meio gemido e meio suspiro que se ouvira quando K-din agarrou o morto pelo nariz.

---

[15] A descrição, feita em *Ideen. Das Buch Le Grand* (1827), é de um castelo abandonado, onde vivem espíritos e pelo qual vagueia uma dama. (N. da E.)

X

Diante do terrível fantasma, os outros três cadetes da guarda, que se haviam mantido em pé, ficaram petrificados de medo, nas suas posições defensivas, com mais vigor do que K-din, estirado no chão, com a musselina de cobertura do caixão presa a ele.

O fantasma não prestou nenhuma atenção ao grupo: os seus olhos estavam dirigidos exclusivamente para o caixão em que o morto jazia completamente descoberto. O fantasma balançou-se um tantinho, aparentemente para mover-se. Finalmente, conseguiu-o. Segurando-se à parede, o fantasma lentamente pôs-se em movimento e, com passinhos descontínuos, foi abeirando-se do féretro. O seu movimento era aterrador. Estremecendo convulsivamente a cada passo e aflitivamente sorvendo o ar com a boca bem aberta, o fantasma arrancava do peito vazio os horríveis suspiros, que os cadetes haviam achado virem do caixão. Um passo mais, outro e, finalmente, chegou perto do caixão, mas, antes de subir os degraus do catafalco, o fantasma deteve-se, pegou na mão de K-din, na qual, por efeito do tremor febril do corpo deste, agitava-se a extremidade da musselina do caixão, e com os seus dedos finos e secos desprendeu o tecido do botão do canhão da manga do cadete travesso; em seguida, olhou para ele com indizível tristeza, ameaçou-o debilmente com o dedo e... benzeu-o...

Em seguida, mal sustentando-se nas pernas, agarrou-se à borda do caixão e, cingindo com os seus braços esqueléticos os ombros do morto, prorrompeu em choro...

Parecia que no caixão se beijavam duas mortes; isso, também, logo terminou. Da outra extremidade do castelo, chegou um rumor de vida: terminara a missa das almas, e da igreja para os aposentos do morto encaminhavam-se os que precisavam estar ali para o caso da vinda dos altos dignitários.

XI

Aos ouvidos dos cadetes chegaram passos, que ressoavam cada vez mais perto, e, em seguida, os últimos ecos do canto de réquiem escapados pela porta aberta da igreja.

A vivificante mudança de impressões levantou o moral aos cadetes, e o dever da disciplina habitual colocou-os na posição necessária e no lugar necessário.

O oficial que fora a última pessoa que passara apressada por ali, antes da missa das almas, foi quem primeiro, e de novo com pressa, entrou correndo no salão fúnebre e exclamou:

— Deus meu, como foi que ela conseguiu chegar aqui?

Um cadáver, vestido de branco e com os cabelos grisalhos desgrenhados, jazia abraçado ao morto e, à primeira vista, parecia já também não respirar. O caso chegava ao seu esclarecimento.

O fantasma que assustara os cadetes era a viúva do general, a qual também estava, ela própria, à beira da morte e, no entanto, tivera a desdita de sobreviver ao marido. Pela extrema debilidade, fazia já muito tempo que não se levantava do leito, mas, quando todos se haviam ido para a igreja para a missa solene, ela arrastara-se do seu leito de morte e, apoiando-se nas paredes, chegara ao caixão do morto. O ruge-ruge seco, tomado pelos cadetes como vindo das mangas do defunto, fora do correr das suas mãos pelas paredes. Naquele instante, ela estava em completo desfalecimento, e nesse estado, por instrução do oficial, foi levada em uma poltrona de volta para o seu aposento.

Esse foi o último caso de terror no Castelo dos Engenheiros e, pelas palavras de quem mo contou, produzira neles uma impressão para o resto da vida.

— Desde esse caso — disse ele — todos passamos a sentir indignação ao ouvirmos qualquer pessoa regozijar-se com a morte de quem quer que fosse. Nunca esquecemos a nossa imperdoável brincadeira e o sinal da cruz, feito pelo último fantasma do Castelo dos Engenheiros, que era o único com poder para perdoar-nos, pelo sagrado direito do amor. Desde então, na escola acabaram os horrores causados por fantasmas. Aquele que nós vimos em carne e osso foi o último.

(1882)

O RUBLO MÁGICO

I

Há a crendice de que é possível conseguir, por artes de mágica, um rublo que não se gasta, isto é, um rublo que, por mais que seja gasto parcial ou totalmente, aparece inteirinho de volta no bolso da pessoa. Mas, para obter tal rublo, é preciso passar por grandes terrores. Não me lembro de todos, mas sei que, entre várias coisas, é preciso pegar um gato preto sem nenhuma pintinha de outra cor e levá-lo para vender, na noite de Natal, a uma encruzilhada de quatro caminhos, dos quais um haja obrigatoriamente de levar a algum cemitério.

Chegada ali, a pessoa deve apertar o gato com força, para que ele se ponha a miar e entrefeche os olhos. Tudo isso tem de ser feito alguns momentinhos antes da meia-noite, e à meia-noite em ponto chegará alguém e quererá comprar o gato. O comprador oferecerá muito dinheiro pelo pobre animalzinho, mas o vendedor deverá obrigatoriamente pedir apenas um rublo, nem mais nem menos do que um rublo de prata. O comprador tentará fazer o vendedor aceitar mais, porém é preciso pedir insistentemente apenas um rublo, e, quando o rublo for dado, deve-se metê-lo na algibeira e segurá-lo ali apertado na mão e ir-se embora o mais depressa possível, sem olhar para trás. Esse é o tal rublo mágico, isto é, por mais que o uses em pagamento de alguma coisa, ele, ainda assim, aparece de novo no teu bolso. Para pagar por algo que custe, por exemplo, cem rublos, é preciso apenas enfiar a mão cem vezes no bolso e tirar dali o tal rublo a cada vez.

Sem dúvida, tal crendice é fútil e absurda; mas há pessoas simples, inclinadas a acreditar que é possível conseguir um desses rublos mágicos. Em criança, eu também acreditava nisso.

II

Certa vez, na minha infância, a ama, ajeitando-me na cama, na noite de Natal, para eu dormir, disse que, naquele momento, na aldeia, muitas pessoas não se tinham deitado e estavam a tentar prever o futuro, a vestir as mais diversas fantasias, a fazer bruxarias e, entre outras coisas, a tentar conseguir o seu "rublo mágico". Ela alongou-se a respeito das pessoas que tinham ido conquistar o seu rublo mágico, e essas eram as que estavam com mais medo entre toda a gente, já que deveriam encontrar-se cara a cara com o Diabo numa encruzilhada distante e negociar com ele um gato preto; e que, em compensação, por elas não esperava outra coisa que não as maiores alegrias... Quantas coisas maravilhosas podiam comprar-se com o tal rublo que não se acaba! Que é que eu não faria, se me viesse às mãos tal rublo! Eu tinha, então, somente uns oito anos, mas já estivera em Oriol e em Krómi e conhecia algumas obras magníficas de arte russa, trazidas por comerciantes à nossa igreja matriz para a feira natalina.

Sabia que existiam pães de ló amarelos, com melaço, e pães de ló brancos, com menta, que existiam jogos, caramelos e guloseimas, que existiam nozes simples e nozes torradas; e para o bolso rico traziam-se uvas-passas e tâmaras. Além disso, eu vira quadros com generais e uma quantidade de outras coisas que não poderia comprar, porque, para os meus gastos, em casa davam-me um rublo de prata simples, não o das mágicas. Mas a ama inclinou-se para mim e disse, num sussurro, que a minha avó possuía tal rublo e decidira dá-lo a mim como prenda, e que eu só precisava tomar muito cuidado para não perder aquela maravilhosa moeda, porque ela tinha uma propriedade mágica, muito capciosa.

— Qual? — perguntei.

— Isso a tua avó te dirá. Dorme, que amanhã, quando acordares, a vovó trará o rublo mágico e explicará como deves agir com ele.

Seduzido por essa promessa, esforcei-me por pegar no sono naquele mesmo momento, para que a espera pelo rublo mágico não fosse angustiante.

III

A ama não me enganara: a noite passou como um instantinho de nada, que eu nem notara, e já lá estava a minha avó de pé, ao lado da minha cama, com a sua grande coifa de tule pregueado, e segurava nas brancas mãos uma moeda novinha, imaculada, de prata, cunhada no mais completo e magnífico calibre.

— Aqui está para ti o rublo que não acaba — disse ela. — Pega-o e vai à igreja. Depois da missa, nós, os velhos, iremos ter com o padre Vassíli, para bebermos chá, e tu poderás ir sozinho, inteiramente sozinho, à feira e comprar o que quiseres. Acertarás o preço com o vendedor, enfiarás a mão no bolso e darás o teu rublo, e de novo vais encontrá-lo no teu bolso.

— Sim — digo-lhe — eu já sei tudo isso.

E apertei o rublo na minha mão e segurei-o ali com toda a força possível. Vovó continuou:

— O rublo volta, é verdade. Essa é a sua qualidade boa, e é até impossível perdê-lo; mas, em compensação, ele tem outra qualidade, muito desvantajosa: o rublo mágico estará sempre inteiro no teu bolso enquanto comprares com ele coisas necessárias ou úteis a ti ou a outras pessoas, mas, se gastares nem que seja só um tostãozinho em alguma coisa completamente inútil, o teu rublo desaparecerá no mesmo instante.

— Oh, vovó — digo-lhe eu —, sou muito grato à senhora por haver-me dito isso; mas, creia, já não sou tão pequeno que não compreenda o que é útil no mundo e o que é inútil.

Vovó balançou a cabeça e disse, a sorrir, que duvidava; mas eu assegurei-lhe que sabia como deviam viver as pessoas de condição abastada.

— Então, ótimo — disse ela —, mas, olha, guarda muito bem o que eu te disse.

— Fique sossegada. A senhora verá: eu irei ter com o padre Vassíli, levando coisas lindas, de causar inveja, e o meu rublo estará inteirinho no meu bolso.

— Fico contente. Veremos. Mas, ainda assim, não sejas tão presunçoso; lembra-te de que diferenciar o necessário do fútil e do supérfluo não é lá tão fácil quanto crês.

— Então, não poderia andar um pouco comigo pela feira?

Vovó concordou, mas advertiu-me que não poderia dar-me nenhum conselho que fosse ou deter-me ante algum eventual entusiasmo ou erro, porque quem possui o rublo que não se gasta, não pode esperar conselhos de ninguém e deve seguir a própria cabeça.

— Oh, querida vovó — respondi-lhe —, a senhora não terá a necessidade de dar-me conselhos; só de espiar o seu rosto eu saberei tudo o que me for preciso.

— Se é assim, então vamos. — E vovó mandou uma empregada ir dizer ao padre Vassíli que ela o visitaria um pouco mais tarde, e nós dois fomos à feira.

IV

O tempo estava bom, de friozinho moderado, com pouca umidade; no ar havia um cheiro a grevas camponesas,[1] entrecasca, painço e pele de ovelha. Um monte de gente, e todos vestidos com o que havia de melhor. Meninos de famílias ricas haviam recebido alguns tostões para os gastos do bolso e haviam já gastado esses capitais na aquisição de apitos de barro, com que davam o mais estouvado concerto. Os meninos pobres, a quem não haviam dado nenhum dinheiro, estavam em pé, junto a uma cerca, e só lambiam os beiços de inveja. Eu via que eles também sentiam vontade de ter semelhantes instrumentos musicais, para fundirem-se com toda a alma na harmonia geral, e... olhei para vovó...

Os apitos de barro não constituíam nenhuma necessidade e nem eram coisa de serventia, mas o rosto da minha avó não expressava a mínima reprovação à minha intenção de comprar um apito para cada uma das crianças pobres. Ao contrário, o bondoso rosto da velhinha expressava até satisfação, a qual tomei por aprovação: enfiei imediatamente a mão no bolso, puxei dali o meu rublo mágico e comprei uma caixa inteira de apitos, e ainda me deram até um troquinho. Ao meter o troco no bolso, apalpei o meu rublo introcável: lá já estava ele de novo, tal qual antes da compra. E, enquanto isso, todos os meninos haviam recebido cada qual o seu apito, e os mais pobres deles haviam ficado tão felizes quantos os ricos, e apitavam a todo pulmão; eu e vovó seguimos adiante, e ela disse-me:

---

[1] Greva: faixa de tecido resistente e branco que os camponeses russos enrolavam nos pés e na perna até o joelho, antes de calçarem as suas alpargatas, feitas de casca de tília. (N. do T.)

— Agiste muito bem, porque as crianças pobres também precisam brincar e divertir-se, e quem puder dar-lhes alguma alegria, fará muito bem em aproveitar qualquer ocasião. E, para provar que estou certa, enfia a mão no bolso novamente e diz-me: onde está o teu rublo mágico?

Enfiei a mão no bolso e... lá estava o meu rublo mágico.

"A-ha-a — pensei comigo — agora entendi como é a coisa, e posso agir com mais desenvoltura."

V

Abeirei-me de uma banca, onde havia peças de chita e lenços, e comprei um vestido para cada uma das nossas moças, cor-de-rosa para umas, azul celeste para outras, já para as velhinhas um pequeno lenço de cabeça para cada; todas as vezes em que enfiava a mão no bolso para pagar, o meu rublo mágico estava sempre no seu lugar. Depois, comprei para a filha da guarda-chaves, que estava para casar-se, dois botões de colarinho em forma de coração e, confesso, fiquei em dúvida; vovó, no entanto, olhava-me com boa cara, e o meu rublo, também depois dessa compra, voltou direitinho ao meu bolso.

— Fica bem a uma noiva enfeitar-se um pouco — disse vovó —, é um dia memorável na vida de toda moça, e é louvável quereres dar-lhe uma alegria; a alegria faz qualquer pessoa entrar mais animada num novo caminho da sua vida, e muita coisa depende desse primeiro passo. Fizeste muito bem em alegrar uma noiva pobre.

Depois, comprei-me um montão de doces e nozes, e em outra banca peguei um livro enorme, o livro dos salmos, igualzinho a um que ficava sobre a mesa da cuidadora das nossas vacas. A pobre velhinha gostava muito do livro, mas este tivera a desgraça de agradar ao paladar do bezerro que morava com ela na isbá. O bezerro, pela idade, tinha muito tempo livre e um dia empregara-o, em hora feliz do seu lazer, em arrancar os cantos de todas as páginas dos salmos. A pobre velhinha ficara privada do prazer de ler e cantar os salmos em que encontrava consolo para si, e estava muito triste com isso.[2]

Eu estava convicto de que comprar-lhe um livro novo em substituição ao velho não era coisa fútil nem supérflua, e foi realmente assim: quando meti a mão no bolso, o meu rublo estava novamente no seu lugar.

Fui comprando à grande, estendi a mão para tudo o que, a meu ver, era coisa necessária, e comprei até coisas demasiadamente arriscadas, como, por exemplo, um cinto enfeitado para o nosso cocheiro Konstantin e uma sanfona para o sapateiro Egorka. O rublo, no entanto, permaneceu firme no seu lugarzinho, e eu deixei de olhar para o rosto de vovó e inquirir os seus expressivos olhares. Eu era, agora, o centro de tudo — todos olhavam-me, seguiam-me e falavam de mim.

— Olhai só o nosso patrãozinho Mikolachka! Ele pode comprar sozinho a feira inteira, ele está, ora se não, com o rublo que nunca acaba!

Senti em mim algo novo e, até então, desconhecido. Veio-me a vontade de que todos soubessem de mim, todos me seguissem e falassem de mim, do quanto eu era inteligente, rico e bondoso.

Tomou-me uma sensação de inquietude e tédio.

---

[2] Essa guardadora de vacas é a figura central do conto "O artista dos topetes", incluído em *Homens interessantes e outras histórias* (trad. Noé Oliveira Policarpo Polli, São Paulo, Editora 34, 2012). (N. do T.)

VI

Nesse exato instante, vindo sabe-se lá de onde, abeirou-se de mim o mais barrigudo dos vendedores da feira e, depois de tirar o quepe, pôs-se a dizer:

— Eu sou o mais gordo e o mais experiente daqui, e você não me enganará. Eu sei que pode comprar tudo o que há nesta feira, porque está com o rublo mágico. Com isso não é difícil embasbacar a paróquia inteira, mas, se quer saber, há uma coisa que você não pode comprar nem com esse rublo.

— Sim, se for uma coisa desnecessária, é claro, não a comprarei.

— Como assim, "desnecessária"? Eu nem me meteria a falar-lhe do que não é necessário. E preste atenção aos que estão aqui em nosso redor, muito embora você tenha o rublo que fica sempre inteirinho. Você comprou para si só doces e nozes, o mais foram coisas úteis aos outros, mas veja como esses outros se lembram da sua generosidade: você já foi completamente esquecido por todos.

Olhei em torno e, para o meu grande espanto, vi que eu e o vendedor barrigudo estávamos realmente sozinhos: não havia ninguém em torno de nós. Nem a minha avó, e eu até me esquecera dela; toda a feira se deslocara para outro lado e cercava um sujeito comprido e magro, que trajava, por cima duma peliça curta, um comprido colete listrado com botões de vidro, que emitiam um brilho tênue e pálido.

Essa era a única coisa que o sujeito comprido e magro tinha de atraente, e, no entanto, todos seguiam-no e olhavam para ele, como se fosse a mais notável obra da natureza.

— Não vejo nada de impressionante nele — disse eu ao meu novo acompanhante.

— Que seja assim, mas você deve enxergar quanto ele

agrada aos outros. Olhe só quem vai atrás dele: o seu cocheiro Konstantin com o cinto elegante, o sapateiro Egorka com a sanfona, a noiva com os botões de colarinho e até a velha guardadora de vacas com o livro novinho. Dos meninos com apitos, então, nem é preciso falar.

Olhei em torno, e, realmente, essas pessoas todas cercavam o homem dos botões de vidro, e todos os meninos apitavam à sua glória.

Dentro de mim, revirou-se um sentimento de despeito. Tudo aquilo pareceu-me injurioso, e senti-me no dever de pôr-me acima do homem dos vidrinhos.

— E acha o senhor que não consigo ser maior do que ele?

— Sim, é o que penso — respondeu o barrigudo.

— Pois então eu lhe mostrarei que está muito enganado! — exclamei e corri para perto do homem do colete por cima da peliça, e disse: — Escute, não deseja vender esse colete?

VII

O homem dos vidrinhos virou-se, de modo que o sol incidiu nos botões e estes emitiram um tênue brilho, e respondeu:

— Ora pois, eu lho venderei com muito prazer, mas ele custa um bocado de dinheiro.

— Peço-lhe que não se preocupe e que me diga logo o preço do colete.

Ele sorriu com malícia e disse:

— Pois vejo que você é muito inexperiente, o que é bem próprio à sua idade, e não entende a coisa. O meu colete não custa absolutamente nada, porque não ilumina nem aquece, e por isso dou-lho de graça, mas você me dará um rublo por cada botão de vidro: eles também não iluminam nem aquecem, mas podem brilhar por um instante e isso agrada muito a toda a gente.

— Pois ótimo — respondi —, dou-lhe um rublo por cada botão. Vá tirando o colete.

— Não, o dinheiro primeiro.

— Está certo.

Enfiei a mão no bolso e tirei dali o rublo, enfiei a mão pela segunda vez, mas... o bolso estava vazio... O meu rublo mágico não voltara... desaparecera... não estava lá, e todos olhavam para mim e riam.

Comecei a chorar amargamente e... acordei...

VIII

Era de manhã; ao pé da minha cama estava a minha avó, com a sua grande coifa branca de tule pregueado, e tinha na mão um rublo de prata novinho, a sua costumeira prenda de Natal para mim.

Compreendi que tudo o que vira, acontecera não na realidade, mas em sonho, e corri para contar à minha avó por que chorava.

— Que dizer — disse vovó —, foi um sonho muito bom, principalmente se quiseres entendê-lo como se deve. Nas fábulas e contos de magia, é comum haver um grande significado oculto. O tal rublo mágico, na minha opinião, é um talento que a Providência dá às pessoas ao nascimento. O talento desenvolve-se e fortalece-se quando a pessoa consegue manter em si o espírito elevado e a força na encruzilhada dos quatro caminhos, em um dos quais sempre haverá a vista de um cemitério. Esse rublo que sempre volta é uma força que pode servir à verdade e à virtude, em prol dos outros, e isso constitui a maior das satisfações para a pessoa de bom coração e mente lúcida. Tudo o que ela fizer para a real felicidade do semelhante, não diminuirá nunca a sua riqueza espiritual; ao contrário, quanto mais ela tirar do seu coração, tanto mais rica ficará. O homem do colete vestido sobre a grossa peliça curta é a futilidade, porque é desnecessário vestir um colete por cima de uma peliça, assim como não é necessário que pessoas andem atrás de nós e nos glorifiquem. A futilidade cega a razão. Tendo feito uma coisa — muito pouco em comparação com o que poderias ainda ter feito, mantendo o rublo mágico — tu já ficaste orgulhoso de ti e deste as costas a mim, que no teu sonho representava a experiência de vida. A tua preocupação passou já a ser não o fazer o bem aos outros, mas que todos te vissem e te elogiassem. Quiseste ter a qualquer preço uns vidrinhos de que não precisavas, e o teu rublo dissipou-se. E era realmente para ser assim, e estou muito feliz por ti, por haveres recebido essa lição durante o teu sonho. Eu desejaria muito que esse sonho de Natal ficasse na tua lembrança. Mas, agora, vamos à igreja, que, depois da missa, nós compraremos tudo o que compraste para as pessoas pobres no teu sonho.

— Menos uma coisa, minha querida.

Vovó sorriu e disse:

— Claro, já se vê, eu sei que já não comprarás o colete com botões de vidro.

— Não, também não comprarei as guloseimas compradas para mim no sonho.

Vovó pensou um bocadinho e disse:

— Não vejo necessidade de que te prives desse pequeno prazer, mas... se desejas obter uma felicidade muito maior em troca disso, então... eu entendo-te...

Nós abraçamo-nos num ímpeto e, sem dizermos mais nada um ao outro, começamos a chorar. Vovó adivinhara que eu queria gastar todo o meu pouco dinheirinho não comigo. E, quando fiz isso, o meu coração encheu-se de uma alegria que eu até então nunca provara. Ao privar-me de pequenas alegrias em proveito de outros, senti pela primeira vez o que as pessoas definem com uma expressão fascinante: a felicidade completa, que nos faz não desejar mais nada.

Qualquer pessoa pode fazer a minha experiência na sua situação presente, e eu estou convicto de que encontrará, nas minhas palavras, não uma mentira, mas a verdade verdadeira.

(1883)

UM PEQUENO ENGANO
(Segredo de uma família moscovita)

I

Em um começo de noite, entre o Natal e o Dia de Reis, em um grupo de pessoas sensatas, falava-se de crença e descrença. Aliás, não de questões elevadas do deísmo ou do materialismo, mas da crença na existência de pessoas dotadas de especiais poderes de predizer o futuro e até, quem sabe, de fazer milagres. E aconteceu encontrar-se ali uma certa pessoa, um moscovita sério, que disse o seguinte:

— Não é uma coisa fácil, senhores, essa de dizer quem vive com a crença e quem não crê, porque a vida exemplifica isso ora de um jeito, ora de outro; aí, então, o juízo da gente desanda em erro.

E, depois desse preâmbulo, ele contou-nos uma história interessante, que tentarei reproduzir com as suas palavras:

* * *

Uns tios meus eram apegados ao falecido milagreiro Ivan Iákovlevitch.[1] Principalmente a minha tia; ela não se

---

[1] Ivan Iákovlevitch Koréicha (1783-1861) foi interno de uma clínica psiquiátrica de Moscou por mais de quarenta anos. Um *iuródivyi*, de acordo com a tradição ortodoxa dos "loucos por Cristo". Sua excepcional verbosidade rendeu-lhe a reputação de vidente e pessoas de todas as classes passaram a consultá-lo. Eternizado na literatura clássica russa em

metia a fazer o que quer que fosse sem consultá-lo antes. Ia ter com ele ao manicômio e pedia-lhe que orasse pelo bom êxito do empreendimento. Titio tinha as suas próprias ideias e em Ivan Iákovlevitch tinha menos fé, mas também confiava nele de vez em quando e não se opunha a ela levar oferendas ao tal homem. Os dois não eram gente rica, mas viviam na abastança; vendiam chá e tabaco que armazenavam em casa. Não tinham filhos homens, só três filhas: Kapitolina Nikítitchna, Ekaterina Nikítitchna e Olga Nikítitchna. Todas eram bonitinhas e muito prendadas e sabiam muito bem governar uma casa. Kapitolina Nikítitchna era casada não com um comerciante, mas um pintor; ele, no entanto, era muito boa pessoa e ganhava o suficiente para a vida — pegava uma igreja atrás da outra para decorar, e por bom dinheiro. Só uma coisa nele era desagradável a toda a parentela: trabalhava com coisas santas, mas conhecia uns livres-pensamentos do *Pismóvnik* de Kurgánov.[2] Gostava de falar do Caos, de Ovídio e de Prometeu e era dado a fazer comparações do reino das fábulas com a História. Se não fosse isso, seria tudo ainda uma maravilha. Havia mais uma coisa: ele e a Kapitolina não tinham filhos, e isso era um desgosto para os meus tios. Eles tinham casado só a primeira filha, e lá estava ela, havia já três anos, sem filho nenhum. Por causa disso, os homens com vontade de casar queriam distância das outras duas irmãs.

Titia perguntou a Ivan Iákovlevitch por que é que a filha não tinha filhos: os dois, dizia ela, eram jovens e bonitos, e como é que, então, os filhos não vinham?

Ivan Iákovlevitch balbuciou:

---

obras de Aleksandr Ostróvski, Fiódor Dostoiévski, Lev Tolstói e outros. (N. da E.)

[2] Nikolai Gavrílovitch Kurgánov (1726-1796), pedagogo, matemático e pensador russo. *Pismóvnik*, um manual de gramática e literatura russas publicado em 1793, é seu trabalho mais conhecido. (N. da E.)

— *Est ubo nebo nebesse; est nebo nebesse.*[3]

As suas ajudantes e intérpretes traduziram para a minha tia que o *bátiuchka*[4] mandava, diziam elas, o vosso genro orar pra Deus, porque parece que ele não é lá muito crente, não.

A minha tia ficou de boca aberta: o santo, disse ela, tem conhecimento de tudo! E não deu mais sossego ao pintor, para que fosse confessar-se, mas ele não ligava para nada. Encarava tudo de modo leviano... comia de tudo nos dias de abstinência da Igreja... além do quê, vinha gente dizer que ele até saboreava larvas e ostras.[5] E moravam todos na mesma casa, e volta e meia a família levava a mão à cabeça para se perguntar como é que na sua parentela de mercadores podia haver uma pessoa como aquela, um ímpio.

II

A minha tia foi ao Ivan Iákovlevitch pedir-lhe que, duma só vez, rezasse por um fruto para o ventre da sua serva Kapitolina e iluminasse com a santa fé o servo Hilári (que este era o nome do genro).

Isso foi pedido juntamente pelo meu tio e pela minha tia.

Ivan Iákovlevitch engrolou lá qualquer coisa impossível de entender, e as suas dedicadas mulherzinhas, sentadas ao seu redor, esclareceram:

---

[3] "Tudo é como o Céu dispõe; como o Céu dispõe", em russo eclesiástico, que está para o russo moderno mais ou menos como o latim para o português. (N. do T.)

[4] *Bátiuchka*, literalmente, significa "paizinho". É a denominação do sacerdote da Igreja Ortodoxa russa e a forma de tratamento que lhe dão os crentes. (N. do T.)

[5] Larvas e moluscos não entravam na alimentação dos russos e eram vistos como impuros e encarados com nojo. (N. do T.)

— Hoje ele não tá muito claro, mas digam, amanhã a gente põe num bilhetinho para ele.

Titia disse, e as mulheres foram anotando: "Pra serva Kapitolina, que se abra o ventre, pro servo Hilário, que se agrande a fé".

Os meus tios deixaram esse bilhetinho peditório ao velho e foram para casa a passo alegre.

Em casa, não disseram nada a ninguém, exceto à Kápotchka,[6] com a condição de que ela não dissesse nada ao marido, o pintor descrente, e vivesse com ele o quanto mais possível em carinho e concórdia e observasse se ele estava a chegar perto da crença em Ivan Iákovlevitch. O pintor, por sua vez, era um praguejador inveterado e vinha sempre com adágios e ditos, como se fosse um palhaço da Présnia.[7] Tudo para ele era brincadeira e divertimento. Chegava à noitinha para o sogro e dizia: "Vamos ler o livro de horas de cinquenta e duas páginas?", isto é, quer dizer, jogar cartas... Ou sentava-se, dizendo: "Com uma condição: jogar até desmaiarmos".

Titia não podia nem ouvir essas coisas. O meu tio chegou até a dizer a ele: "Não a desgostes tanto: ela quer-te bem e fez uma promessa por ti". O pintor riu e disse à sogra:

— Que história é essa de promessas secretas? Será que não sabe que foi por causa duma promessa dessas que corta-

---

[6] Hipocorístico de Kapitolina. (N. do T.)

[7] *Présnia* (a partir de 1918, *Krásnaia Présnia*) é um bairro de Moscou. O nome provém do rio Présnia, que o corta. À época da ação do conto, era o destino de passeio preferido pelos moscovitas, ainda um lugar isolado com propriedades de nobres, jardim zoológico, museu botânico, um parque e alguns tanques. Há tempos atraía gente de todas as classes sociais pela possibilidade de conjugar lazer com instrução, pela beleza e pelos festejos ali realizados, dos quais o principal era o São João (24 de junho). A personagem refere-se, provavelmente, a artistas de rua que por lá se apresentavam. (N. do T.)

ram a cabeça do profeta João? Olhe lá, hein, de repente, pode acontecer alguma desgraça na nossa casa.

Isso assustou ainda mais a sogra, e ela, todos os dias, corria apavorada ao manicômio. Lá tranquilizavam-na, diziam que a coisa ia bem: o *bátiuchka* lê o bilhete todo dia, e o que tá escrito ali vai virar realidade logo, logo.

E virou realmente, só que foi uma coisa daquelas que não dá nem vontade de contar.

III

Chega a filha do meio, a donzela Kátietchka,[8] para a minha tia e atira-se aos seus pés, aos soluços, e começa a chorar amargamente.

Titia pergunta:

— Que foi que te fizeram, quem foi?

A filha diz por entre os soluços:

— Mamãezinha querida, eu própria não sei o que que é isto e por quê... foi a primeira e a última vez que aconteceu... Mas esconda o meu pecado do papai.

Titia olhou bem para ela, encostou-lhe o dedo na barriga e disse:

— É aqui?

Kátietchka responde:

— Sim, mãezinha... como é que adivinhou... eu própria não sei como foi...

Titia soltou um ai e ergueu os braços.

— Minha criança, tu nem queiras saber: a culpada do erro acho que fui eu, eu vou já-já saber — e foi voando com um cocheiro ao Ivan Iákovlevitch.

[8] Hipocorístico de Ekaterina. (N. do T.)

— Por favor, onde tá o bilhete do nosso pedido pro *bátiuchka* rogar pra nós um fruto do ventre da serva Kapitolina: como é que tá escrito?

As ajudantes do *bátiuchka* procuraram pelo papelzinho no peitoril da janela e deram-no à minha tia.

Titia relanceou os olhos e por pouco não perdeu o juízo. Que pensais vós? Saíra mesmo tudo pela oração errada, porque, em vez de "Kapitolina, serva de Deus", estava escrito "a serva Katerina", que nem casada era, só donzela.

As mulherzinhas disseram:

— Vejam só, que coisa! Os nomes são munto pracidos... mas num é nada, *ainda dá pra consertar*.

E titia pensou: "Não, conversa, já não dá pra vocês consertarem nada: a Kátia[9] já conseguiu o dela" — e rasgou o papel em pedacinhos.

IV

O principal era o medo: como contar a história ao meu tio? Ele era de um tipo de gente que, quando ficava bravo, não adiantava tentar acalmá-lo. Além de quê, Kátia era a filha de quem ele menos gostava; a predileta era a menor, a Olguinha; a ela fora prometido o maior dote.

Titia pensou, pensou e viu que só com a sua cabeça não acharia um jeito para aquela desgraça, e aí chamou o genro pintor para conselho e contou-lhe o caso tintim por tintim; por fim, perguntou:

— Tu não tens a fé, mas pode haver algum sentimento em ti; por favor, tem pena da Kátia, coopera comigo para esconder o seu pecado de donzela.

[9] Outro hipocorístico de Ekaterina. (N. do T.)

O pintor franziu a testa e disse, severo:

— Queira desculpar, a senhora pode ser mãe da minha esposa e tudo o mais, mas, primeiro, eu não gosto de que fiquem dizendo que sou uma pessoa sem fé e, segundo, eu não entendo uma coisa: como é que pode isso ser pecado da Kátia, se foi o Ivan Iákovlevitch que tanto pediu por ela e durante tanto tempo? Eu tenho pela Kátia todos os sentimentos fraternos e vou interceder por ela, porque ela aqui não tem culpa de nada.

Titia mordia os dedos e chorava; depois, disse:

— Mas... como assim de nada?

— É evidente, de nada. Foi o vosso milagreiro que confundiu as coisas, é a ele que a senhora tem de pedir contas.

— Que contas vou eu pedir pra ele?! O homem é um santo!

— Bem, se ele é um santo, então a senhora fique calada. Mande-me a Kátia com três garrafas de champanhe.

Titia pediu que ele repetisse:

— Com três quê?

O genro respondeu:

— Três garrafas de champanhe, uma agora para mim no meu quarto, e as outras duas depois, aonde eu mandar levar, mas só uma coisa: que estejam prontas e metidas em gelo.

Titia olhou para ele, e tudo o que fez foi balançar a cabeça.

— Fica com Deus — disse — eu aqui achando que fosses só um homem sem fé, tu pintas gente santa na igreja, mas não tens um pingo de sentimento... É por isso que eu não consigo rezar pros teus santos pintados.

O pintor respondeu:

— Não, pare com essa conversa de fé: a senhora, pelo jeito, está com dúvida e acha que é tudo obra dos impulsos da natureza e que a culpa é da Kátia. Pois eu estou convencido de que o Ivan Iákovlevitch é que é o único culpado nessa história toda; e os meus sentimentos a senhora vai ver quando me mandar a Kátia com a champanhe ao meu estúdio.

V

Titia pensou, pensou e acabou por mandar o vinho com a própria Kátia ao pintor. Kátia entrou com uma bandeja, com os olhos cheios de lágrimas, e o pintor levantou-se de um salto, apanhou-lhe as duas mãos e começou ele próprio a chorar.

— Lamento profundamente — disse —, minha cara, o que te aconteceu, mas não há tempo nem pra suspiros; põe para fora rapidinho todos os teus segredos.

A donzela contou-lhe como fizera a travessura, e ele pegou e trancou a cunhada a chave no estúdio.

Titia encontrou o genro de olhos vermelhos e não disse palavra. Ele abraçou-a e beijou-a e disse:

— Não tenha medo, não chore, Deus talvez ajude.

— Diz-me — murmurou a minha tia —, quem é o culpado de tudo?

O pintor ameaçou-a carinhosamente com o dedo e respondeu:

— Pois isso não está bem, a senhora o tempo todo atira-me à cara que eu sou um ímpio, e agora, que a sua fé é posta a prova, eu vejo que não tem nem um pingo de fé. Como é que não consegue enxergar que aqui ninguém tem culpa, que simplesmente foi o milagreiro que cometeu um pequeno engano?

— Mas onde está a minha pobre Kátietchka?

— Pois eu joguei-lhe um terrível feitiço de pintor, e ela desapareceu, como num passe de mágica.

Dito isso, mostrou a chave à sogra.

Titia compreendeu que ele procurava resguardar a moça do primeiro acesso de cólera do pai, e abraçou-o.

E disse baixinho:

— Perdoa-me, há bons sentimentos em ti.

VI

Aí chegou o meu tio, bebeu chá, como de costume, e disse:

— E então, vamos ler o livro de horas de cinquenta e duas páginas?

O pintor abancou-se com ele. Os de casa trancaram todas as portas em torno dos dois e puseram-se em biquinhos de pé. Titia ora se afastava das portas, ora vinha de novo ficar à escuta, sem parar de benzer-se o tempo todo.

Até que, por fim, lá dentro ouviu-se um tropear de vidros... Titia correu pra trás e escondeu-se.

— Ele contou — disse —, ele acaba de contar! Agora vai começar uma cena dos diabos!

E realmente: a porta abriu-se com violência, e titio gritou:

— O meu sobretudo e um porrete grande!

O pintor puxou-o para trás e disse:

— Que é isso?! Aonde vais?!

O meu tio respondeu:

— Eu vou pro hospício pegar aquele milagreiro!

Titia, escondida atrás de outra porta, pôs-se a gemer:

— Corre, gente, corre depressa pro manicômio, pra que escondam o Ivan Iákovlevitch!

E olhem que o meu tio realmente teria ido aplicar-lhe uma coça, mas o genro pintor conseguiu detê-lo com um quadro terrível da doutrina divina.

VII

O genro fez ao sogro lembrança de que ele tinha mais uma filha.

— Não importa — diz o sogro —, ela já tem o seu dote, mas eu quero pôr as mãos naquele Koréicha! E que me mandem depois pro tribunal!

— Mas não é de tribunal nenhum que tu deves ter medo, homem, e pensa bem no mal que o Ivan Iákovlevitch pode fazer à Olga! É uma coisa medonha o que pões em risco!

O meu tio parou e refletiu um pouco:

— Que desgraça pode ele fazer?

— Pois exatamente a que ele fez à Ekaterina.

O meu tio olhou e respondeu:

— Conversa! Lá pode ele fazer um negócio desses?

O pintor respondeu:

— Bem, já que tu, como eu vejo, não tens a fé divina, então faz o que te parecer melhor, mas depois não me venhas com arrependimentos e não ponhas as culpas nas pobres moças.

O meu tio parou de novo. O genro empurrou-o de volta para a sala, e toca a convencê-lo dos seus argumentos.

— O melhor, para mim, é esquecer esse milagreiro, e pegar o caso e dar um jeito de consertá-lo com meios caseiros.

O velho concordou, só não sabia exatamente como consertar o caso, mas também aqui o genro pintor ajudou-o, com dizer:

— As boas ideias são para buscarem-se na alegria, não na ira.

— Mas que alegria, meu irmão — respondeu o meu tio —, pode haver num caso destes?

— Pois a seguinte: eu tenho dois frasquinhos de espumante e, enquanto tu não os esvaziares comigo, eu não te direi nada. Anda, concorda comigo. Tu sabes como eu sou, quando digo alguma coisa.

O velho olhou para ele e disse:

— Manda trazerem, manda trazerem! Que é que vem depois?

Enfim, acabara por concordar.

VIII

O pintor deu um vivo comando e apareceu de volta, seguido do seu ajudante, um jovem pintor, que trazia uma bandeja com duas garrafas e cálices.

Assim que os dois entraram, o pintor trancou a porta atrás de si e guardou a chave num bolso. O meu tio olhou para ele e compreendeu tudo, e o genro fez um sinal de cabeça ao ajudante; este pegou e postou-se em atitude de completa submissão.

— Perdoe-me e dê-me a sua bênção.

Titio perguntou ao genro:

— Posso dar-lhe uns cascudos?

O genro respondeu:

— Pode, mas não há necessidade.

— Bem, então, que ele ao menos se ponha de joelhos diante de mim.

O genro sussurrou ao ajudante:

— Pois então, rapaz, ajoelha-te à frente do *bátiuchka* pela moça do teu coração.

O rapaz ajoelhou-se.

O velho começou a chorar.

— Amas muito a minha filha?

— Amo.

— Vem cá, então, dá-me um beijo.

E foi assim que ocultaram o pequeno engano do Ivan

Iákovlevitch. E isso tudo ficou em segredo muito bem guardado, e começaram a aparecer pretendentes para a filha mais nova, porque viram que as moças eram de confiança.

(1883)

COLAR DE PÉROLAS

I

Em casa de uma família instruída, à mesa do chá, falava-se de literatura, de coisas como fantasia e fábula. E lamentava-se que tudo isso estivesse cada vez mais pobre e mais pálido entre nós. Eu lembrei-me de uma observação muito característica do falecido Píssemski,[1] que dizia que o empobrecimento notado na literatura estava sobretudo relacionado com a multiplicação das estradas de ferro; na sua opinião, elas são muito úteis para o comércio, mas às belas-letras fazem mal.

"Hoje em dia, a pessoa viaja muito, mas à maior velocidade e sem problemas — dizia Píssemski —, e por isso não junta nenhuma impressão forte, e não há nada que olhar, nem tempo para isso, pois tudo passa voando pela janela. Daí, a sua experiência é pobre. Mas, antigamente, quando ias de Moscou a Kostromá[2] de carruagem e saía-te um cocheiro canalha, e os outros passageiros eram todos uns insolentes, e o dono da hospedaria era um velhaco, e a cozinheira da ca-

---

[1] Aleksei Feofiláktovitch Píssemski (1821-1881), romancista e dramaturgo, realista de visão sombria, marcadamente cético em relação às reformas liberais dos anos 1860. (N. da E.)

[2] Cidade a 400 km a norte de Moscou, às margens do rio Volga. (N. do T.)

sa era a imundície em pessoa — vê aí, então, quanta variedade havia para a tua contemplação. Com o coração já pra não aguentar mais nada, aí tu pescavas uma imundície qualquer na sopa e dizias umas poucas e boas à tal cozinheira, e ela, em resposta, vinha para cima de ti com dez vezes mais impropérios; tu, então, simplesmente não tinhas como escapar de impressões. E elas juntavam-se em ti numa nuvem grossa, que nem a papa engrossada a fogo lento; pois então, aí a escrita só podia sair-te encorpada, concentrada, também; hoje em dia, tudo isso é à moda ferroviária: pegas o teu prato, e sem perguntas; comes, mas não dá nem tempo de mastigares; din-din-din e fim de conversa; recomeças a viagem, e a única impressão que colhes é que o empregado da taberna te roubara no troco, mas já não tens tempo para uma boa troca de palavras fortes com ele."

Um hóspede objetou a isso que Píssemski podia ser lá muito original, mas estava errado, e citou o exemplo de Dickens, que escrevia em um país onde se viajava a grandes velocidades, e ele, no entanto, via e observava muitas coisas, e as fábulas dos seus contos não pecavam pela pobreza de conteúdo.

— A exceção talvez sejam os seus contos dos dias santos.[3] Eles também são belos, claro, mas são monótonos; não se pode, porém, culpar o autor por isso, porque é um tipo de literatura em que o escritor se sente tolhido pela forma curta e bem delimitada. Desse tipo de conto exige-se, sem falta, que traga uma história coincidente com fatos de alguma noite do período, que tenha algo de fantástico e encerre alguma moral, ainda que a simples negação de algum preconceito per-

---

[3] Os "dias santos" (*sviátki*) são os doze que vão do Natal ao Dia de Reis (6 de janeiro). O gênero "conto dos dias santos" é mais ou menos o equivalente russo do *fairy tale* dickensiano, tendo, porém, tradição mais antiga. (N. do T.)

nicioso, e, por fim, que termine de maneira necessariamente feliz. A vida é pobre em acontecimentos desse tipo, e, por isso, o autor obriga-se a inventar uma fábula adequada ao programa. Daí a grande artificialidade, a afetação e a monotonia que se notam nesse tipo de conto.

— Bem, eu não estou inteiramente de acordo com o senhor — disse um terceiro hóspede, homem respeitável, cuja palavra vinha sempre a propósito. Isso deu a todos nós vontade de escutá-lo. — Penso que também o conto dos dias santos, dentro dos limites dessa monotonia, ainda assim pode variar e apresentar uma curiosa multivariedade, refletindo em si o seu tempo e os costumes da época.

— Mas com que poderia provar a sua opinião? Para que ela seja convincente, é preciso que nos mostre um acontecimento da vida atual da sociedade russa, em que se reflitam o nosso tempo e o homem contemporâneo e, ao mesmo tempo, tudo isso corresponda à forma e ao programa do conto dos dias santos, isto é, seja levemente fantástico, contrarie algum preconceito e tenha final alegre, não triste.

— Como é que não? Posso apresentar-vos um tal relato, se quiserdes.

— Pois faça o favor! Mas lembre-se apenas de que ele deve ser uma *coisa acontecida de verdade*!

— Oh, estai certos disso, contarei um acontecimento da maior verdade, ademais, de gente muito cara a mim e próxima. O caso foi com o meu irmão, que, como deve ser do vosso conhecimento, faz boa carreira no serviço público e goza de boa reputação, inteiramente merecida.

Todos confirmaram que aquilo era verdade, e muitos acrescentaram que o irmão do narrador era pessoa realmente digna e esplêndida.

— Pois então — disse aquele —, contarei uma história a respeito dessa, como dizeis, pessoa esplêndida.

II

Há três anos, no período dos dias santos, esse meu irmão, que então era funcionário público na província, veio visitar-me e, como se picado por algum bicho, apertou a mim e a minha esposa com um pedido insistente: "Arranjem-me um casamento".

No início, achamos que estivesse a brincar, mas a toda hora lá vinha ele de novo: "Arranjem, façam-me a caridade! Salvem-me do insuportável tédio da solidão! Eu enjoei-me da vida de solteiro, estou farto dos mexericos e tolices da província; eu quero ter o meu lar, quero sentar-me à noite com a minha querida esposa junto ao meu próprio candeeiro. Arranjem-me um casamento!".

— Mas espera lá — dizíamos —, isso tudo é maravilhoso e oxalá seja como queres, Deus te abençoe, casa-te, mas para isso é preciso tempo, é preciso ter em vista uma pessoa boa, que seja do agrado do teu coração, e que nela tu também encontres atração por ti. Para tudo isso é preciso tempo.

Ele responde:

— Pois tempo há de sobra: as duas semanas do Natal ao Dia de Reis são pouco para casamento, mas vocês, enquanto isso, procurem uma noiva, e eu e ela na noite do Dia de Reis nos casaremos e partiremos.

— Eh, meu amigo, pareces ter ficado meio doido desse teu tédio de solteiro. (A palavra "psicopata", então, ainda não entrara em uso entre nós.) Não tenho tempo — digo-lhe eu —, para ficar a falar de maluquices contigo; eu vou agora para o tribunal, para o trabalho, e fica tu aqui com a minha esposa, fantasiando em companhia dela.

Pensava eu, naturalmente, que nada daquilo fosse sério ou, ao menos, que fosse um propósito muito distante da sua realização, entretanto, volto a casa para o almoço e vejo que a coisa já estava amadurecida pelos dois.

A minha esposa disse-me:

— Esteve aqui a Máchenka[4] Vassílieva; pediu-me que fosse ajudá-la a escolher um vestido, e, enquanto me vestia, eles (isto é, o meu irmão e a moça) tomaram chá juntos e conversaram, e o teu irmão disse-me: "Eis aí uma moça maravilhosa! Para que ficar escolhendo muito — casem-me com ela!".

Respondi à minha esposa:

— Agora vejo que o meu irmão ficou doido de verdade.

— Não, permite-me lá — respondeu a minha esposa —, por que é que tem ele obrigatoriamente de "haver ficado doido"? Para que negar aquilo que tu sempre respeitaste?

— Ora, que é que eu sempre respeitei?

— Simpatias incontroladas, atrações do coração.

— Eh lá, mãezinha — disse eu —, não me venhas com essas histórias. Isso tudo vem bem ao seu tempo e a propósito, quando essas atrações decorrem de alguma coisa de que se tenha clara consciência, do reconhecimento de excelências visíveis da alma e do coração, mas que é que temos aqui... acabou de ver e já está disposto a enjaular-se para o resto da vida.

— Pois é realmente isso, e que é que tens contra a Máchenka? Ela é exatamente tal como tu dizes — uma moça de raciocínio lúcido, caráter nobre e coração belo e fiel. E há mais, ela gostou muito dele.

— Como?! — exclamei. — Pois então já conseguiste até uma confissão da parte dela?!

— Não bem uma confissão — respondeu ela —, mas será que não dá para ver? Amor é coisa cá do nosso departamento feminino, nós o notamos e enxergamos até em embrião, ainda.

---

[4] Hipocorístico de Maria. (N. do T.)

Colar de pérolas

— Vós sois todas umas casamenteiras repugnantes: quereis só casar uma pessoa e outra; agora o que virá disso depois, ah, isso não é convosco. Deverias temer as consequências da tua leviandade.

— Pois não temo nada — disse ela —, porque conheço os dois e sei que o teu irmão é uma bela pessoa e que a Máchenka é um amor de moça, e eles, tendo dado a palavra de tudo fazer pela felicidade um do outro, cumprirão a promessa.

— Como?! — gritei, já fora de mim. — Já trocaram juras um com o outro?!

— Sim — respondeu ela —, isso, por enquanto, foi feito alegoricamente, mas pôde entender-se. Os seus gostos e aspirações convergem, e eu irei com o teu irmão à casa dela hoje à noite; ele certamente agradará aos velhos, e depois...

— Que é, que virá depois?

— Depois, eles que façam como entenderem por bem; tu só não te metas.

— Muito bem — disse eu —, muito bem, fico muito contente de não meter-me nessa tolice.

— Tolice não haverá nenhuma.

— Pois, então, muito bem.

— Dará tudo certo; eles serão muito felizes!

— Fico muito contente! Só não atrapalharia nem um pouquinho — disse eu — o meu irmãozinho e tu saberdes e nunca esquecerdes que o pai da Máchenka é um unhas-de-fome rico e conhecido de todos.

— E daí? Não posso, infelizmente, discutir isso, mas isso não impede nem um pouquinho a Máchenka de ser uma bela moça que dará uma bela esposa. Pareces ter esquecido aquilo de que falamos mais de uma vez: lembra-te de Turguêniev — todas as suas melhores mulheres, todas igualmente esplêndidas, tinham genitores nada respeitáveis.

— Pois não é disso que estou a falar, longe disso. A Máchenka é realmente uma moça magnífica, mas o pai dela, ao casar as suas duas irmãs mais velhas, enganou os noivos e não deu dote nenhum, e à Macha também não vai dar nada.

— Quem é que sabe? Ele gosta dela mais do que das outras.

— Então, minha amiga, podes esperar sentada: sabemos muito bem como é o amor "especial" que eles lá têm pela moça que está a sair de casa para casório. Vai enganar todo o mundo! E ele só pode realmente enganar os outros, é disso que vive, e começou o patrimônio, dizem, foi emprestando dinheiro a juros altos e com retenção de penhor. É numa pessoa dessas que vós esperais encontrar amor e magnanimidade. Pois digo-vos que os seus primeiros dois genros eram eles próprios dois espertalhões e que, se o homem os tapeou e os dois vivem em guerra com ele, então muito mais este meu irmãozinho, que sofre desde a infância da mais exagerada delicadeza, é que ele vai deixar a ver navios.

— Que história é essa de deixar a ver navios?

— Ora, estás a fazer-te de tonta.

— Não, não estou, não.

— Mas será que não sabes o que significa "deixar a ver navios"? Ele não dará nada à Máchenka, acabou-se e pronto!

— Ah, então é isso!

— Pois sim, claro.

— Claro, claro! Isso pode ser, mas só que nunca pensei — continuou a minha esposa — que, na tua opinião, conseguir uma esposa boa, mas sem dote, chama-se "ficar a ver navios".

Vós conheceis esse adorável costume e essa lógica das mulheres: elas atiram pedras à horta de alguém e a ti, por vizinhança, presenteiam com uma alfinetada na costela...

— Pois eu não estou falando de mim, absolutamente...
— Não, então por quê?...
— Ora, isso é estranho, *ma chère*![5]
— Mas por que é que é estranho?
— É estranho porque eu não me referia a mim.
— Bem, então, pensaste.
— Não, também não pensei.
— Bem, então imaginaste.
— Nada disso, com os diabos, não imaginei nada!
— Mas por que é que gritas, então?!
— Eu não estou gritando.
— Ora, isso de "diabos"... "diabos"... Que é isso?
— É porque me fizeste perder a paciência.
— Ah, então é isso! Se eu fosse rica e te tivesse trazido um dote...
— E-e-e-eh!...

Aí eu não suportei mais e, pela expressão do falecido poeta Tolstói, "tendo começado como um deus, concluí como um porco".[6] Fiz cara de ofendido — porque realmente me sentia ofendido —, balancei a cabeça, virei-me e fui para o meu gabinete. Mas, tendo fechado a porta atrás de mim, senti uma vontade irresistível de vingança — abri a porta de novo e disse:

— Isso é uma indecência!

E ela respondeu:

— *Merci*, meu amado marido.[7]

---

[5] Em francês, no original: "minha querida". (N. do T.)

[6] Citação inexata do poema satírico "O sonho de Popov", de Aleksei Konstantínovitch Tolstói (1817-1875). (N. da E.)

[7] Em francês, no original: "Obrigada!". (N. do T.)

III

O diabo é que sabe que cena foi aquela! E não esqueçais — isso depois de quatro anos da mais feliz vida de casados, nunca turbada, nem por um minuto, pelo que quer que pudesse ter sido!... Uma coisa de amargar, lamentável e insuportável! E que tolice, aquela! E por nada!... E toda a confusão fora obra do meu irmão. E por que é que eu me exaltara e me preocupara tanto?! Não era o meu irmão já adulto e não estava ele próprio no direito de dizer qual mulher lhe agradava e com quem deveria casar-se?... Céus, num caso desses, hoje em dia, não dizes nada nem a um filho, quanto mais deve alguém dar ouvidos a um irmão... E, no fim de contas, com que direito? E podia lá eu ser profeta para prever direitinho como acabariam estes esponsais ou aqueles?... Macha era realmente uma moça magnífica, e por acaso não era a minha esposa também uma mulher encantadora?... E a mim, graças a Deus, nunca ninguém me chamara "patife", e, no entanto, eis que eu e ela, depois de quatro anos de vida feliz, nem por um minuto turbada por coisa nenhuma, tínhamos destemperado os humores um ao outro, como um alfaiate e uma costureira... E tudo por uma coisinha de nada, pelo capricho burlesco de outra pessoa...

Fiquei terrivelmente envergonhado de mim próprio e com terrível pena da minha esposa, porque já relevava as suas palavras e culpava a mim por tudo e, nesse ânimo triste e acabrunhado, adormeci no sofá do meu gabinete, vestido com o meu macio roupão de algodão, pespontado pelas mãos de ninguém mais do que da minha amada esposa...

Coisa sedutora esta: uma roupa confortável de todos os dias, confeccionada pelas mãos da esposa para o marido! Tão bem, com tanto carinho, tão a propósito e sem propósito, ela traz-nos à memória as nossas culpas e as preciosas mãozinhas, às quais de repente nos dá vontade de cobrir de beijos e pedir desculpas por alguma coisa:

— Perdão, meu anjo, eu perdi a cabeça. Não torno a fazê-lo.

E, devo confessar, veio-me uma vontade tão grande de ir correndo a ela com esse pedido, que acordei, levantei-me e saí do gabinete.

Olhei — a casa toda às escuras e no maior silêncio.

Perguntei à criada:

— Onde está a patroa?

— Ela foi com o seu irmão à casa do pai da Mária Nikoláevna. Eu vou já preparar-lhe um chá.

"Vejam só! — pensei comigo —, ela não larga a teima, quer realmente casar o meu irmão com a Máchenka... Bem, façam lá como quiserem, e que o pai da Máchenka os tapeie, como tapeou os genros mais velhos. Tanto mais que esses dois eram finórios acabados, enquanto o meu irmão é a honestidade e delicadeza personificada. Tanto melhor, o velho que os tapeie — o meu irmão e a minha esposa. Ela que se queime na primeira lição, para aprender a não arranjar casamento para os outros!"

Recebi das mãos da empregada o copo de chá e sentei-me para ler um processo, que começaria no dia seguinte no tribunal e me apresentava não poucas dificuldades.

Essa ocupação absorveu-me bem para lá da meia-noite, e a minha esposa e o meu irmão voltaram às duas horas da madrugada, ambos bem alegres.

Ela disse-me:

— Não queres um rosbife frio e um copo de água com vinho? Nós jantamos na casa dos Vassíliev.

— Não, muito agradecido.

— Nikolai Ivánovitch foi da maior generosidade e serviu-nos uma jantarada.

— Ah! Foi assim?!

— Pois é, nós passamos o tempo do jeito mais alegre e bebemos champanhe.

— Felizardos! — disse eu, mas pensava comigo: "Quer dizer, aquele canalha do Nikolai Ivánovitch viu logo de cara que bezerrinho era o meu irmão e não foi para menos que lhe tenha chegado o cocho. Agora ele vai acarinhá-lo, fazendo a engorda do noivo, mas depois o novilho vai para o talho".

E os sentimentos contra a minha esposa de novo se eriçaram, e não lhe pedi desculpas. E até, se estivesse livre e tivesse ócio para olhar bem todas as peripécias do jogo amoroso armado por eles, então não seria de admirar que eu de novo não aguentasse — ter-me-ia intrometido e nós teríamos chegado a alguma psicose; mas, por felicidade, eu não tinha tempo. O processo, de que lhes falei, estava a ocupar-nos tanto no tribunal, que não tínhamos esperança de concluí-lo nem para o feriado, e por isso eu ia para casa só para comer e dormir, de modo que passava os dias e parte das noites aos pés do altar de Têmis.[8]

Em casa, as coisas não esperaram por mim, e quando, às vésperas do Natal, apareci sob o meu teto, todo satisfeito de ter-me livrado das ocupações processuais, receberam-me com o convite de ir ver a suntuosa cesta das caras prendas oferecidas pelo meu irmão à Máchenka.

— Mas que é isso?

— São as oferendas do noivo à noiva — explicou a minha esposa.

— Ah, olhem só em que pé estão as coisas! Meus parabéns.

— Que querias! O teu irmão não queria fazer o pedido formal sem antes falar contigo, mas estava com pressa do ca-

---

[8] Deusa grega, simbolizadora da Justiça. (N. do T.)

samento, e tu, até parece que por desaforo, estavas lá enfiado naquele tribunal nojento. Não dava para esperar, e eles ajustaram os esponsais.

— Pois ótimo! — disse eu. — Não havia por que esperarem por mim.

— Já lá vens com graças, pelo jeito.

— Pois não venho com graça nenhuma.

— Então ironia.

— Muito menos com ironia.

— Pois isso seria inútil, porque, apesar de todo o teu crás-crás de corvo, eles serão muitíssimo felizes.

— Certamente, se garantes que o serão... Há o ditado: "Quem pensa apenas três dias, só pode escolher desgraças". Não escolher teria sido o mais acertado.[9]

— Aí está — respondeu a minha esposa, fechando a cesta das oferendas —, vós, homens, achais que sois vós que nos escolheis, mas isso é pura asneira.

— Por que dizes que isso é asneira? Não são as moças que escolhem os noivos, eu espero, são os noivos que procuram as moças para casamento.

— Sim, procuram-nas para casamento, isso é verdade, mas escolha, como uma coisa cuidadosa e ponderada, nunca se faz.

Balancei a cabeça e disse:

— Deverias pensar nas coisas que dizes. Eu, por exemplo, escolhi a ti precisamente por respeito a ti e com consciência das tuas qualidades.

---

[9] O significado do ditado russo "*Kto dúmaet tri dni, tot vyberet zlýdni*" é que quem pense muito (*tri dni*: três dias), durante alguma escolha, acabará por decidir-se por coisas terríveis (*zlýdni*: desgraças). Pelo hábito de Leskov deturpar ditados, provérbios e ditos populares, este adquire o significado oposto do original: quem escolha alguém como companhia para a vida, não deve pensar só três dias. (N. do T.)

— Tu mentes.
— Como minto?
— Mentes, porque não foi nem um pouco pelas minhas qualidades que me escolheste.
— Por que é que teria sido, então?
— Por teres gostado da minha pessoa.
— Como, negas até que tenhas qualidades?
— Nem um pouquinho, qualidades eu tenho, mas ainda assim não te haverias casado comigo, se não tivesses gostado de mim.

Senti que ela dizia a verdade.

— No entanto — disse-lhe —, durante um ano inteiro, esperei e fui à tua casa. Por que teria feito isso, então?
— Ias para olhar-me.
— Não é verdade, eu estudava o teu caráter.

A minha esposa riu-se.

— Que riso mais despropositado!
— Nem um pouquinho despropositado. Não estudaste nada em mim, meu amigo, e estudar não podias.
— E por quê?
— Devo dizer?
— Faz-me essa caridade, diz!
— Porque estavas apaixonado por mim.
— Que seja assim, mas isso não me impediu de enxergar as tuas qualidades espirituais.
— Impediu, sim.
— Não, não impediu.
— Impediu, e sempre impedirá qualquer homem, é por isso que um longo estudo como o teu é inútil. Vós, homens, achais que, quando estais apaixonados por uma mulher, *olhais para ela com a razão*, mas, na verdade, a *vedes com os olhos da imaginação*.
— Bem... mas — disse-lhe eu —, tu puseste isso em termos... muito realistas.

Colar de pérolas

E pensava com os meus botões: "E não é que é verdade?!".

A minha esposa disse:

— Chega de pensar — acabou tudo bem, mas, agora, vai mudar de roupa e vamos para a casa da Máchenka: festejaremos o Natal com eles, e tu deves levar os teus parabéns a ela e ao teu irmão.

— Com muito prazer — disse eu. E fomos.

IV

Lá houve a entrega dos presentes e a apresentação dos cumprimentos, e todos nós nos embriagamos com o alegre néctar da Champagne.

Não havia já tempo para pensar e conversar ou tentar dissuadir a quem quer que fosse. Só restava apoiar em todos a crença na felicidade que esperava os noivos, e beber champanhe. Foi nisso que passamos os dias e noites ora na nossa casa, ora na casa dos pais da noiva.

Num ânimo desses, demora o tempo a passar?

Não tivéramos tempo nem de dizer "ai!", e já chegou voando a véspera do Ano Novo. É quando a expectativa de alegrias aumenta. O mundo inteiro deseja alegrias, e nós não ficamos atrás das outras pessoas. Festejamos novamente a passagem do ano na casa dos pais de Máchenka com uma, como diziam os nossos avós, "molhadela da garganta", que justificava a sua locução: "A alegria da Rússia é beber".[10] O

---

[10] A frase era seguida de "sem isso, não conseguimos viver" ("*Russí vessélie est'píti, my ne mójem bep tjvó býti*"). De acordo com os fastos dos séculos XI-XII, o príncipe Vladímir Sviatoslávovitch, quando da escolha de religião para a Rússia kievana, entre cristianismo ocidental (Catolicismo), cristianismo oriental (Ortodoxia), judaísmo e islã, teria usado as

pai de Máchenka não disse nada acerca do dote, mas em compensação deu-lhe um presente estranhíssimo e, como se veio a saber depois, inadmissível e de mau augúrio. Durante o jantar, à frente de todos, ele colocou-lhe ao pescoço um rico colar de pérolas... Nós, homens, após um rápido olhar para a coisa, até achamos que era uma prenda magnífica.

"Oh-oh, vejam só, quanto deve valer uma coisa dessas? Provavelmente, essa coisinha deve ter ficado guardada desde os dias gordos do velho, já distantes, quando a gente rica da nobreza não enviava coisas ao prego e, nas grandes precisões de dinheiro, com mais gosto confiava os seus objetos de valor a usurários secretos do tipo do pai de Macha."

As pérolas eram grandes, bem redondas e de brilho extraordinariamente vivo. O colar, ademais, era ao gosto antigo, chamado "grade" — começa em cima com um pequeno grão de café, depois, vai alargando-se para baixo, com pérolas cada vez maiores, as quais, por fim, chegam ao tamanho de favas — e trazia, bem no meio, três pérolas negras de tamanho impressionante e do melhor brilho. A bela e preciosa oferenda eclipsou totalmente as oferendas do meu irmão, apoucadas diante dela. Numa palavra, nós, homens rústicos, achávamos bela a prenda do pai a Macha e gostamos das palavras ditas pelo velho ao colocar o colar na filha. Ele disse: "Aqui está para ti, filhinha, uma coisinha com palavras mágicas: nenhuma traça jamais a roerá, nenhum ladrão a roubará e, se o fizer, não se alegrará. Por toda a eternidade".

Mas as mulheres, bem, elas têm a sua própria opinião acerca de tudo, e a Máchenka, ao receber a prenda, pôs-se a chorar, e a minha esposa não se conteve e, apanhando um momento oportuno, quando ela e Nikolai Ivánovitch esta-

---

supracitadas palavras para rejeitar o último, proibidor do consumo de álcool. Elas servem de autojustificação para todos os russos amantes de beber e petiscar. (N. do T.)

vam ao pé da janela, fez-lhe uma admoestação, que ele escutou por dever de parentesco. A admoestação pela oferta das pérolas decorria de elas simbolizarem e prenunciarem lágrimas. E por isso ninguém costuma dar pérolas entre as prendas de Ano Novo.

Nikolai Ivánovitch, a propósito, safou-se habilmente com uma graça:

— Isso, em primeiro lugar, são preconceitos vazios, e, se alguém puder presentear-me a pérola que a princesa Iussúpova comprou a Gorgibus,[11] eu a aceitarei na hora. Eu, minha senhora, no meu tempo também tive essas sutilezas e sabia o que não se podia presentear. A uma moça não se podem dar turquesas, porque, na opinião dos persas, elas alimentam-se dos ossos das pessoas que morreram de amor; já às damas casadas não se pode dar a ametista *avec fleches d'Amour*,[12] mas, apesar disso, eu experimentei dar tais ametistas, e as senhoras aceitaram...

A minha esposa sorriu. E ele disse:

— Pois experimentarei presentear uma à senhora. Agora, quanto à pérola, é preciso saber que há pérolas e pérolas. Nem toda pérola é obtida do mar com lágrimas. Há uma pérola persa, há uma do Mar Vermelho e há pérolas de águas mansas — *d'eau douce*;[13] esta é apanhada sem lágrimas. A sentimental Maria Stuart só usava esta última, a *perle d'eau douce*, de rios escoceses, mas ela não lhe trouxe felicidade. Eu sei o que é preciso presentear, e é o que estou a dar à minha

---

[11] A princesa Tatiana Vassílievna Iussúpova (1769-1841) tinha uma famosa coleção de gemas preciosas, mas a pérola de Gorgibus, de 126 quilates em formato de pêra, foi trazida das Índias por Gorgibus de Calais e vendida ao rei Felipe IV da Espanha. (N. da E.)

[12] Em francês no original: "com flechas de Amor". (N. do T.)

[13] Idem: "de água doce". (N. do T.)

filha, e a senhora fica aí a assustá-la. Por isso não lhe darei nada de *avec fleches d'Amour*, minha senhora, mas "a pedra-da-lua", a "adulária", que é de sangue frio. Mas tu, minha criança, não chores e tira da cabeça a ideia de que a minha pérola traz lágrimas. Esta não é assim. Quando estiveres já casada, contar-te-ei o seu segredo, e verás que não tens motivo por que ficar com medo por causa de preconceitos...

Essa conversa trouxe alívio aos ânimos, e o meu irmão e Macha casaram-se logo após o dia de Reis, e eu e a minha esposa fomos visitá-los na manhã seguinte.

V

Nós encontramos os dois já de pé e numa disposição de espírito extraordinariamente alegre. Foi o meu irmão que nos abriu a porta do quarto do hotel, reservado por ele para o dia do casamento; ele recebeu-nos radiante e não parava de rir.

Isso lembrou-me um velho romance, em que um recém-casado enlouquecera de felicidade, e eu observei isso ao meu irmão, que me respondeu:

— Mas que é que pensas, aconteceu-me um caso de fazer realmente uma pessoa duvidar do próprio juízo. A minha vida familiar, começada no dia de hoje, trouxe-me não só as esperadas alegrias da parte da minha querida esposa, mas também uma inesperada prosperidade da parte do meu sogro.

— Mas que foi mais que te aconteceu?
— Pois entrem, que contarei.
A minha esposa sussurrou-me:
— Bem que tu dizias, o velho patife tapeou-os.
Eu respondi:
— Não tenho nada com isso.

Entramos, e o meu irmão estendeu-nos uma carta já aberta, endereçada a ele e à Macha e chegada de manhã cedo pelo correio. Nela lia-se o seguinte:

"O preconceito por conta da pérola não vos traz nenhuma ameaça. Essa que está aí é *falsa*."

A minha esposa até se sentou.

— Ora o patife! — disse ela.

Mas o meu irmão fez-lhe um sinal com a cabeça na direção do quarto, onde Macha fazia a toalete, e disse:

— Estás errada: o velho agiu de modo muito honesto. Ao receber a carta, li-a e comecei a rir... Que poderia haver nela de triste para mim? Eu não estava atrás de dote nenhum, nem pedira dote; o que procurava era uma esposa, de modo que não me dá desgosto nenhum que a pérola do colar não seja verdadeira, mas falsa. Que a tal pérola não valha trinta mil rublos, mas só trezentos, para mim não tem importância, o que interessa é que a minha esposa seja feliz... Só uma coisa estava me preocupando, e era como dizer isso à Macha. Foi pensando nisso que me sentei, virado para a janela, e não notei que me esquecera de trancar a porta. Uns minutos depois, viro-me e vejo o meu sogro de pé, atrás de mim, com uma coisa embrulhada num lenço.

"Bom dia, genrinho!"

Levantei-me dum salto, abracei-o e disse-lhe:

"Que gentileza, a sua! Nós pretendíamos ir à sua casa daqui a uma hora, e o senhor próprio veio... Isso é contra todos os costumes... isso é muito gentil e não tem preço."

"Ora — respondeu — vamos às contas! Somos parentes, agora. Estive na missa, rezei por vós e trouxe-vos a hóstia."

Eu abracei-o de novo e beijei-o.

"E recebeste a minha carta?" — perguntou.

"Como não? — respondi. — Recebi."

E de novo comecei a rir.

Ele só a olhar para mim.

"Mas por que é que ris, rapaz? — perguntou."
"E que posso fazer? O caso é muito engraçado."
"Engraçado?"
"E como!"
"Dá cá a pérola."

O colar estava aqui, em cima da mesa, no estojo, e eu entreguei-lho.

"Tens aí uma lupa?"

Eu respondi: "Não".

"Se é assim, eu tenho uma. É um velho costume meu sempre andar com uma. Tenha a bondade de olhar o fecho, bem debaixo do cão."

"Por que devo olhar?"

"Olha, estou a dizer. Talvez penses que te tenha enganado."

"Não penso nada disso."

Peguei a lupa e olhei — no fecho, no lugar mais escondidinho, havia uma inscrição microscópica em letras francesas: "Bourguignon".[14]

"Estás convencido agora de que esta é realmente uma pérola falsa?"

"Pude ver."

"E que é que me dizes agora?"

"A mesma coisa de antes. Isto é: não tenho nada com isso, e só lhe pedirei uma coisa..."

"Pois pede, pede!"

"Permita que eu não fale disso à Macha."

"E por quê?"

"Por nada..."

"Não, não, vem cá, com que objetivo, precisamente? É por que não queres dar-lhe um desgosto?"

---

[14] Joalheria francesa especializada em imitações. (N. do T.)

"Sim, além de outra coisa."

"Que outra coisa?"

"A outra coisa é que eu não quero que no coração dela se erga alguma coisa contra o pai."

"Contra o pai?"

"Sim."

"Ora, meu caro genro, para o pai, agora, ela é já uma fatia cortada para sempre do filão de pão; para ela, agora, o principal é o marido..."

Eu disse: "O coração não é nunca uma estalagem: ele sempre tem espaço de sobra. O amor ao pai é um, ao marido é outro, além de quê, o marido que queira ser feliz, deve cuidar para que ele possa respeitar a sua esposa, e para isso deve fazer tudo para preservar o amor e o respeito dela aos pais".

"Ah! Mas vejam que sujeito prático!"

Ele pôs-se a tamborilar com os dedos no banco, levantou-se e disse-me:

"Eu, meu caro genro, juntei o meu patrimônio com o meu trabalho, mas por diversos meios. Olhados de um elevado ponto de vista, nem todos eles são muito elogiáveis, mas o meu tempo era desse jeito, e eu também não sabia ganhar dinheiro de outra forma. Nas pessoas não acredito muito, e de amor só ouvi o que os outros liam nos romances, e na prática vi o tempo todo que o que todas as pessoas queriam, era dinheiro. A dois genros não dei dinheiro, e fiz muito bem: eles têm raiva de mim e não deixam as esposas virem à minha casa. Não sei quem de nós é mais nobre, se eles ou eu. Não lhes dou dinheiro, e eles envenenam os próprios corações. Não lhes darei dinheiro nenhum, mas a ti eu darei! Sim! E darei agora, já!"

Vocês dois tenham a bondade de olhar!

O meu irmão mostrou-nos três notas de cinquenta mil rublos.

— Mas é tudo para a tua esposa? — perguntei-lhe.

— Não — respondeu o meu irmão — à Macha ele dera cinquenta mil, e eu disse-lhe:

"Pois saiba, Nikolai Ivánovitch, isso será uma coisa melindrosa... A Macha ficará incomodada de ter recebido o seu dote e as irmãs não... Isso haverá de provocar a inveja e a hostilidade das irmãs... Não, deixe para lá, guarde esse dinheiro e... algum dia, quando uma ocasião favorável reconciliar o senhor com as outras filhas, aí então dê *a todas* a mesma quantia. Isso trará alegria a todos nós... Agora, a uma só... é melhor não!"

O meu sogro levantou-se novamente, novamente caminhou pela sala, aí parou diante da porta do quarto e gritou:

"Mária!"

Macha já estava de roupão e saiu.

"Eu dou-te os parabéns — disse ele."

Ela beijou-lhe a mão.

"E tu queres ser feliz?"

"Claro que quero, papai, e... tenho a esperança."

"Muito bem... Tu, minha filha, escolheste um bom marido!"

"Eu, papai, não escolhi. Ele foi-me dado por Deus."

"Está bem, está bem... Deus deu, e eu ajunto o meu: quero-te aumentar a felicidade. Aqui estão estas três notas, todas iguais. Uma para ti, as outras para as tuas irmãs. A entrega fica por tua conta, diz que és tu que dás..."

"Papai!"

Macha, primeiro, atirou-se ao pescoço dele, depois foi ao chão e abraçou-lhe em pranto os joelhos. Olhei — o meu sogro também chorava.

"Levanta-te, levanta-te! — disse ele —, tu agora, no dizer do povo, és uma 'rainha', não fica bem te ajoelhares para mim."

"Mas eu estou tão feliz... pelas minhas irmãs!..."

Colar de pérolas

"Pois, pois... Eu também estou feliz!... Agora, podes ver que não tinhas por que ficar com medo do colar de pérolas. Eu vim revelar-te um segredo: a pérola que eu te dei *é uma pérola falsa*, um amigo do peito tapeou-me com ela faz muito tempo; mas que pérola ela é, não é qualquer uma, mas da estirpe dos Riúrik e Gediminas.[15] E o teu marido é de alma simples, mas *verdadeira*: não dá pra enganar uma pessoa dessas — o coração dói, que não deixa!"

— E aqui tendes o meu relato — concluiu o nosso interlocutor — e eu, palavra, acho que ele, apesar de ter a sua origem nos tempos de hoje e de não ser invenção nenhuma, atende tanto ao programa quanto à forma do conto tradicional dos dias santos.

(1885)

---

[15] Príncipes russos, extenuados das suas guerras fratricidas, enviaram, em 862 da nossa era, um embaixador a Riúrik (830-879), príncipe dos varegues (guerreiros escandinavos, que saqueavam terras do Norte da Rússia), com a proposta de ele tornar-se o soberano, a quem todos se submeteriam. Riúrik, naquele mesmo ano, ocupou o trono de Nóvgorod (uma das cidades-estado), nele permanecendo até à sua morte, e foi, com os seus irmãos Sineus e Truvor, o fundador do Estado russo unificado. Gediminas (1275-1341) foi príncipe da Lituânia a partir de 1316. (N. do T.)

O IMORTAL GOLOVAN[1]
(Dos contos acerca dos três justos)

"O amor perfeito afugenta o medo."

I João, 4, 18

I

Ele próprio é quase um mito, e a sua história tornou-se lenda. Para falar-vos dele é preciso ser francês, porque só as pessoas dessa nacionalidade conseguem explicar às outras o que elas próprias não compreendem. Eu digo tudo isso com a finalidade de granjear antecipadamente a condescendência do meu leitor para a absoluta imperfeição do meu relato acerca de uma pessoa cujo retrato demandaria o trabalho de um mestre muito melhor do que eu. Mas Golovan pode ser logo completamente esquecido, e isso seria uma perda. Golovan é digno de todo o interesse, e, embora não o tenha conhecido suficientemente para poder dar o seu retrato por inteiro, ainda assim escolherei e apresentarei alguns traços dessa pessoa mortal e de baixa graduação social, que ganhou a fama de "imortal".

---

[1] O substantivo *"golovan"* (de *golová*, cabeça) significa "pessoa ou animal de cabeça grande", um "cabeção". Leskov costuma distinguir, nos seus justos, algum traço psicológico ou físico com um apodo definidor da personagem. A cabeça grande (*bolchaia golová*) faz par com uma alma grande (*bolchaia duchá*), de modo que o cabeção acaba por ser expressão anatômica de um grande coração. (N. do T.)

O epíteto "imortal", dado a Golovan, não expressava nenhuma troça e não era, de jeito nenhum, uma expressão vazia, disparatada; chamaram-lhe "imortal" pela firme convicção de que ele era uma pessoa especial; uma pessoa que não temia a morte. Como pudera formar-se semelhante opinião acerca dele entre pessoas que seguiam os caminhos de Deus e sempre se lembravam da sua própria mortalidade? Havia para isso alguma razão suficiente, fundada em fatos lógicos, ou teria esse epíteto sido dado a ele pela simplicidade, a qual é parente da estupidez?

A segunda coisa parecia-me mais provável, mas a opinião que os outros tinham do caso não é do meu conhecimento, porque na infância eu não pensei nisso e, quando cresci um pouco e tornei-me capaz de compreender as coisas, Golovan, o "imortal", não era já deste mundo. Morrera, e de um modo terrível: morrera no "grande incêndio", como essa tragédia ficou conhecida na cidade de Oriol, desaparecendo num fosso em chamas, no qual caíra ao tentar salvar a vida de alguém ou algum bem alheio.[2] No entanto, "uma parte dele, escapada à combustão, continuou a viver na grata memória das pessoas", e eu quero tentar verter em palavra escrita o que a respeito dele sabia e ouvia, para que a sua lembrança, tão merecedora de atenção, se prolongue por mais algum tempo neste mundo.[3]

---

[2] Um incêndio, ocorrido em 18 de setembro de 1858, destruiu quase metade da cidade, ceifando muitas vidas e deixando centenas de famílias sem teto. (N. do T.)

[3] Paráfrase do poema "Monumento" (1795), de Gavrila Derjávin (1743-1816). (N. da E.)

II

O imortal Golovan era um homem simples. O seu rosto, de traços muito pronunciados, gravou-se-me na memória desde os primeiros dias e ficou nela para sempre. Encontrei-o pela primeira vez em uma idade em que, dizem, as crianças ainda não conseguem ter impressões duradouras, nem delas guardar lembranças para o resto da vida, mas comigo foi diferente. Tal acontecimento foi registrado pela minha avó nos seguintes termos:

"Ontem (26 de maio de 1835), vim de Gorókhovo à casa de Máchenka (minha mãe) e não encontrei Semion Dmítrievitch (meu pai), enviado a Eliéts para a investigação de um homicídio horrendo. Em toda a casa achávamo-nos apenas nós, mulheres, e as criadas. O cocheiro fora com ele (meu pai), ficara somente o zelador Kondrat, e da Administração (onde o meu pai era conselheiro) vinha um vigia para dormir na nossa antessala. No dia de hoje, Máchenka, pouco depois das onze horas, foi ao jardim olhar as flores e regar o kanúfer,[4] e levou consigo o Nikóluchka (que era eu), que ia nos braços da Anna (velhinha viva até hoje). Quando voltavam para o desjejum e mal Anna começara a abrir a cancela, o cão de guarda Riabka, a arrastar a corrente, lançou-se ao peito de Anna, mas no exato instante em que Riabka, erguido nas patas traseiras, se atirou ao peito de Anna, Golovan agarrou-o pelo cachaço, apertou-o forte e atirou-o à cova da cal. Ali mataram-no a tiros de espingarda, e a criança foi salva."

Essa criança era eu e, por mais sólidas que sejam as provas de que uma criança de ano e meio não consegue lembrar-se do que lhe houver acontecido, eu, no entanto, recordo-me do fato.

---

[4] Erva aromática (*Balsamita vulgaris*) usada como especiaria. (N. da E.)

Claro, não me lembro de onde saíra o enfurecido Riabka, nem para onde fora levado esperneante, latindo e contorcendo-se todo, erguido bem alto pela mão de ferro de Golovan; mas lembro-me do momento... *só do momento*. Isso foi como o clarão de um raio em noite escura, quando, por alguma razão, vemos subitamente uma quantidade extraordinária de objetos de uma só vez: a cortina da cama, o biombo, a janela, o canário sobressaltado no poleiro e o copo com uma colherinha de prata, em cuja asa hajam ficado manchinhas de magnésia. Tal é, provavelmente, uma característica do medo, que tem olhos grandes. Em momentos desse gênero, vejo diante de mim, como se fosse hoje, neste instante, o focinho enorme e sarapintado do cão: o pêlo seco, os olhos bem vermelhos e a goela escancarada, cheia de uma espuma turva na goela azulada, como que viscosa... a dentuça arreganhada, pronta já para ferrar-se em alguma coisa, mas eis que de repente o beiço superior se arqueia para trás, o rasgo da boca chega até às orelhas e, embaixo, como o cotovelo nu de uma pessoa, vibra convulsamente. Acima de tudo isso erguia-se um enorme vulto humano com uma cabeça também enorme, e ele agarrou o cão raivoso e levou-o. Durante todo esse tempo, o rosto do homem *sorria*.

A figura descrita era o Golovan. Temo nem sequer conseguir pintar o seu retrato com precisão, porque o vejo muito bem e claramente.

Como Pedro, o Grande, ele tinha mais de dois metros de altura; era espadaúdo, magro e musculoso; crestado do sol, com rosto redondo, olhos azuis, nariz enorme e lábios grossos. A cabeleira e a barba de Golovan eram bem espessas, da cor de sal com pimenta, e estavam sempre aparadas, bem como os bigodes. Um sorriso plácido e feliz não deixava o rosto de Golovan nem por um minuto; iluminava-lhe cada traço, mas cintilava sobretudo nos lábios e nos olhos, inteligentes e bondosos, mas como que também um pouquinho zombeteiros. Expressão diferente dessa, Golovan parecia não ter nenhuma, ou, pelo menos, não me recordo de outra. Para completar esse tosco retrato de Golovan, é preciso mencionar uma sua estranheza ou particularidade, concernente ao seu modo de andar. Golovan andava sempre muito rápido, como se com pressa de chegar sabe-se lá aonde, só que não a passo regular, mas aos saltinhos. Ele não mancava e, sim, no dizer das pessoas da terra, "balançava-se", isto é, com uma perna, a direita, pisava firme e, com a esquerda, saltitava. Parecia que essa sua perna não se flexionava e que a elasticidade lhe vinha de algum músculo ou articulação. Assim andam as pessoas com uma perna artificial, mas a de Golovan não o era; aliás, tal particularidade não tinha nada que ver com a natureza e fora criada por ele próprio, e nisso houvera uma coisa misteriosa, que não se pode explicar logo de imediato.

Vestia-se Golovan como um mujique; quer no verão, quer no inverno, no calor de rachar e no frio de quarenta graus abaixo de zero, trajava sempre um sobretudo comprido, de pele de carneiro, com o couro todo ensebado e enegrecido como parte externa. Nunca o vi com outra roupa, e o meu pai, lembro-me bem, costumava fazer troça desse sobretudo, chamando-lhe "eterno".

Golovan apertava-o na cintura com o cinto dos cafetãs dos camponeses, só que o seu tinha um enfeite de metal branco, como o dos arreios de cavalo, que já amarelecera em alguns pontos e, em outros, estava lascado e deixava à mostra o linhol e alguns furos. Mas o sobretudo conservava-se livre de todos os tipos de habitantes miúdos — isso eu sabia melhor do que os outros, porque muitas vezes me sentara ao seu colo, a escutar as suas histórias, e nunca experimentara ali nem o menor incômodo.

A larga gola do sobretudo não era nunca abotoada, muito pelo contrário, ficava aberta até à cintura. Ali era o seu "seio", que proporcionava amplo espaço para acomodação das garrafas de nata, que ele fornecia à cozinha da Assembleia de Nobres de Oriol.[5] Esse era o seu trabalho desde que "conquistara a liberdade" e recebera, como meio de subsistência, "a vaca de Ermólov".

O possante peito do "imortal" era coberto unicamente por uma camisa de linho de corte ucraniano, isto é, de colarinho em pé, sempre limpa como se lavada em barrela e invariavelmente com uma faixa colorida. Esta, às vezes, era substituída por uma fita, em outras, por um simples pedaço de pano de lã ou chita, mas ela comunicava à sua aparência um quê de frescor e cavalheirismo, que lhe caía muito bem, porque ele era realmente um cavalheiro.

III

Eu e Golovan éramos vizinhos. A nossa casa, em Oriol, ficava na rua Terceira dos Nobres e era a terceira a contar de uma escarpa, que constituía a margem do rio Órlik. O lugar era muito bonito. Era, então, antes dos incêndios, o limite da cidade propriamente dita. À direita, do outro lado do Órlik, ficavam os pequenos casebres do arrabalde confinante com o núcleo mais antigo, que terminava na igreja de São Basílio, o Grande. De um canto, havia um declive muito íngreme e incômodo pelo barranco; atrás, pouco além dos jardins, havia um barranco profundo e, além dele, estendiam-se os pastos da estepe, nos quais se alteava uma loja. Ali, de manhã, realizavam-se o adestramento de soldados e combates a bastão; esses foram os primeiros quadros que vi, e a eles assisti com mais frequência do que a qualquer outra coisa. Nesses mesmos pastos, ou, para dizer melhor, na estreita faixa que

[5] As Assembleias de Nobres eram órgãos de administração local que existiram de 1766 a 1917. (N. da E.)

separava com cercas os nossos jardins do barranco, pastavam as seis ou sete vacas de Golovan e um touro vermelho da raça "Ermólov", também seu. Golovan mantinha o touro para o seu pequeno, mas lindo, rebanho, e também o levava a algumas casas para "serviço temporário", onde a procriação fosse uma exigência econômica. Isso dava-lhe alguma renda.

Os meios de subsistência de Golovan eram as suas boas vacas leiteiras e o são cônjuge que elas tinham. Golovan, como já disse, fornecia ao clube dos nobres uma nata e um leite famosos pela sua alta qualidade, que dependiam, claro, da boa raça do seu gado e do bom trato da parte do dono. A manteiga vendida por Golovan era fresca, amarela como a gema do ovo e cheirosa, e a nata "não escorria", isto é, quando se virava a garrafa de gargalo para baixo, a nata não fluía dela em fio, mas caía como massa densa, pesada. Golovan não vendia produtos de baixa qualidade e por isso não tinha concorrentes, e os nobres, naquela época, não apenas sabiam comer bem, como também tinham com que pagar. Para mais, Golovan também fornecia ao clube ovos extraordinariamente grandes de enormes galinhas holandesas, que criava em quantidade, e, por fim, "preparava vitelos", engordando-os magistralmente com leite e de modo que estivessem sempre prontos no momento certo, por exemplo, à data do congresso mais importante dos nobres ou de quaisquer outros eventos especiais da Assembleia.

Nesse modo de ganhar a vida, a Golovan era dado frequentar as ruas da nobreza, onde abastecia figuras interessantes, que os moradores de Oriol reconheciam em Panchin, Lavrétski e outras personagens de *Ninho de fidalgos*.[6]

---

[6] Romance de Ivan Turguêniev, publicado em 1859. Turguêniev nasceu em Oriol, como Leskov, mas diferente deste, pertencia à rica nobreza rural. (N. do T.)

Golovan morava, a propósito, não propriamente na nossa rua, mas numa casa "apartada". A construção, a que chamávamos "a casa do Golovan", erguia-se não em linha com as outras, mas em pequeno socalco natural do barranco, abaixo da fila esquerda de casas da rua. A área desse terracinho era de umas seis braças de comprimento e o mesmo tanto de largura. Era um torrão de terra, que outrora se desprendera e fora abaixo, parando a meio do caminho; ali assentara-se e firmara-se e, por não representar apoio seguro para ninguém, dificilmente alguém pudera reclamar a sua posse. Naquela época, isso ainda era possível.

À construção de Golovan não se podia chamar casa, nem instalação para gado ou alfaias, no sentido próprio do termo. Era um telheiro grande e baixo, que ocupava toda a superfície do torrão desprendido. A disforme construção talvez houvesse sido erguida bem antes de o torrão de terra vir abaixo; devia ter estado no quintal da propriedade mais próxima, cujo proprietário não correra atrás dele e o cedera a Golovan por um preço pequeno, que o *bogatyr*[7] pudera oferecer-lhe. Pareço até lembrar-me de que se dizia que o tal telheiro fora dado a Golovan em troca de um favor lá qualquer; ele era um prestador sempre pronto e magistral de favores.

O telheiro era dividido em dois: uma metade, recoberta de argila e caiada, com três janelas para o Órlik, era a habitação de Golovan e das cinco mulheres que viviam com ele; na outra fizera-se um estábulo para as vacas e o touro. No baixo sótão, viviam as galinhas holandesas e um galo espanhol, que viveu muito tempo e era considerado "uma ave de bruxaria". Nele Golovan cultivava "a pedra de galo", que servia para uma infinidade de coisas: para trazer felicidade,

---

[7] *Bogatyr*: herói de cantos populares russos e realizador de feitos épicos, quase sempre um cavaleiro de grande pujança física. (N. do T.)

recuperar um Estado das mãos do inimigo e transformar pessoas velhas em jovens. A pedra demora sete anos para amadurecer e fica boa para uso somente quando o galo para de cantar.

O telheiro era tão grande, que ambas as partes, a da gente e a do gado, eram muito espaçosas, mas, apesar de todo o desvelo com elas, retinham pouco calor. Aliás, o calor era necessário apenas às mulheres, pois Golovan era insensível às mudanças atmosféricas e, no verão e no inverno, dormia no estábulo, sobre uma esteira de vime, ao lado do "Vaska", o seu querido touro vermelho tirolês. O frio não o afetava, e isso constituía uma das particularidades desse homem mítico, pelas quais ganhara a reputação de ser fabuloso.

Das cinco mulheres que viviam com Golovan, três eram suas irmãs, uma a sua mãe, e a quinta chamava-se Pavla ou, às vezes, Pavlaguéiuchka. Mas, com mais frequência, as pessoas chamavam-lhe "o pecado do Golovan". Foi isso que me acostumei a ouvir desde a infância, quando ainda nem sequer podia entender o significado dessa alusão. Para mim, essa Pavla era simplesmente uma mulher muito carinhosa, e lembro-me, como se fosse hoje, da sua alta estatura e do rosto pálido com algumas pintas e dum vermelho vivo nas faces e o negrume impressionante das sobrancelhas, de desenho duma perfeição também impressionante.

Sobrancelhas tão negras em semicírculos perfeitos podem ver-se somente nos quadros que representam uma persa repousada sobre os joelhos de um velho turco. As nossas moças, aliás, conheciam o segredo de tais sobrancelhas e comunicaram-mo bem depressa: o caso é que Golovan era elixireiro e, enamorado de Pavla, para que ninguém a pudesse reconhecer, besuntara-lhe as sobrancelhas com banha de urso, enquanto ela dormia. Depois disso, nas sobrancelhas de Pavla, claro está, não havia já nada de impressionante, e ela apegara-se a Golovan perdidamente.

As nossas moças sabiam de tudo isso.

A própria Pavla era uma mulher extremamente doce e "calava sempre". Ela era tão calada, que eu jamais ouvira dela mais do que uma palavra, e ainda assim só a mais necessária: "olá", "senta-te", "até logo". Mas cada uma dessas palavras transbordava afabilidade, benevolência e doçura. O mesmo expressava o som da sua voz, a mirada dos olhos cinzentos e cada movimento. Lembro-me também de que possuía mãos muito bonitas, o que é uma grande raridade na classe trabalhadora, e ela distinguia-se pelo zelo no trabalho até na laboriosa família do Golovan.

Todos eles tinham sempre muito que fazer; o próprio "imortal" labutava febrilmente da manhã até à noite alta. Era pastor, queijeiro e negociante dos seus produtos. Ao despontar da aurora, tocava o seu rebanho para além das nossas cercas, para a orvalhada, e o tempo todo levava as suas airosas vacas de uma escarpa a outra, escolhendo para elas os lugares onde a erva fosse mais suculenta. À hora quando em casa nos levantávamos, ele vinha já com as garrafas vazias, que recolhia no clube em lugar das novas, que acabara de ali levar naquela mesma madrugada; ele próprio escavava o gelo da nossa geleira para ali enfiar os jarros de leite fresco e falava de uma coisa e outra com o meu pai; quando eu, tendo terminado a minha tarefa de alfabetização do dia, saía ao jardim para espairecer, já ele estava sentado sob a nossa cerca e pascia as suas vaquinhas. Havia na cerca um portãozinho, pelo qual eu podia sair ao encontro de Golovan e ir conversar com ele. Sabia contar as cento e quatro histórias sacras tão bem, que eu as conheci da sua boca, sem nunca tê-las estudado no livro.[8] Ali ainda vinham encontrá-lo umas pes-

---

[8] *Cento e quatro histórias sagradas do Velho e do Novo Testamento* (1714), do alemão Johannes Hübner (1668-1731), foi muito popular na Europa entre os séculos XVIII e XIX. (N. da E.)

soas simples, sempre em busca de conselho. Chegava alguma e dizia:

— Procurava-te, Golovanytch, para um conselhinho.

— Que que é?

— Pois então, sabe... — Era sempre algum negócio malparado ou desavenças em família.

Vinham com mais frequência por questões dessa segunda natureza. Golovanytch escutava, mas sem deixar de trançar o seu vimezinho ou gritar vez e outra com as vacas, e sorria o tempo todo, como se não prestasse atenção, e depois virava bruscamente o olhar azul para o interlocutor e respondia:

— Eu, irmão, sou mau conselheiro! Invoca Deus pra conselho.

— Mas como invocar?

— Oh, irmão, muito simples: reza, mas de um jeito como se fosses morrer no mesmo instante. Pois diz cá: como é que farias tu?

O outro, depois de pensar um pouco, respondia.

Golovan ou concordava ou dizia:

— Pois eu, irmão, pra morrer, faria melhor de outro jeito.

E contava-o, de costume, de um modo alegre, com o sorriso de sempre.

Os conselhos do Golovan deviam ser muito bons, porque todas as pessoas escutavam-nos sempre e ficavam muito gratas a ele.

Podia lá alguém como ele ter algum "pecado" na pessoa da dulcíssima Pavlaguéiuchka, que, à época, tinha, penso eu, pouco mais de trinta anos, dos quais nem chegaria a passar? Eu não compreendia o tal "pecado" e evitei a mácula de ofender a ela e Golovan com suspeitas genéricas. E motivo para suspeitas havia, e um motivo bem forte e, se julgarmos pelas aparências, até irrefutável. Quem era ela para o Golovan? — uma estranha. Isso é pouco: ele conhecia-a de outros tempos, como servos do mesmo senhor, e quisera casar-se com ela, mas isso não acontecera: Golovan fora cedido ao serviço do Herói do Cáucaso, Aleksei Petróvitch Ermólov,[9] ao mesmo tempo em que Pavla era dada como esposa ao palafreneiro Ferrapont, no linguajar local, "Khrapon". Golovan era um criado indispensável e útil, porque sabia fazer de tudo: era não apenas bom cozinheiro e confeiteiro, senão também um criado diligente e sagaz para um oficial em campanha. Aleksei Petróvitch pagou o que era justo ao senhor do Golovan e, ademais, dizem, teria emprestado dinheiro ao próprio Golovan para a compra da sua alforria. Não sei se isso é verdadeiro, mas o Golovan realmente, ao regresso da casa de Ermólov, comprou a sua alforria, e referia-se sempre a Aleksei Petróvitch como a seu "benfeitor". Aleksei Petróvitch, por sua vez, quando o Golovan se tornou livre, deu a este uma boa vaca com bezerro, com os quais teve início o "empreendimento Ermólov" do nosso amigo.

IV

Quando o Golovan se estabeleceu no telheiro do terraço, disso não tenho nem a menor ideia, mas coincidiu com os primeiros dias da sua "humanidade livre" — quando já o dominava uma grande preocupação pelos parentes ainda escravos.[10] Golovan conseguira a alforria só da sua pessoa, e a mãe, as três irmãs e uma sua tia, que depois seria a minha

---

[9] O general Ermólov (1777-1861) destacou-se no período das Guerras Napoleônicas, entre 1805 e 1814, depois foi comandante das forças russas no Cáucaso. Ao passar à reserva, foi viver em sua propriedade em Oriol e lá passou os últimos trinta anos de vida. (N. da E.)

[10] A abolição da escravatura na Rússia ocorreu em 1861. (N. do T.)

aia, permaneceram "na fortaleza". Na mesma situação ficara Pavla, ou Pavlaguéiuchka, a quem todos eles queriam ternamente. Golovan teve como preocupação primeira o resgate de todas elas, mas para isso era preciso dinheiro. Com as suas habilidades, poderia exercer o mister de cozinheiro ou confeiteiro, mas preferiu outra coisa, que foi trabalhar com produtos de leite, o que começou com "a vaca de Ermólov". Diziam alguns que ele escolhera isso por ser ele próprio um *molokan*. Isso talvez quisesse dizer, simplesmente, que ele lidava o tempo todo com leite, mas talvez a palavra fizesse alusão direta à sua fé, na qual ele mostrava algumas estranhezas, como em muitas outras atitudes. É bem possível que ele tivesse conhecido *molokanos* no Cáucaso e assimilado alguma coisa deles. Mas isso fazia parte das suas estranhezas, de que se tratará mais adiante.[11]

O negócio do leite correu lindamente; uns três anos depois, Golovan tinha já duas vacas e um touro, depois três, quatro vacas, e ele juntou dinheiro suficiente para comprar a alforria da mãe, depois a de uma irmã por ano, reunindo-as consigo no seu casebre espaçoso, mas frio. De modo que, em seis ou sete anos, resgatou toda a sua família, mas a bela Pavla escapara-lhe. À época em que podia resgatar também a Pavla, ela já se encontrava longe. O seu marido, o palafreneiro Khrapon, era uma pessoa má; desagradara ao patrão num negócio lá qualquer e, como exemplo para os demais, fora mandado para o exército como recruta.[12]

---

[11] *Molokan* (de *molokó*, leite): seguidor duma seita, surgida por volta da década de 1760, após o cisma da Igreja Ortodoxa russa. Teriam sido assim designados pelos ortodoxos por consumirem laticínios na Quaresma; a designação também pode ter vindo do rio *Molótchnye Vódy* (Águas Leitosas), região para onde costumavam ser exilados; já eles próprios diziam que a sua doutrina era "leite espiritual". (N. do T.)

[12] À época, os senhores de servos, quando queriam livrar-se de algum

No serviço militar, Khrapon acabou em Moscou, nas "cavalareiras", isto é, no corpo de bombeiros a cavalo, e exigiu a esposa consigo; mas logo praticou também lá outra malfeitoria e fugiu; a esposa abandonada, de caráter manso e dócil, ficou com medo do torvelinho das inconstâncias da vida na capital e voltou para Oriol. Ali, na sua terra, ela também não encontrou nenhum apoio e, tangida pela necessidade, recorreu a Golovan. Ele acolheu-a de imediato e instalou-a no mesmo aposento espaçoso em que viviam as suas irmãs e a mãe. Como a mãe e as irmãs de Golovan encararam a instalação de Pavla, lá isso não sei com absoluta certeza, mas a entrada de Pavla na casa deles não semeou nenhuma discórdia. As mulheres viviam em grande harmonia e até gostavam muito da pobre Pavlaguéiuchka, e Golovan dava a todas a mesma atenção e votava uma consideração especial somente à mãe, que era já tão velha, que ele, no verão, a tirava de casa nos braços e punha ao solzinho, como a uma criança doente. Lembro-me de como ela "desatava" numa tosse de lascar e não parava de rezar pela sua "recolhida".

Todas as irmãs de Golovan eram já entradinhas em anos e ajudavam o irmão nos trabalhos; faziam a limpeza, ordenhavam as vacas, cuidavam das galinhas e urdiam um fio extraordinário, e teciam dele umas fazendas igualmente extraordinárias, que eu, depois de então, não tornei a ver. Esse fio tinha o feio nome de "cuspida". Material para ele, o Golovan trazia-o em sacos de um lugar lá qualquer, material que cheguei a ver e dele ainda me lembro: eram pedacinhos nodosos de fios multicoloridos de lã. Cada pedacinho era de uns cinco a quinze centímetros de comprimento e tinha um

destes, entregavam-no à junta de alistamento de homens para o exército, no qual o serviço era por vinte e cinco anos. (N. do T.)

nozinho bem saliente ou engrossamento. De onde o Golovan trazia esse material, não o sei, mas, pelos vistos, tratava-se de refugo de alguma fábrica. Foi o que me disseram as suas irmãs.

— Isso, meu queridinho — diziam elas —, é lá de onde fiam e tecem lã; pois então, quando vem um nozinho assim, eles lá cortam o pedaço e mandam pro chão e *cospem*, porque o pedaço não passa pelos pentes do tear, aí o nosso irmão pega os pedaços e nós fazemos deles um cobertorzinho bem quentinho.

Vi como elas pacientemente separavam todos aqueles pedacinhos de fio de lã, atavam-nos e enrolavam o fio obtido dessa maneira, vistoso e multicolorido, em compridos carretéis; depois, puxavam o fio, torcendo-o para deixá-lo mais grosso, estendiam-no com a ajuda de estaquinhas pela parede, selecionavam alguma coisa unicolor para fazer o debrum e, finalmente, daquelas "cuspidas", usando um pente especial, teciam "cobertores de cuspidas". Pareciam os cobertores de baetilha de hoje: como estes, tinha dois debruns, mas o tecido recebia sempre um colorido de mármore. Os nós dalgum jeito desapareciam no processo de torcimento do fio e, embora fossem, claro, bem visíveis, não impediam esses cobertores de serem leves, quentes e, às vezes, até muito bonitos. E vendiam-se bem barato: menos de um rublo cada.

Essa indústria artesanal, na família do Golovan, seguiu sem parar, e ele, pelo jeito, não tinha trabalho para encontrar saída para os cobertores de cuspidas.

Pavlaguéiuchka também enodava os fios das cuspidas, torcia-os e tecia cobertores, mas, além disso, por dedicação à família que a acolhera, tomara a si todas as tarefas pesadas da casa: ia buscar água ao Órlik pela escarpa abrupta, provia o fogo e fazia mais isso e mais aquilo.

A lenha, já naquela época, em Oriol, era muito cara, e as pessoas pobres aqueciam a casa, queimando a baganha do trigo sarraceno ou estrume, e deste último era preciso fazer uma grande provisão.

Pavla fazia tudo isso com as suas mãos finas, em eterno silêncio, a olhar para o mundo de Deus por baixo das suas sobrancelhas de persa. Se ela sabia que o seu nome era "pecado", eu não sei, mas era esse o seu nome entre o povo, que defende com firmeza os apodos por ele inventados. E como poderia ser diferente? Onde uma mulher apaixonada more na casa de um homem, que a tenha amado e tentado casar-se com ela, há aí, claro, pecado. E, realmente, na época em que eu em criança via Pavla, ela era universalmente considerada "o pecado de Golovan", mas o próprio Golovan nem por isso perdeu um tiquinho que fosse do respeito geral e conservou o epíteto de "imortal".

V

Começaram a chamar "imortal" a Golovan no primeiro ano do seu solitário estabelecimento à margem do Órlik, com "a vaca de Ermólov" e o bezerro dela. O motivo para tal foi a seguinte circunstância, inteiramente digna de fé, da qual ninguém se lembrara à época da recente "peste de Prokófiev".[13] Oriol entrara em mais um ano de peste e fome, e em fevereiro, no dia de Santa Ágata, a Vaqueira,[14] pelas aldeias

---

[13] Referência a Naum Prokófiev, zelador de um colégio militar de São Petersburgo, que fora diagnosticado com um tipo de peste pelo famoso médico Serguei P. Bótkin, em fevereiro de 1879. O caso teve grande repercussão na imprensa. (N. do T.)

[14] Dia 5 de fevereiro. No folclore eslavo, Santa Ágata (*Agáfia*) é festejada juntamente com o dia da Morte da Vaca (*Korovia Smert*), em que se celebra a "vaca amamentadora" (*korova-kormilitsa*) e se recordam os antepassados mortos. (N. do T.)

passara, com a velocidade devida, "a mortandade das vacas". Isso aconteceu, porque já era corriqueiro e como tal escreve-se no livro universal, chamado *Fresco jardim*:[15] "Quando se vai finando o verão e se aproxima o outono, logo tem início uma epidemia de peste. Nesses tempos, é mister que cada qual deponha toda a fé no Deus onipotente e na sua mãe puríssima e se cubra com a força da honesta cruz, e o coração abstenha-se da tribulação e do medo e dos pensamentos penosos, porque perante eles se apequena o coração do homem e em breve tempo a sarna e a peste aderem a ele e aferram o cérebro e o coração e ao homem dominam, e ele fina-se rapidamente". Tudo isso era em meio aos quadros habituais da nossa natureza, "quando pelo outono se erguem neblinas densas e escuras e sopra o vento das terras do Meio-Dia, e depois dele vêm as chuvas e, com o sol, a terra deita vapor, então faz-se mister não expor-se ao vento e estar quedo numa isbá aquecida, com as janelas fechadas, e seria bom nessa urbe não demorar-se e dessa urbe passar a lugares sãos". Quando, isto é, precisamente em que ano houve a epidemia que deu a Golovan a fama de "imortal", isso eu não sei. A esses pormenores, naquele tempo, não se dava muita atenção e por eles não se fazia nenhum barulho, como foi com o Naum Prokófiev. A desgraça de um lugar terminava nele próprio, aliviada só pela esperança em Deus e na sua puríssima mãe, e só no caso da presença muito preponderante de um "intelectual" ocioso em alguma localidade é que se tomavam medidas sanitárias originais: "nos quintais acendiam um fogo bem luminoso, com lenha de carvalho, para o fumo espalhar-se, e nas isbás fazia-se uma fumaceira com absinto e zimbro e folhas de arruda". Mas isso tudo só poderia ser feito por

---

[15] *Prokhladni vertograd*, livro médico manuscrito, traduzido do polonês por Simeão de Polatsk para a princesa Sofia no final do século XVII. Leskov cita-o de uma edição de 1880. (N. da E.)

um intelectual, e ainda assim só se fosse pessoa de certa abastança, e a morte pegava depressa não o intelectual, mas quem não tinha tempo para ficar numa isbá aquecida e para quem esquentar o quintal com lenha de carvalho não estava ao alcance. A morte andava de mãos dadas com a fome, e as duas apoiavam-se reciprocamente. Os famintos pediam esmola aos famintos, os doentes morriam rapidamente, o que para os camponeses é até mais vantajoso. Longos sofrimentos não havia, também não se ouvia falar de convalescentes. Quem pegara a doença, esse morrera também "rapidinho", *com a exceção de uma pessoa*. Que doença era aquela, pela ciência não foi estabelecido, mas o povo chamava-lhe "sovaco", "furúnculo" ou "tumor do folhelho" ou, ainda, simplesmente "tumor". Começou isso nos distritos produtores de cereais, onde, à falta de pão, as pessoas entraram a comer folhelho de cânhamo. Nos distritos de Karatchov e Briansk, onde os camponeses misturavam farinha não tamisada com casca de árvore moída, havia outra moléstia, também mortífera, mas não o "tumor". Este deu primeiro no gado, depois passou para as pessoas. "Sob os sovacos ou no pescoço aparece uma chaga de cor purpúrea, e no corpo se sentem pontadas, e por dentro instaura-se um ardor indebelável ou nas extremidades um frio congelador, e a respiração faz-se penosa e o doente não consegue respirar — puxa o ar para dentro, mas de novo o libera; vem-lhe um sono de que não consegue despertar; sobrévem a tristeza, a prostração e a desengolição; a face muda e adquire aspecto terroso, e a pessoa morre rapidamente." Talvez tenha sido a úlcera siberiana, ou talvez outra úlcera qualquer, mas ela foi funesta e inclemente, e a sua denominação mais difundida, repito-o mais uma vez, foi "tumor". Irrompe na pele um bubão, forma uma cabeça amarelada, e à volta a pele vermelhece, e em menos de um dia, a carne começa a apodrecer, e depois vem a morte rápida. Essa morte apresentava-se, aliás, "em formas benignas". O fim chegava calmo, sem dores, o mais camponesmente possível, só que todos os moribundos, até o derradeiro minuto, queriam água. Dar-lhes de beber era toda a assistência, não longa e não fatigante, que os doentes exigiam, ou, para dizer melhor, imploravam para si. No entanto a assistência prestada a eles, até nessa forma, era não somente perigosa, mas também quase impossível; a pessoa que hoje desse de beber a algum parente enfermo, ela própria, amanhã, já se veria com o "tumor", e nas casas não raro se estendiam dois e até três cadáveres juntos. Os sobreviventes, nas famílias abandonadas, morriam sem ajuda, sem a única ajuda com que se preocupa o nosso camponês, "que haja quem dê de beber". No início, um órfão desses põe à cabeceira um baldezinho de água e tira-a com uma caneca, enquanto consegue levantar o braço, depois, pega um pedaço da manga ou da fralda da camisa e torce-o, molha-o, enfia-o na boca, e assim a coisa vai até o órfão ficar durinho.

 Uma grande desgraça pessoal é uma péssima professora de misericórdia. Ela, no mínimo, age negativamente nas pessoas de moralidade corriqueira, medíocre, a qual não consegue elevar-se acima do limite da simples comiseração. Tal desgraça embota a sensibilidade do coração, o qual por si só já sofre duramente e é, todo ele, a sensação dos próprios tormentos. Em contrabalanço, nesses momentos dolorosos de uma calamidade geral, a massa do povo extrai de si heróis da magnanimidade, gente destemida e abnegada. Em tempos normais, eles não dão nas vistas e não sobressaem por nada entre a massa: mas é só um "tumor" atacar as pessoas, e já o povo produz um eleito, e este realiza prodígios que o tornam uma pessoa mítica, vinda do mundo das fábulas, "imortal". Golovan foi um desses e, já na primeira epidemia, superou, e ofuscou, na imaginação popular, outra pessoa admirável do lugar, o comerciante Ivan Ivánovitch Andróssov. Andróssov era um velho honesto, respeitado e querido pela bondade e senso de justiça, porque ele era "pronto ao socorro" para todos os infortúnios do povo. Ajudara também durante a referida "peste", porque tinha uma "medicamentação" escrita, que "copiava e multiplicava" o tempo todo. As pessoas iam buscar tais cópias e liam-nas em vários lugares, mas não conseguiam entendê-las e "não sabiam por onde começar". Vinha escrito: "Acaso for que a ferida rebente no topo da cabeça ou em outro lugar, pra riba da cintura, é verter muito sangue da veia mediana; acaso for que ele rebente na fronte, então é verter prestamente sangue de sob a língua; acaso for que rebente perto dos ouvidos ou embaixo do mento, é verter da veia cefálica, acaso for já que rebente sob os sovacos, então, significa que o coração está enfermo e, então, é verter sangue da mediana daquele lado". Para todo e qualquer lugar "onde se conhecesse uma sensação penosa", vinha indicado que veia era para abrir: se a "safena" ou "a do polegar, ou a veia escapular, a polumática ou, ainda, a veia basilar" com a prescrição de "verter delas o sangue em golfadas, até ele chegar à verdidão e mudar". Tratar ainda "com a alteia brava, terra argilosa e bolo-armênio; vinho de malva e vodca de buglossa, mitridato e açúcar Manus-Christi", e os entrantes na casa de algum doente deviam "ter na boca uma raizinha de angélica e, nas mãos, um pouco de absinto, as narinas untadas com vinagre de rosa de cão, e os lábios lavados com vinagre e bem fechados". Ninguém entendia patavina, tal qual nos decretos do Governo, em que se escreve e reescreve, ora para cá, ora para lá, isso e aquilo e "dum jeito e também do jeito contrário". Ninguém achava as tais veias, nem o vinho de malva, nem o bolo armênio, nem a vodca de buglossa, e as pessoas liam as transcrições do velho Andróssov mais era para "aliviar a minha tristeza". Só tinham aplicação as palavras conclusivas: "Onde há a peste, para lá não se deve ir; é ir para longe". Essa recomendação era seguida por muitos, e o próprio Ivan Ivánovitch seguia essa regra e não saía por nada da sua isbá aquecida e passava adiante as prescrições médicas pela frincha da porta, de respiração presa e com uma raiz de angélica na boca. Entrar, sem correr nenhum perigo, na casa de algum doente só podia quem tivesse lágrimas de alce ou a pedra bezoar;[16] mas nem lágrimas de alce nem pedra bezoar Ivan Ivánovitch tinha, mas nas farmácias da rua Bolkhóvskaia podia até haver a tal pedra, mas os farmacêuticos — um era polaco, o outro, alemão — não tinham a devida compaixão pelos russos e guardavam a pedra bezoar para si. Isso era plenamente plausível porque a um dos dois farmacêuticos de Oriol, assim que ele perdeu a sua bezoar, imediatamente as orelhas começaram a ficar amarelas no meio da rua, um olho diminuiu de tamanho em comparação com o outro, e ele próprio pegou a tremer e quis suar e, para isso, mandou que em casa lhe encostassem um tijolo bem quente à sola do pé, mas não conseguiu suar e foi com a camisa seca que morreu. Um montão de gente pôs-se a procurar a pedra perdida pelo farmacêutico, e alguém a achou, só que não foi Ivan Ivánovitch, porque ele também morrera.

Pois bem nessa época terrível, em que os intelectuais passavam vinagre no corpo e não soltavam a respiração, pelos casebres do arrabalde o "tumor" grassou com mais sanha ainda; as pessoas começaram a morrer ali "em massa e sem nenhuma ajuda", e aí, na seara da morte, surgiu de repente, com admirável intrepidez, aquele Golovan. Ele devia conhecer ou devia achar que conhecia algum remédio, porque aplicava sobre o tumor dos doentes um "emplastro caucasiano",

---

[16] Pedra cinzento-azulada, secretada nas entranhas de alguns ruminantes, principalmente caprinos. Da Antiguidade até o século XVII, era moída e usada no combate a várias moléstias e como poderoso antídoto contra venenos. (N. do T.)

da sua própria preparação; mas esse seu emplastro, caucasiano ou ermoloviano que fosse, não ajudava nada. O Golovan não conseguiu curar os acometidos pelo "tumor", tal qual Andróssov, mas, em contrabalanço, foram grandes os seus serviços perante os doentes e os sãos no sentido de que ele entrava sem medo nas choupanas empestadas e dava de beber aos contagiados não apenas água fresca, mas também o leite sobrante das natas levadas ao clube dos nobres. De madrugada, antes do alvorecer, ele atravessava o Órlik sobre um portão de telheiro, tirado dos gonzos (não havia barcos), e, com garrafas no seu "seio" espaçoso, corria de uma choupana a outra, para, com um frasco, molhar os lábios secos dos moribundos ou para traçar uma cruz na porta, se o drama da vida ali já houvesse terminado e a cortina da morte já houvesse coberto o último dos atores.

O até então pouco conhecido Golovan ganhou enorme popularidade nos arrabaldes, e aí começou uma grande atração da gente simples por ele. Entre o povo, passaram a proferir com muito respeito o seu nome, antes conhecido só pela criadagem das casas nobres; começaram a ver nele uma pessoa que não somente poderia "deixar para trás o falecido Ivan Ivánovitch Andróssov, mas também excedê-lo em grandeza ao pé de Deus e dos homens". E para a própria intrepidez do Golovan não demoraram a procurar uma explicação sobrenatural: o Golovan, evidentemente, tinha conhecimento de alguma coisa e, por obra desse curandeirismo, era "imortal"...

Mais tarde, verificou-se que as coisas eram exatamente assim, e a esclarecer isso ajudou o pastor Panka,[17] que vira o Golovan fazer uma coisa extraordinária, o que foi confirmado também por outras circunstâncias.

---

[17] Hipocorístico de Pável. (N. do T.)

A peste não fizera nada a Golovan. Durante todo o tempo, em que ela devastara os arrabaldes, nem ele nem "a vaca do Ermólov" e o touro não pegaram nada; mas isso era pouco: o mais importante era que ele enganara e exterminara, ou, no modo de dizer da terra, "arniquilara" a própria peste, e fizera-o sem poupar o seu tépido sangue pela boa gente.

A pedra *bezoar*, perdida por um dos farmacêuticos, estava com o Golovan. Como fora parar às suas mãos, isso ninguém sabia. Supunham que o Golovan, tendo levado creme ao farmacêutico para um "unguento de uso corriqueiro", ao ver a tal pedra, a tivesse surripiado. Se fora honesto ou não ter ele realizado tal furto, quanto a isso não se fazia uma crítica severa, e até nem se podia. Se não é pecado pegar uma coisa de comer e escondê-la, uma vez que Deus dá a comida a todos, tanto mais não é condenável furtar um objeto com poderes curativos, se ele é empregado para a salvação de todos. Assim julgam as pessoas entre nós, assim também digo eu. O Golovan, uma vez roubada a pedra ao farmacêutico, agiu com ela magnanimamente, ao pô-la a serviço da salvação geral de todo o povo cristão.

Tudo isso, como já disse anteriormente, foi descoberto pelo pastor Panka, e o bom senso das pessoas encontrou explicação para tal.

VI

Panka, mujique com um olho diferente do outro e cabelos descorados, era ajudante de pastor e, além das competências normais da função, todas as manhãs, ainda tangia "à orvalhada" as vacas dos anabatistas.[18] Durante uma dessas

---

[18] Anabatistas (*perekréchtchentsy*, "rebatizados"): corrente dos "ve-

suas tarefas da madrugada, foi que lhe calhou ver e presenciar o fato que alçaria Golovan aos píncaros da admiração popular.

Isso foi em alguma primavera, provavelmente, logo depois que aos campos russos esmeraldinos saíra o jovem Egór, luminoso e valoroso, com os braços em ouro vermelho até o cotovelo e as pernas em prata pura até os joelhos, com o Sol à frente e a Lua à nuca e estrelas vagantes nas extremidades, e a honesta e justa gente de Deus já tocara ao seu encontro o gado miúdo e o grande.[19] A ervinha estava ainda tão pequena, que a ovelha e a cabra mal e mal conseguiam matar a fome com ela, e a vaca, de beiços grossos, pouco conseguia arrancar. Mas, ao pé das sebes e nas valas, já encorpavam o absinto e a urtiga, que se comiam com o orvalho, por necessidade.

Panka tocara as vacas dos anabatistas do curral bem cedo, ainda antes de o dia começar a clarear, e pela margem do Órlik levara-as para fora do arrabalde, para uma clareira que ficava bem em frente ao fim da rua Terceira dos Nobres, onde, de um lado, pelo declive, era o assim chamado jardim "da cidadela" e, do outro, o ninho de Golovan.

Fazia ainda muito frio pelas manhãs, principalmente perto do alvorecer, e a quem sentisse vontade de dormir pareceria que estava ainda mais frio. A roupa sobre o corpo de Panka era, claro está, insuficiente, de órfão, uns andrajos com um buraco ao lado de outro. O rapaz virava-se de um lado, virava-se do outro, a rezar a São Fedul para que este sopras-

---

lhos crentes", para a qual a santidade do batismo exigia a consciência de quem o recebesse e, portanto, a ministração desse sacramento deveria repetir-se na idade adulta da pessoa. (N. do T.)

[19] Referência a São Jorge. "Egór" é forma popular de *Gueórgui* (Jorge). O dia de São Jorge é celebrado em 23 de abril, como na Igreja Católica Romana. (N. do T.)

se sobre ele um ventinho morno, mas, em vez disso, o frio continuava.[20] Começava ele a fechar o olho, e já vinha o vento em redemoinho, entrava por um buraco da roupa e acordava-o. Mas a força do corpo jovem venceu: puxou a *svitka*[21] por cima da cabeça, à moda de uma tenda, e ferrou no sono. Que horas eram ele não ouviu, porque o campanário verde da igreja da Epifania estava distante. Em torno, ninguém, nem vivalma em lugar nenhum, só as gordas vacas dos comerciantes bufavam e, cá e lá, no Órlik, a perca vivaz agitava a água. Dormitava o pastor, apesar da blusa cheia de buracos. Mas, de repente, foi como se algo o pungisse num flanco, provavelmente o vento que encontrara mais um buraco na sua roupa. Panka levantou-se dum salto, olhou em redor ainda meio dormido, meio acordado, quis gritar "aonde vais, vaca sem chifres?!" e parou. Pareceu-lhe que alguém descia a escarpa abrupta da outra margem. Um ladrão que talvez quisesse enterrar coisa roubada. Panka ficou interessado: quem sabe, ele podia ficar à espreita do ladrão e apanhá-lo com a boca na botija e gritar-lhe "alto lá, vamos dividir!", ou, então, o que era ainda melhor, ver bem onde se faria o enterramento e, à tarde, atravessar o Órlik, desenterrar o que lá houvesse e ficar com tudo para si, sem dividir nada com ninguém.

Panka afirmou-se bem e não tirou os olhos do declive da outra margem. Começava a clarear.

---

[20] São Fedul viveu em Tessalônica, no reinado do imperador Diocleciano (284-305). O seu dia é o 18 de abril (5 pelo calendário antigo). De acordo com os sinais da natureza, nessa data começava o aquecimento primaveril ou fazia mau tempo. Se a temperatura subia, dizia-se: "São Fedul soprou um bafinho tépido" ou "Veio Fedul e soprou calor" (expressões que Leskov aproveita no trecho do conto). Se o tempo saía feio, dizia-se: "Fedul está amuado". (N. do T.)

[21] Na Rússia antiga: casaco aberto e comprido, feito de um tecido caseiro de lã. (N. do T.)

Eis que alguém vem descendo, chega até à beira d'água, entra no rio e anda. Sim, simplesmente caminhava pela superfície da água, como se por lugar seco, e não agitava a água nem de leve, apoiado só a uma vara. Por aqueles tempos, em Oriol, estava-se à espera da chegada de um monge milagreiro do mosteiro masculino, e ouviam-se já vozes do fundo da terra. Isso teve início logo depois das "exéquias de Nicodemos". O bispo Nicodemos[22] fora uma pessoa má, que se distinguira, perto do fim da sua carreira terrestre, por ter entregado à junta de alistamento muitos clérigos, entre os quais havia filhos únicos e até sacristãos com família, só porque queria receber mais medalhas de cavaleiro de uma ordem ou outra e para adular as autoridades. Eles saíram da cidade em grande grupo, desfeitos em lágrimas.[23] Os seus acompanhantes também soluçavam, e o próprio povo, com todo o seu rancor à pança medalhosa do prelado, chorava e dava-lhes esmolas. O próprio oficial que os conduzia ficou com tanta pena, que, para acabar com aquelas lágrimas, pediu aos novos recrutas que cantassem, e, quando eles, em coro harmonioso e forte, puseram-se a entoar uma canção feita por eles próprios:

Arcebispo nosso Nicodemos,
Arquicruel crocodilo do Demo...

Parece que até o oficial chorou. Tudo isso foi afogado por um mar de lágrimas e às almas sensíveis pareceu uma maldade que bradava aos céus. E, realmente, foi o seu clamor chegar ao céu, que aí começaram a ouvir-se "vozes" em

---

[22] Bispo de Oriol de 1828 a 1839, ano em que morreu. (N. da E.)

[23] O serviço militar durava um quarto de século e era praticamente para o resto da vida, já que a esperança de vida, à época, era de 45 anos, mais ou menos. (N. do T.)

Oriol. No início, as "vozes" eram ininteligíveis e sabia-se lá de quem, mas, quando Nicodemos logo depois disso morreu e foi sepultado sob uma laje na igreja, então ouviu-se a fala nítida de um bispo ali sepultado antes dele (Apollos, parece que se chamava assim).[24] O morto mais antigo ficou incomodado com a nova vizinhança e, sem o menor constrangimento, reclamava abertamente: "Levai-lhe a carcaça podre daqui, que eu estou sufocando!". E até ameaçava que, se não sumissem com "a carcaça podre" dali, ele próprio "iria embora e apareceria em outra cidade". Isso era ouvido por muitas pessoas. Elas iam ao mosteiro para as vésperas,[25] passavam a noite em pé no ofício divino, e aí, no caminho de volta, era aquela coisa nos seus ouvidos, com os lamentos do velho bispo: "Levai-lhe a carcaça podre daqui!". Todos queriam muito que a petição do bondoso bispo fosse atendida, mas as autoridades, nem sempre atentas às precisões do povo, não se decidiam a despejar o Nicodemos, e o santo homem de aberta franqueza podia, de um momento para outro, "ir procurar outra morada".

Pois era bem isso, e não outra coisa, que estava a acontecer naquele instante: o santo partia, e o único que o via era o pobre pastorzinho, que ficou tão aturdido com aquilo, que não só nem pensou em segurá-lo, como só foi dar-se conta

---

[24] Apollos (1745-1801), bispo de Oriol de 1788 a 1798. (N. da E.)

[25] Vésperas: parte do ofício divino, realizada entre as 15 e 18 horas, às vésperas de alguma festa da Igreja Católica. Em russo, chama-se *vsenóchtchnaia* (*vsé*, tudo + *notch*, noite + sufixo de adjetivo *-ia*), o que significa que começava ao entardecer e prolongava-se pela noite inteira. Realizava-se (não em todas as paróquias) aos domingos, nos doze festejos mais reverenciados e posteriores à Páscoa (Natal, Entrada de Cristo em Jerusalém, Ascensão da Virgem Maria, entre eles) e em feriados religiosos observados em todo o país, como o de São Nicolau Milagroso, ou somente em determinadas regiões. O rito, hoje, é abreviado e termina bem antes da meia-noite. (N. do T.)

do fato quando o santo havia já sumido da sua vista. Apenas começara a clarear. Com a luz, cresce a coragem do homem, e com a coragem aumenta a sua curiosidade. Panka teve vontade de ir até à beira da água, por onde acabara de passar aquele ser misterioso; mas, quando ali chegou, tudo o que viu foi o portão de telheiro molhado, preso à margem por uma vara. A coisa esclareceu-se: então, não passara nenhum santo pela água, mas atravessara o rio o simples e imortal Golovan; isso mesmo, ele fora saudar criancinhas órfãs com o leite do "seio". Panka ficou admirado: quando é que esse Golovan dorme?! E como é que um homão como ele consegue navegar num barquinho que é só metade de um portão? É verdade, o Órlik não é um rio grande, e a sua água é represada por um açude mais abaixo e é calma que nem a de uma poça, mas, ainda assim, que modo era aquele de navegar sobre um portão?!

Deu vontade a Panka de ele próprio provar como era. Subiu para cima do portão, pegou a vara e, todo folgazão, passou ao outro lado do rio e desembarcou para olhar a casa do Golovan, porque havia já clareado bem; naquele instante, o Golovan chegou à margem e gritou: "Ei aí quem roubou o meu portão! Traz já de volta!".

Panka era um rapaz de bravura não muito grande e não era acostumado a contar com a generosidade alheia, e por isso assustou-se e fez uma asneira. Em vez de levar de volta a balsa do Golovan, Panka pegou e escondeu-se num dos muitos buracos, que ali havia na terra argilosa. Agachou-se no buraco e, por mais que o Golovan chamasse da outra margem, não se deu por achado. Então, o Golovan, vendo que não obteria o seu barco, tirou com ímpeto o sobretudo, pôs-se nuzinho em pelo, atou todo o seu guarda-roupa com o cinto, colocou a trouxa sobre a cabeça e meteu-se a nado no Órlik. A água ainda estava muito fria.

Panka tinha uma única preocupação: que o Golovan não

o visse e não lhe batesse; mas logo a sua atenção foi atraída por outra coisa. O Golovan atravessara o rio e começara a vestir-se, mas de repente agachara-se, olhara sob o joelho esquerdo e ficara imóvel.

Isso era tão perto do buraco, onde o Panka se metera, que este podia ver tudo de trás de um torrão de terra, que lhe permitia ficar oculto. A essa hora, já estava bem claro, a aurora fizera-se já rosada e, embora a maioria dos citadinos ainda dormisse, na margem do rio, sob o jardim "da cidadela", apareceu um rapaz munido de gadanha, que começou a ceifar urtiga e a colocá-la num cesto.

Golovan viu o gadanheiro e, pondo-se de pé, só de camisa, gritou-lhe alto:

— Rapaz, dá-me depressa a gadanha!

O rapaz trouxe-lhe a gadanha, e o Golovan disse-lhe:

— Vai cortar-me uma bardana bem grande — e, aí que o rapaz lhe deu as costas, ele pegou a gadanha, sentou-se de novo de cócoras, colheu numa mão a barriga da perna e arrancou-a inteirinha dum talho só. O pedaço de carne cortado, do tamanho de uma panqueca das aldeias, ele atirou-o no Órlik, depois apertou a ferida com ambas as mãos e desabou.

Ao ver isso, Panka esqueceu tudo, saltou para fora do buraco e começou a gritar pelo gadanheiro.

Os dois pegaram o Golovan e carregaram-no para a sua isbá, e ele ali voltou a si, mandou-os pegar duas toalhas de uma caixa e com elas atar o corte o mais apertado possível. Eles arrocharam a ferida com toda a força, e o sangue parou de sair.

Aí, o Golovan mandou-os colocar ao pé dele um baldinho de água e uma canequinha, e que voltassem aos seus afazeres e do acontecido não dissessem palavra a ninguém. Eles foram e, com a tremedeira de um verdadeiro terror, contaram tudo a todos. Os que os ouviram, concluíram de imediato que o Golovan fizera aquilo tudo não sem motivo e que ele, desse jeito, tomando a si a dor das pessoas, lançara à peste um naco do seu próprio corpo, para que aquilo seguisse adiante, como um sacrifício por todos os rios russos, do pequeno Órlik ao Oká, do Oká ao Volga, por toda a grande Rússia até o largo mar Cáspio, e com isso o Golovan sofrera por todos, mas não morreria porque tinha em mãos a pedra viva do farmacêutico e era uma pessoa "imortal".

Essa história entrou firme na ideia de todos, e a profecia confirmou-se. O Golovan não morreu do seu terrível ferimento. O maligno camarço, depois do seu sacrifício, realmente cessou, e vieram dias de serenidade: os campos e prados revestiram-se de densa verdura, e pôde vagar livremente por eles o jovem Egór, luminoso e valoroso, com os braços em ouro vermelho até o cotovelo e as pernas em prata pura até os joelhos, com o Sol à fronte e a Lua à nuca e estrelas vagantes pelos confins. Tingiram-se de branco as telas com a orvalhada de Iuri;[26] ao campo veio, em lugar de Egór, o profeta Jeremias com uma pesada canga, arrastando arados e grades; trilaram os rouxinóis no dia de Boris, para consolo do mártir; pelos esforços de Santa Maura, azuleceu a rica plantação; passou Zózimo santo com longo bastão, levando uma abelha rainha no castão; passou o dia de João Evangelista, "pai de Nicolau", e o próprio Nicolau foi comemorado, e ao mundo veio Simão Zilota, quando a terra tem o dia do seu santo onomástico.[27] Nesse dia, o Golovan saiu de casa e sentou-se no banco de terra ao redor da isbá e, a partir daí, começou aos poucos a andar e retomou o trabalho. A sua saúde, pelos

---

[26] O orvalho que caía no dia 23 de abril pelo antigo calendário juliano. (N. da E.)

[27] O dia de São Jeremias é 1º de maio. O de São Boris, 2 de maio. O de Santa Maura, 3 de maio. Os de São João Evangelista, São Nicolau e São Simão, 8, 9 e 10 de maio, respectivamente. A festa de São Zózimo pode cair nos dias 4, 8 ou 19 de junho. (N. da E.)

vistos, não sofrera nem um pouco, ele apenas passou a "balançar-se": saltitava levemente sobre a perna esquerda.

As pessoas devem ter tido a mais alta opinião sobre o comovente arrojo do seu sangrento ato sobre si próprio, mas fizeram dele um juízo tal qual eu disse: não lhe procuraram causas naturais e, envolvendo tudo em fantasia, de um acontecimento natural criaram uma lenda fabulosa, e do simples e magnânimo Golovan fizeram um ser mítico, algo como um bruxo, um mago, que possuísse um talismã invencível e pudesse ousar fazer tudo o que quisesse, que não morreria em lugar nenhum.

Se o Golovan sabia ou não que a boca do povo lhe atribuía tais feitos, eu desconheço. No entanto, acho que ele o sabia, porque as pessoas se dirigiam a ele, muitíssimas vezes, com pedidos e questões, com os quais só se vai a um mágico. E ele dava "conselhos adjudatórios" a muitas dessas questões, e, em geral, não se zangava com tamanhas responsabilidades. Nos arrabaldes, era médico de vacas e médico de gente, engenheiro, astrólogo e farmacêutico. Ele sabia tirar ronhas e escaras, de novo, com um certo "unguento de Ermólov", que custava uma moedinha de cobre para três pessoas; tirava a febre da cabeça de qualquer um com pepino salgado; sabia que as ervas deviam ser apanhadas do dia de São João até o meio-dia do de São Pedro,[28] e "apontava água" que era uma maravilha, isto é, onde era para cavarem poço. Mas isso ele só conseguia, aliás, não o tempo todo, mas só do início de junho até o dia de São Teodoro Poceiro,[29] enquanto se podia "ouvir a água pelas articulações da terra fluir". Golovan podia fazer tudo o mais que fosse necessário às pessoas, mas para o resto fizera uma promessa a Deus pa-

---

[28] Isto é, de 8 de maio a 29 de junho. (N. da E.)

[29] O dia de São Teodoro Poceiro é 8 de junho. (N. do T.)

ra que a peste acabasse. Confirmara isso, então, com o próprio sangue e manteve-o firme-firme. Deus amava-o e perdoava-o por isso, e o povo, delicado nos seus sentimentos, nunca pedia ao Golovan o que não fosse preciso. Pela ética popular, é assim que se faz entre nós.

Ao Golovan, aliás, não era tão penosa a nuvem mística com a qual o envolvera a fama popular, já que não fazia, parece, nenhum esforço para desfazer o que se criara em torno da sua figura. Sabia que seria em vão.

Quando avidamente percorri as páginas do romance *Os trabalhadores do mar*, de Victor Hugo, e encontrei lá Gilliatt, com a genial descrição da sua severidade consigo próprio e a condescendência com os outros, que atingiam as raias da completa abnegação, fiquei impressionado com a grandeza não só desse vulto e a força da sua representação, mas também com a completa identificação do herói de Guernesey com a pessoa viva, que conhecia pelo nome de Golovan. Neles, vivia o mesmo espírito e idênticos corações pulsavam com as batidas da abnegação. Diferenciavam-se não muito também nos seus destinos: durante toda a vida, um denso mistério envolveu-os, precisamente porque foram demasiadamente puros e límpidos, e tanto a um quanto ao outro a sorte não reservou nenhum quinhão de felicidade pessoal.

VII

Golovan, assim como Gilliatt, era um "suspeito na fé". Achavam que fosse algum cismático,[30] mas isso ainda não tinha importância, porque em Oriol, àquela época, havia

---

[30] *Raskólnik* (de *raskol*, cisma): "cismático" ou "velho crente", o fiel da Igreja Ortodoxa russa que rechaçou as mudanças promovidas pelo patriarca Níkon na segunda metade do século XVII. (N. do T.)

de tudo o que era variedade de crença: lá havia (e ainda há) simples Velhos Crentes e Velhos Crentes não simples — *fedosséievtsy*, lipovanos, anabatistas; havia até *khlysty* e o "povo de Deus", que eram desterrados para longe pelo tribunal dos homens.[31] Mas todas essas pessoas aferravam-se ao seu rebanho e refutavam firmemente toda e qualquer outra crença; cada grupo isolara-se dos outros com os seus próprios ritos de prece e preceitos de nutrição e achava que só ele estava "no caminho certo". Golovan, por sua vez, comportava-se como se não soubesse nada de concreto do melhor caminho e dava do seu naco de pão sem olhar a quem lho pedisse e sentava-se à mesa de quem quer que o convidasse. Dava leite até aos filhos do judeu Íuchka da guarnição militar. Mas o lado não cristão dessa última ação, dado o amor do povo a Golovan, encontrou uma certa desculpa: as pessoas concluíram para si que o Golovan, ao peitar Íuchka, queria conseguir dele os "lábios de Judas", tão bem guardados pelos judeus, e com os quais quem estivesse perante um tribunal, conseguiria safar-se com mentiras, ou o "legume piloso", que sacia a sede dos judeus, de modo que podem passar sem álcool. Mas o que não se conseguia entender no Golovan era ele dar-se com o caldeireiro Anton, que, na consideração das verdadeiras qualidades humanas, gozava da pior reputação. Esse sujeito não concordava com ninguém nas questões mais

---

[31] Lista de sectários dos Velhos Crentes: os *fedosséievtsy*, um dos dois maiores grupos de Velhos Crentes, não reconheciam sacerdotes e rejeitavam o casamento porque acreditavam no fim do mundo iminente; os lipovanos pregavam o suicídio como meio de preservar a verdadeira fé; os anabatistas ou "rebatizados" são os batizados por segunda vez pelos Velhos Crentes, depois do primeiro batismo na Igreja Ortodoxa; os *khlysty*, ou "flagelantes", rejeitavam o sacerdócio e os sacramentos da igreja, pregavam a ascese e praticavam a autoflagelação. Com "povo de Deus", alude a peregrinos, os loucos por Cristo — os chamados *iuródivye* — e vagabundos. (N. da E.)

sagradas, formulava uns zodíacos misteriosos e até escrevia umas coisas. Morava Anton nos arrabaldes, num cubículo vazio de sótão, a cinquenta copeques por mês, e mantinha lá coisas tão terríveis, que ninguém o visitava, exceto o Golovan. Sabia-se que Anton tinha ali um mapa, chamado "zodíaco", e um pedaço de vidro, com o qual "tirava fogo do sol"; além disso, ele tinha uma trapeira para o telhado, para onde ia à noite; ali ficava sentado como um gato, ao lado da chaminé, "tirava para fora um clister de visão" e, nas horas de mais dormida das pessoas, ficava a olhar o céu. A dedicação de Anton a esse instrumento não conhecia limites, principalmente nas noites estreladas, quando podia ver todos os zodíacos. Era ele chegar, sempre correndo, da casa do patrão, com quem trabalhava o cobre, que ele nem parava no seu quartinho e já se enfiava pela trapeira para o telhado e, se havia estrelas no céu, ficava noites inteiras ali sentado, só a olhar. Isso as pessoas poderiam perdoar-lhe, se fosse alguém estudado ou algum alemão, mas, como era um simples homem russo, tentaram um bom tempo tirar-lhe o gosto por aquelas coisas, mais de uma vez bateram-lhe com paus e atiraram-lhe esterco e gatos mortos para cima, mas ele não ligava a mínima e até nem notava quando o atormentavam. Todos lhe chamavam, rindo, "o Astrônomo", e ele era realmente um astrônomo.[32] Era uma pessoa calma e muito honesta,

---

[32] "Eu e um meu colega de ginásio, K. D. Kraévitch, hoje conhecido matemático russo, conhecemos esse velho no fim dos anos 1840, quando estávamos no terceiro ano do ginásio de Oriol e morávamos na casa dos Lóssievs. 'Anton-astronóm' (já então velhíssimo) tinha realmente alguns conhecimentos dos astros celestes e das leis de gravitação, mas o mais interessante: ele próprio confeccionava as lentes para as suas lunetas de alcance, usando para isso o fundo de copos de cristal grosso, o qual polia com areia e pedra e com o qual contemplava o céu inteiro... Vivia como mendigo, mas não sentia a sua indigência, porque se encontrava em permanente delírio com os seus 'zodíacos'." (N. do A.)

mas livre-pensador; assegurava que a terra girava e que nós estamos, sobre ela, de cabeça para baixo. Por esse último e evidente absurdo, Anton foi espancado e declarado um alienado mental, e depois, como alienado mental, pôs-se a gozar de liberdade de pensamento, privilégio dessa condição tão vantajosa entre nós, e chegava aos limites do inacreditável. Ele não reconhecia as hebdômadas de Daniel como profetizadas para o Império Russo,[33] dizia que a "besta dos dez chifres" não passava de alegoria e que a fera ursa era uma figura astronômica, que existia nos seus mapas. Do mesmo modo nada condizente com a religião ortodoxa interpretou a "asa da águia", as taças e o sinete do anticristo.[34] Mas a ele, como pessoa fraca da ideia, tudo isso era já perdoado. Não era casado, porque nunca tivera tempo para casar-se e não teria com que sustentar uma esposa, e que louca se decidiria a casar-se com um astrônomo? O Golovan, por sua vez, gozava de perfeito juízo, mas não apenas era amigo do astrônomo, como também não caçoava dele; algumas noites, até eram vistos juntos, no telhado de observações, quando, alternando-se ao tubo de visão, olhavam os zodíacos do céu. Compreende-se que tipo de pensamentos podiam suscitar essas duas figuras em pé, a horas bem mortas, ao lado de uma chaminé, em torno das quais lavrava a superstição sonhadora, a poesia da medicina, o delírio religioso e a dúvida... E, finalmente, as próprias circunstâncias colocavam o Golovan numa situação um tanto estranha: não se sabia de que paróquia fosse... A sua choça fria ficava tão longe, que nenhum estra-

---

[33] Trata-se da "Profecia das setenta semanas" (Daniel, 9, 24-27), que alude à vinda de um messias e que é aqui aplicada à Rússia: "Setenta semanas foram estabelecidas para o teu povo e para a tua santa cidade...". (N. da E.)

[34] Alude-se a visões de Daniel e a imagens tiradas do Apocalipse. (N. da E.)

tegista espiritual conseguia incorporá-la à sua alçada, e o próprio Golovan não se preocupava com isso e, se o maçavam muito com perguntas acerca de qual paróquia, respondia:

— Eu sou da paróquia do Criador todo-poderoso — mas tal templo em Oriol, naquela época, não havia.

Gilliatt, à pergunta de onde ficava a sua paróquia, só levantava o dedo e, a apontar para o céu, dizia:

— É lá — mas a essência das duas respostas era idêntica.

Golovan gostava de ouvir falarem de outras crenças, mas opiniões suas a respeito parecia não ter, e, no caso da pergunta insistente "de qual credo?", recitava:

"Creio num único Deus pai, onipotente, criador de todas as coisas visíveis e invisíveis."

Isso, claro, era uma evasiva.

De resto, não havia por que pensarem que o Golovan fosse de alguma seita ou não quisesse nada com igrejalidades. Não, ele até ia à catedral de São Boris e São Gleb a ter com o padre Piotr, para "pôr a consciência no lugar". Chegava e dizia:

— Cobre-me de opróbrios, pai Piotr, não estou muito agradado de mim.

Eu lembro-me desse padre Piotr, que costumava vir à nossa casa, e, certa vez, quando o meu pai, não sei a que pretexto, lhe disse que Golovan era um sujeito de consciência magnífica, o padre Piotr disse:

— Não tenhais nenhuma dúvida; a sua consciência é mais alva do que a neve.

O Golovan gostava de pensamentos elevados e conhecia Pope, mas não do jeito como costumam conhecer um escritor as pessoas que leram as suas obras. Não; Golovan, tendo concordado com o *Ensaio sobre o homem*,[35] presenteada a

---

[35] *Essay on Man* (1734), poema didático do britânico Alexander

ele pelo mesmo Aleksei Petróvitch Ermólov, sabia o poema inteiro *de cor*. E lembro-me de como ele, quando lhe acontecia escutar, de pé, encostado à ombreira da porta, a notícia de algum novo acontecimento triste, suspirava de repente e respondia:

*Caro Bolingbroke, somente a nossa prepotência
É causa de todos os erros e da violência.*

Não se admire o leitor de um sujeito como Golovan vir lá com versos. Aquele era um tempo terrível, mas a poesia estava na moda, e a sua grande palavra era cara até aos homens de sangue. Dos grandes senhores ao povoléu. Mas agora chego ao maior caso da história de Golovan, aquele que sem dúvida lançou sobre ele uma luz ambígua, até aos olhos das pessoas não dadas a acreditar em disparates. Golovan apareceu como pessoa não imaculada num passado distante. Isso foi sabido de repente, mas das formas mais cruas. Dera-se a aparição, em Oriol, de uma figura que aos olhos de ninguém poderia valer alguma coisa, e ela declarara direitos fortes em relação ao Golovan, tratando-o com uma incrível arrogância.

Essa personalidade e a história da sua aparição são um episódio bastante característico da história dos costumes de então e um quadro da vida cotidiana não falto de colorido. E, por isso, peço a vossa atenção para alhures, um pouco para longe de Oriol, para lugares de clima ainda mais cálido, para um rio de manso fluir entre margens semelhantes a tapetes, para o "banquete da fé" popular, onde não há lugar para a vida corriqueira de trabalhos; onde tudo, *decidida-*

Pope (1688-1744) sobre a possibilidade de conciliação dos males do mundo com a crença no criador justo e misericordioso; traduzido para o russo já no século XVIII, teve muitas edições. (N. da E.)

mente tudo, passa pelo filtro duma religiosidade original, que é que comunica a tudo o seu especial relevo e vivacidade. Nós devemos assistir à exumação das relíquias de novo santo,[36] o que constituía, para os mais diversos representantes da sociedade da época, um acontecimento do mais alto significado. Já para o povo simples, era uma epopeia ou, como disse um empolado orador de então, "celebrava-se o sacro banquete da fé".

VIII

Nenhum dos relatos publicados à época é capaz de dar ideia da comoção que se instalou na abertura das solenidades. O lado vivo e sórdido da coisa era omitido neles. Aquilo não era a viagem tranquila de hoje, feita em carruagens de posta ou por estradas de ferro, com paragens em estalagens confortáveis, em que há de todo o necessário e por um preço razoável. Naqueles tempos, uma viagem era uma façanha e, no presente caso, uma façanha da religiosidade, que, pensando bem, só o esperado e solene evento na igreja é que fazia valer a pena. Na viagem havia, também, muita poesia, uma poesia singular — variegada e impregnada dos múltiplos matizes dos ritos religiosos, da tosca ingenuidade popular e das infinitas aspirações do espírito vivo.

Por ocasião dessa festividade, de Oriol partiu uma enorme quantidade de gente. Nisso, mais do que todos, claro es-

---

[36] É provável que Leskov se refira à canonização das relíquias de Tíkhon de Zadónsk (1724-1783), bispo de Vorónej e teólogo, ocorrida a 13 de agosto de 1861 com grande alarde e longas festividades. A rota Oriol-Lívni-Eliéts conduz precisamente a Zadónsk, que se encontra a cerca de 50 km de Eliéts. Em todo o caso, após 1861 e até 1896, não houve nehuma outra canonização de relíquias. (N. da E.)

tá, empenhava-se a classe dos comerciantes, embora não ficassem atrás os pequenos proprietários de terras, mas os ranchos de gente simples eram a maioria. Estes iam a pé. Só aqueles que levavam pessoas débeis "pra curamento" seguiam lentamente numa eguinha qualquer. Às vezes, aliás, as pessoas transportavam os fracos sobre si e até nem se incomodavam muito com isso, porque, nas estalagens, deles cobrava-se menos por tudo e, de vez em quando, eles até se hospedavam de graça. Não eram poucos os que "punham doença em si: viravam os olhos para a testa, e dois puxavam um terceiro sobre uma tábua com rodízios, em alternação, para colher alguma pecúnia para a cera, para o óleo e para outros ritos".

Foi o que li num relato, não publicado, mas verídico, escrito não conforme chavões, mas a partir da "visão vivinha" das coisas, e por alguém que preferia a verdade à falsidade tendenciosa daquele tempo.

O movimento de gente era tão grande, que nas cidades de Lívni e Eliéts, que ficavam no caminho, não havia acomodação nem nas estalagens, nem nos hotéis. Acontecia pessoas importantes e ilustres terem de passar a noite nas suas carruagens. A aveia, o feno, os cereais, tudo, ao longo do caminho, subira de preço, de modo que, segundo observação da minha avó, de cujas lembranças me utilizo, desde então, para as nossas bandas, para alimentar uma pessoa com galantina, sopa de repolho, carne de carneiro e uma papa qualquer, entraram a cobrar, nas hospedarias, cinquenta e dois copeques (isto é, uma moeda de prata de cinco *altyns*),[37] quando, antes, pediam vinte e cinco (ou sete copeques e meio). Até para os tempos de hoje, cinco *altyns* é um preço simplesmente inacreditável, mas as coisas foram realmente desse jeito, e

---

[37] O *altyn* era uma moeda de prata que valia três vezes e meia mais do que a correspondente cédula de papel. (N. do T.)

a exumação das relíquias do novo santo, no aumento do preço dos gêneros vitais, teve, para os lugares adjacentes, a mesma importância que tivera, alguns anos antes, o incêndio da ponte Mstínski[38] para Petersburgo. "Os preços *pularam* lá pra cima e lá ficaram."

De Oriol, em meio aos outros romeiros, foi à exumação a família dos comerciantes S., gente muito conhecida no seu tempo, "armazenadores", isto é, em termos mais simples, grandes açambarcadores, que enceleiram o trigo das carroças dos mujiques e depois vendem tudo por atacado a negociantes de Moscou e Riga. Esse era um negócio lucrativo, que, depois da libertação dos servos, não foi desdenhado nem pelos nobres; mas estes gostavam de dormir muito e em breve descobriram, por amarga experiência, que nem para a estúpida atividade de açambarcadores serviam. Os comerciantes S. eram considerados, pela sua pujança, os primeiros armazenadores, e a sua importância alastrara-se a ponto de a sua casa, em lugar de sobrenome, ter recebido um epíteto enaltecedor. A casa, subentende-se, era rigidamente devota; de manhã, rezavam, o dia inteiro vexavam pessoas e depenavam-nas, e à noite, rezavam de novo. A horas tardias, cães fazem as suas correntes tinirem ao longo de cabos de aço, e em todas as janelas vê-se "o clarão de lâmpadas votivas" e ouvem-se um ronco alto e as lágrimas ardentes de alguém.

Dirigia a casa, como se diria hoje, o "fundador da firma", mas, então, diziam simplesmente *o homem*. Era um velhinho brando, a quem todos, no entanto, temiam como o fogo. Dele dizia-se que era "lábios de mel, coração de fel": intrujava a todos com o tratamento "meu querido amigo" e por entre os dentes mandava a todos para o diabo. Tipo sabido e conhecido, o do patriarca comerciante.

---

[38] O rio Mstá, de onde vem o nome da ponte, era uma das vias de suprimento da cidade. (N. do T.)

Pois precisamente esse patriarca foi àquela festividade "com todo o quadro familiar": ele próprio, a esposa e a filha, que sofria da "doença da melancolia" e não sarava. Haviam sido experimentados nela todos os meios conhecidos da poesia e da arte populares: deram-lhe beberagens tonificantes de uma erva medicinal para males do peito, cobriram-na de raízes de peônia, a qual combate as manifestações dolorosas, fizeram-na cheirar manjerona, que endireita o cérebro na cabeça, mas nada ajudara, e levavam-na então ao santo, e iam com pressa para estarem presentes no momento da primeira ocasião, quando saísse a primeira força. A crença na maior potência da *primeira força* é muito grande, e ela baseia-se na história da pia batismal de Siloé,[39] onde também conseguiam curar-se os *primeiros* que nela entrassem ao agitar-se das águas.

Os comerciantes de Oriol viajaram por Lívni e Eliéts, enfrentando grandes dificuldades, e, quando chegaram ao santo, estavam completamente extenuados. Mas apanharem a "primeira ocasião" afigurou-se-lhes impossível. Juntara-se um tamanho mar de gente, que não era caso nem de tentar abrir caminho aos empurrões até o templo para o ofício noturno da véspera do "dia da abertura", quando, propriamente, é que é a "primeira ocasião", ou seja, quando das novas relíquias se irradia a força mais intensa.

O comerciante e a esposa estavam desesperados; mais indiferente do que todos estava a filha, que não sabia do que fora privada. Não havia nenhuma esperança de remediar a desgraça, com tantos nobres de sobrenomes ilustres ali, ao passo que eles eram simples comerciantes, que, embora na sua terra tivessem alguma importância, ficaram totalmente desconcertados no meio de tanta aglomeração de grandezas

---

[39] Pia batismal de Siloé: tanque de água, em Jerusalém, cujas águas operariam curas milagrosas. (N. do T.)

cristãs. E eis que em dado momento, quando eles estavam sentados com a sua pena sob a coberta da sua carreta, no pátio de uma estalagem, o patriarca lamentou-se com a esposa de que não deviam ter já nenhuma esperança de pôr a mão no santo caixão nem entre os primeiros, nem entre os segundos, e sabia-se lá se até entre os últimos dos últimos, junto com os agricultores e pescadores, quer dizer, com o povo simples. E, então, qual seria a vantagem disso: a polícia seria já só brutalidade, e o clero estaria para lá de cansado — não deixaria rezar à vontade e viria com empurrões. E, em geral, tudo então não seria o mesmo, quando os milhares de lábios de toda aquela gente já tivessem tocado as relíquias. Se era para ser daquele jeito, então, poderiam ter vindo mais tarde, e tudo para quê: haviam feito a viagem, sofrido, deixado a casa nas mãos de um caixeiro e pagado o triplo por tudo na viagem, e olha ali que bela consolação tinham!

Tentara o comerciante duas vezes chegar aos diáconos, disposto até a dar uma gratidão, mas nem pensar: de um lado, um aperto só, na forma de um guarda de luvas brancas ou cossaco com um açoite (eles também tinham ido em massa à exumação), e do outro, o perigo, ainda maior, de ser esmagado pelo povinho ortodoxo, que se agitava como um oceano. Tinham já acontecido alguns "casos", uma porção deles até, um dia antes e naquele. Aqui e acolá, saltavam os bons cristãos para trás, a um golpe do açoite do cossaco, como uma parede de cinco, seis centenas de pessoas, pisoteando outras e caindo-lhes com todo o peso por cima, e aí eram só gemidos e um cheiro forte que vinham e, depois, com o livramento dos de baixo, viam-se muitas orelhas arrancadas de mulheres que portavam brincos e muitos dedos entortados de pessoas que usavam anéis, e duas ou três almas até se apresentavam a Deus.

Pois dessas dificuldades estava o mercador falando, ao chá, à esposa e à filha, por quem tanto precisavam pegar as primeiras forças; enquanto isso, um sujeito qualquer, sabe-se lá se de origem citadina ou camponesa, ficava para lá e para cá, por entre as várias carretas, sob o telheiro, como se a observar os comerciantes de Oriol com alguma intenção.

Tipos reles, ali, já se haviam juntado em quantidade. Eles não só tinham o seu lugar naquele banquete da fé, como até arranjavam ali boas ocupações; por isso tinham afluído em abundância, de vários lugares e, principalmente, de cidades famosas pela sua gente ladra, isto é, Oriol, Krómi, Eliéts e Lívni, onde eram célebres os grandes mestres em fazer milagres. Toda essa gente reles, que para ali concorrera, procurava um jeito de ganhar dinheiro. Os mais arrojados agiam em conjunto, distribuindo-se em grupos entre as multidões, nas quais era cômodo, com a colaboração do cossaco, provocar arremetidas e confusão e, em meio ao rebuliço, dar busca aos bolsos alheios, arrancar relógios, fivelas de cintos e brincos de orelhas; já os tipos mais circunspectos andavam sozinhos pelos pátios das estalagens, queixavam-se da sua pobreza, "relatavam sonhos e milagres", ofereciam elixires de curandeiro e esconjuros, e a homens velhos "secretos adjutórios de sêmen de baleia, banha de gralha e esperma de elefante" e outros remédios, dos quais "uma força duradoura provém". Esses remédios não perdiam o seu valor nem ali, porque, diga-se em honra da humanidade, a consciência não deixava que se fosse ao santo com qualquer tipo de súplica. Com não menos gosto, os patifes de hábitos mais pacíficos exercitavam-se na gatunagem pura e simples e, nas ocasiões favoráveis, muitas vezes limpavam tudo àqueles romeiros que, por não terem encontrado lugar em nenhuma estalagem, haviam-se acomodado nas próprias carretas ou sob elas. Espaço por ali havia pouco, e nem todas as carretas tinham conseguido abrigo sob os telheiros das hospedarias; outras, por sua vez, estacionaram em comboio, fora da cidade, em campo aberto. Ao pé das últimas, corria uma vida mais variada e mais interessante e, a propósito, ainda mais rica de matizes da poesia sacra e da poesia médica, e de interessantes velhacarias. Esses suspeitos empreendedores metiam-se em toda parte, mas o seu refúgio era esse "comboio pobre" de fora da cidade, com os barrancos e choças do seu redor, onde corria uma desenfreada chatinagem de vodca,[40] e em duas ou três carretas ficavam esposas de soldado, de rosto corado, que para ali tinham ido depois de cotizarem-se. Ali também se fabricavam aparas de féretro, "terra estampada", pedacinhos de casulas decompostas de santos e até "partículas" deles. Às vezes, entre os artistas que exerciam esses negócios, encontravam-se pessoas de muito engenho, e elas vinham com tramoias interessantes e notáveis pela simplicidade e ousadia. Era dessa linhagem o sujeito, em quem a devota família de Oriol pusera a sua atenção. O patife escutara-lhe sorrateiramente a lamentação pela impossibilidade de avançarem sobre o santo antes que das relíquias saíssem os primeiros jatos da beatitude sanativa, então chegou perto deles e foi logo dizendo:

— A vossa aflição eu ouvi e posso ajudar, e vós não tendes causa pra me evitar... Sem nós, aqui, a sastifação percurada, num congresso de gente tão grande e lustre, está fora de conseguimento, mas nós já estivemos em outras vezes como esta e conhecemos os jeitos. Se o sor quer pegar as forças mais primeiras do santo, o sor não poupe cem rublos pro vosso encontentamento, e eu ponho os sores lá.

O mercador olhou para o sujeito e respondeu:

— Não venhas com mentiras.

Mas o outro continuou com a sua toada:

---

[40] Tráfico e venda ilegal de vodca (provavelmente de produção clandestina). O seu comércio, como o da cerveja, do tabaco e do sal, era sujeito ao pagamento de impostos ao erário público. (N. do T.)

— O sor, pra certo, pensa assim pela causa da minha insignificância; mas o que é insignificante pros olhos das pessoas, pode ter uma calculação bem diferente pra Deus, e eu, o que pego, eu posso cumprir pra valer. O sor está intimidado cas grandezas da terra, que vieram de montão pra cá, mas pra mim é tudo que nem pó, e se isto aqui tivesse cuberto só de príncipes e reis, eles não iam poder atrapalhar nadinha, eles iam até dar passadouro pra gente. E pra isso, se o sor quer passar através de tudo prum caminho limpo e lisinho, e ver as mais primeiras pessonalidades e no amigo de Deus dar os mais primeiros bejos, entãoce não poupe o que foi dizido. Se o sor tem dó de gastar cem rublos e se o sor não se importa com alguma compania, entãoce eu pego rapidinho mais dois que eu tenho de olho, e aí pro sor fica mais barato.

Que restava aos devotos adoradores fazer? Claro, era arriscado acreditar num sujeito suspeito como aquele, mas perder a ocasião também não se queria, e o dinheiro que se pedia não era tanto, sobretudo se com mais gente... O patriarca resolveu arriscar e disse:

— Arranja, então, mais gente.

O sujeito pegou o avanço e saiu correndo, depois de mandar que a família almoçasse cedo e que, uma hora antes do toque do primeiro sino para as vésperas, cada um pegasse uma toalha de mãos nova e os três saíssem da cidade e fossem para um certo lugar do "comboio dos pobres" e ali o aguardassem. Dali deveria começar a marcha, que, pelas assegurações do empreendedor, nem príncipes nem reis conseguiriam deter.

Tais "comboios dos pobres", menores ou maiores, tornavam-se largos acampamentos em todas as ocasiões de encontro dessa espécie, e eu próprio vi-os e lembro-me deles em Korennaia, perto de Kursk, e das coisas cuja narração agora se inicia, eu ouvi o relato de testemunhas de vista.

IX

O acampamento dos pobres ficava fora da cidade, num descampado vasto e livre, entre o rio e a estrada real, e confinava numa extremidade com um grande e sinuoso barranco, no qual corria um riacho e havia moitas fechadas; ao fundo, começava um imponente pinhal, onde guinchavam águias.

No pasto, havia-se espalhado uma grande quantidade de carroças e carruagens, que, embora pobres, ainda assim, na sua miséria, apresentavam uma diversidade bastante pitoresca do gênio e da inventividade nacionais. Havia as guaritas comuns de esteira, as tendas de tela em telega inteira, "caramanchões" de capim barba-de-bode e coberturas de casca de árvore inteiramente disformes. A casca inteira, de grande tamanho, de uma tília secular fora arqueada e pregada às bordas da telega, a meio da sua caixa; sob ela, era o pouso: as pessoas repousavam com os pés para o interior do carro e a cabeça para o céu aberto. Sobre os jacentes passava uma brisinha, que ventilava o abrigo, para que eles não sufocassem com o próprio cheiro. Ao pé de cestos com feno e sacos de aveia, atados aos varais dos carros, ficavam os cavalos, na maioria, magros, todos com coelheira, e alguns, de pessoas mais zelosas, sob "telhados" de esteira. Em alguns carros, havia até cães, os quais não se deviam levar a uma peregrinação, mas aqueles eram cães "determinados", que haviam alcançado os donos na segunda ou terceira paragem destes para alimentação e, apesar de pancadas, haviam insistido em não largá-los. Para eles ali não havia lugar, pelas disposições regedoras das romarias, mas eles faziam-se tolerar e, sentindo a sua posição de contrabando, comportavam-se muito mansamente; ficavam encolhidos ao pé da roda da telega, sob o barril de breu, e guardavam um silêncio sério. Só a humildade os salvava do ostracismo e de um cigano batizado e perigoso para eles, que lhes poderia num minuto "tirar o casaco". Ali, no comboio dos pobres, a céu aberto, levava-se uma vida alegre e boa, como numa feira. Ali havia uma variedade maior de tudo o que era tipo de gente do que nos quartos de hotel, que haviam tocado apenas a alguns eleitos, ou sob os alpendres das estalagens, onde, em eterna penumbra, acomodavam-se pessoas de condição modesta nos seus carros. É bem verdade que ao comboio dos pobres não iam os frades e subdiáconos corpulentos e não se viam nem romeiros de verdade e experientes, mas, para compensar, havia mestres em todos os ofícios e funcionava uma ampla indústria artesanal das mais diversas "santidades". Quando me calhou ler, nas crônicas de Kíev, o conhecido caso da falsificação de relíquias de santos, feitas de ossos de carneiro, eu fiquei admirado da infantilidade do método desses fabricantes em comparação com a ousadia dos mestres, de quem ouvira falar antes. Aquilo ali era uma franca *negligé*[41] *com audácia*. Até o próprio caminho para o descampado pela rua Slobódskaia já se distinguia pelo mais abrangente espírito da livre iniciativa, que nada coibia. As pessoas sabiam que ocasiões do gênero não havia com frequência e não perdiam tempo: junto a muitos portões da cidade, colocavam-se mesinhas, sobre as quais eram dispostos pequenos ícones, cruzinhas e pacotinhos de papel com pó de madeira apodrecida, como se vindo de algum velho esquife, e, bem ao lado deles, ficavam aparas de algum esquife novo. Todo esse material era, pela asseguração dos vendedores, de uma qualidade muito superior à dos vendidos nos lugares de verdade, porque fora ali trazido pelos próprios marceneiros, cavadores e carpinteiros, que haviam realizado os trabalhos mais importantes. Junto

---

[41] Em francês, no original: negligência. (N. do T.)

à entrada do acampamento, azafamavam-se vendedores "carregados e sentados" com imagenzinhas do novo santo, envoltas num papelzinho branco sobre o qual se traçara uma cruzinha. Essas imagenzinhas vendiam-se a um precinho de nada e podiam comprar-se no mesmo instante, mas era para abri-las só depois de rezado o primeiro *Te-Deum*. Os muitos e indignos compradores dessas imagenzinhas que as abriram antes da hora, no lugar delas encontraram tabuinhas. Já no barranco, atrás do acampamento, sob uma carruagem de trenós virada de cabeça para baixo, junto ao riacho, viviam um cigano e uma cigana com os seus ciganinhos. O cigano e a cigana desenvolviam ali uma grande atividade médica. A um dos trenós da carruagem haviam atrelado por uma perna um "galo" sem voz, do qual saíam, de manhã, umas pedras, que "acionavam a força libidinal", e o cigano tinha uma erva de gato, extremamente necessária, então, para a cura dos "tomores hemorroidáricos". Esse cigano era uma espécie de celebridade. Acerca dele corria a voz de que, inclusive quando em terra infiel eram descobertas sete donzelas adormecidas, também ali ele encontrava uso para as suas habilidades: transformava pessoas velhas em jovens, curava vergastadas à gente de senhores e tirava qualquer ferimento dorsal aos cavaleiros militares através da bexiga e das entranhas. Já a sua cigana, parece, conhecia segredos ainda maiores da natureza; ela dava dois tipos de água a homens casados: uma para desmascaramento das esposas que pecassem fornicadamente; tomada por uma adúltera, essa água não pararia no seu corpo e atravessá-lo-ia; a outra era uma água magnética: com ela, a esposa mais indesejosa, durante o sono, abraçaria o marido com paixão; a que teimasse em gostar de outro homem, essa cairia da cama seguidas vezes.

Numa palavra, os negócios ali ferviam, e as multivariadas necessidades da humanidade encontravam ali utilíssimos prestadores de ajuda.

O nosso trampolineiro, assim que viu os mercadores, não lhes falou, e só ficou a fazer sinais para que fossem para o barranco, e ele próprio meteu-se por ali abaixo.

De novo a empreitada pareceu um pouco assustadora: havia razão para temer uma cilada, em que gente malvada podia estar escondida para tirar até a roupa aos peregrinos, mas a devoção venceu o medo, e o mercador, após um instante de reflexão, em que pediu a Deus e invocou o santo, decidiu-se a dar três passos para baixo.

Foi descendo com cuidado, agarrando-se aos arbustos, e mandou que a esposa e a filha, no caso de alguma coisa, pegassem a gritar o mais que pudessem.

Cilada, realmente havia uma, mas não perigosa: o mercador encontrou, lá em baixo, duas outras pessoas vestidas, como ele, em trajes de mercador, com as quais era preciso "entrar em acordo". Todos eles deviam pagar ali ao tal sujeito a quantia combinada pela condução deles ao santo, e então ele contar-lhes-ia o seu plano e levá-los-ia imediatamente. Não era para pensar muito, e opor-se não levaria a nada: os mercadores juntaram a quantia e entregaram-na, e o sujeito contou-lhes o seu plano, que era simples, mas, na sua simplicidade, também genial: consistia em que o sujeito conhecia, no "comboio dos pobres", uma pessoa debilitada, que era preciso só levantar e carregar até ao santo; ninguém os pararia com um doente, nem lhes estorvaria o caminho. Era só preciso comprar para o tal sujeito uma padiola e uma cobertinha de doente, levantar a carga e levá-la todos os seis, com as toalhinhas atadas sob a padiola.

A ideia, na sua primeira parte, pareceu magnífica — claro, todos deixariam passar quem carregasse um doente, mas quais poderiam ser as consequências? Não haveria nenhuma confusão depois? Mas também quanto a isso estava tudo tranquilo, e o idealizador da empreitada disse apenas que aquilo não era motivo de preocupação.

— Casos desse gênero — disse — nós já vimos mais. Vós, pro vosso deleitamento, conseguereis ver tudo e bejar o santo na cantoria da vespra, e na questão do doente, é co santo: quer curar o doente, cura, não quer, é de novo a vontade dele. Agora, mais algum rápido pra padiola e o cobretozinho, que eu já tou cum tudo isso petrechado numa casa daqui de perto, mas precisa pagar. É só esperar por mim um tantinho, que nós já vamos.

Regatearam um pouco, e ele pegou mais dois rublos de cada para aqueles apetrechos e saiu correndo, e voltou uns dez minutos depois e disse:

— Vamos, irmãos, mas vê lá, num pode ir com munta desinvortura, é pra fazer olhos de mais contritação.

Os mercadores fizeram olhos contritos e partiram com veneração e, no mesmo "comboio dos pobres", aproximaram-se de uma carroça, junto à qual se encontrava uma eguinha em condições lastimáveis; na parte dianteira, estava sentado um menininho escrofuloso, que se divertia com jogar coraçõezinhos amarelos de camomila de uma mão para a outra. Sob a cobertura da casca de tília, estava deitado um homem de meia-idade, com uma cara ainda mais amarela do que os coraçõezinhos de camomila, e braços também amarelos, que, abandonados em toda a sua extensão, pareciam látegos moles.

As mulheres, ao verem tamanha debilidade, começaram a benzer-se, e o acompanhante deles dirigiu-se ao doente e disse:

— Pois aqui tá, titio Fotéi, uma boa gente veio ajudar preu te levar pra cura. A hora da vontade divina pra ti já tá perta.

O homem amarelo virou-se para os desconhecidos e ficou a olhá-los, agradecido, e apontou um dedo para a língua.

Os outros entenderam que ele era mudo. "Por nada, servo de Deus, por nada, não agradeças a nós, dá a tua gratidão a Deus" — e começaram a tirá-lo da carroça: os homens pegaram pelos sovacos e pelas pernas, enquanto as mulheres apenas sustentavam-lhe os débeis braços, assustadas ainda mais com o terrível estado do doente, porque os seus braços, nas articulações dos ombros, estavam "soltinhos" e seguros só por algumas fibras da grossura de fio de cabelo.

A padiola estava ali ao pé, no chão. Era uma caminha velha, recoberta densamente por ovos de percevejo nos cantos; havia nela uma braçada de palha e um pedaço de um raro calicô com uma cruz toscamente pintada a cores, uma lança e uma bengala. O chefe da empreitada espalhou agilmente a palha, de modo que sobressaísse das bordas em todas as direções, puseram sobre ela o homem amarelo e debilitado, cobriram-no com o calicô e puseram-se em marcha com a sua carga.

O chefe seguia à frente, com um braseirinho de terracota, cujo fumo espalhava em cruz.

Nem tinham ainda saído do comboio, e já as pessoas começaram a benzer-se, e, quando entraram na cidade, aí então a atenção a eles foi ficando cada vez mais séria: quem os via, logo entendia que aquilo era um doente levado ao santo milagroso, e metia-se atrás. Os mercadores apertaram o passo, porque já ouviam o repique dos sinos para a função, e chegaram com a sua carga bem na hora em que haviam começado a cantar: "Louvai o nome do Senhor, ó servos de Deus".

O templo, nem é preciso dizer, não comportava nem a centésima parte do povo que se ajuntara; uma massa compacta de gente, que não acabava mais, rodeava a igreja, mas, assim que viram a padiola e os seus portadores, todos ergueram um zunzum só: "vem gente com doente, vai acontecer milagre", e a multidão inteira deu-lhes passagem.

Formou-se um corredor vivo até às portas da igreja, e, depois, tudo correu como dissera o trampolineiro. Até nem a firme confiança da sua fé passou envergonhação: o sujeito debilitado sarou. O homem levantou-se, saiu andando de próprio pé, "soltando louvações e graças". Uma pessoa fez disso tudo um apontamento, em que, pelas palavras do trampolineiro, o doente curado vinha a ser "parente" do mercador de Oriol, pelo que muitos ficaram com inveja deste; o beneficiado pelo milagre, por causa do avançado da hora, já não foi para o seu comboio pobre, senão pousou sob o telheiro duma estalagem, com os seus novos parentes.

Aquilo tudo fora muito agradável. O curado era uma pessoa interessante, que muitos vinham ver, atirando-lhe uma "oferendinha".

Mas ele ainda falava pouco e não claramente — por estar desacostumado, mastigava muito as palavras e o mais que fazia era apontar os mercadores com a mão agora curada: "pergunta a eles, eles são meus parentes, eles sabem de tudo". E então aqueles diziam a contragosto que ele era seu parente; mas isso tudo foi arruinado de repente por uma coisa muito desagradável: na noite sobrevinda à cura do enfermo amarelo, verificou-se que sumira um cordão de ouro com uma borla também de ouro do baldaquim de veludo que estava sobre o caixão do santo.

Veio a investigação, e inquiriram do mercador de Oriol se, ao chegar perto, não notara nada, e que tipo de gente era aquela que o ajudara a carregar o parente doente. Ele disse com toda a sinceridade que as pessoas lhe eram desconhecidas, lá do comboio dos pobres, e tinham carregado o doente por vontade de ajudar. Levaram-no ao comboio para fazer o reconhecimento do lugar, das pessoas, da égua e da telega com o menino escrofuloso, o que estivera a brincar com flores de camomila, mas lá só o lugar estava no lugar; das pessoas, da carroça e do menino da camomila não ficara nem cheiro.

Pararam com a investigação, "para que o fato não desse que falar ao povo". Puseram uma borla nova, e os mercadores, depois de uma coisa tão desagradável, aprontaram-se depressa para o retorno a casa. Mas aí o parente curado presenteou-os com mais uma alegria: queria que o levassem com eles e ameaçou dar queixa, em caso contrário, e falou da borla.

E por isso, quando chegou a hora da partida dos mercadores de volta, Fotéi já se encontrava à boleia da carruagem, ao lado do cocheiro, e não houve jeito de fazê-lo voar dali até o povoado de Krutóe, que ficava no caminho. Havia ali, à época, o declive muito perigoso de uma colina e a subida penosa de outra, e por isso houvera muitos acontecimentos com viajantes: caíam cavalos, viravam-se carruagens e mais coisas desse gênero. O povoado tinha de ser ultrapassado de dia, senão tinha-se de pernoitar ali, e no crepúsculo ninguém ousava fazer a descida.

Os nossos mercadores também pernoitaram ali e, de manhã, antes do início da subida da colina, "perderam-se numa distração", isto é, perderam o seu amilagrado parente Fotéi. Dizia-se que eles à noite lhe "tinham propinado generosamente da garrafa" e, de manhã, não o acordaram e partiram, mas acharam-se outras boas pessoas e estas consertaram a distração alheia e pegaram Fotéi e levaram-no para Oriol.

Ele achou a morada dos ingratos parentes, que o haviam largado em Krutóe, mas não teve recepção de parentes da parte deles. Passou a pedir esmolas pela cidade e espalhou que o mercador fora ao santo não por causa da filha, mas para pedir a subida do preço dos cereais. Ninguém melhor do que Fotéi para saber uma coisa dessas.

X

Passados não muitos dias após o aparecimento do conhecido e abandonado Fotéi em Oriol, na paróquia de São

Miguel Arcanjo, em casa do mercador Akúlov, fizeram-se "mesas para os pobres". No pátio, sobre tábuas, fumegavam grandes taças de madeira de tília com talharim e panelas de ferro fundido com papas, e do alpendre da casa distribuíam-se tortas de requeijão com cebola e grandes pastéis. Era sempre grande o número de hóspedes, cada qual com a sua colher enfiada na bota ou por baixo da camisa. O encarregado dos pastéis era Golovan. Ele era com frequência chamado para tais "mesas" como anfitrião e encarregado do pão, porque era justo, não escondia nada para si e sabia com fundamento qual pastel dar a quem: se com ervilhas, se com cenoura ou fígado.

E, também daquela vez, lá estava ele, e dava um pastelão a cada pessoa, e, a quem sabia com fracos de saúde em casa, então dava dois ou mais "como porção pros doentes". E eis que, entre muitos, aproximou-se de Golovan o tal Fotéi, pessoa nova, que pareceu causar espanto a Golovan. Este, ao vê-lo, mostrou ar de quem se lembrara de algo e perguntou:

— Tu de quem és e onde moras?

Fotéi enrugou a cara e disse:

— Eu não sou de ninguém, e, sim, de Deus, estou vestido com a pele de servo e moro embaixo duma esteira.

Os outros da fila dizem a Golovan: "Ele foi trazido por uns mercadores da terra do santo... É o Fotéi amilagrado".

Mas Golovan sorriu e ia dizendo:

— Que Fotéi que nada! — mas, nesse mesmo instante, Fotéi arrancou-lhe um pastel da mão e, com a mão livre, deu-lhe uma bofetada ensurdecedora e gritou:

— Não latas o que não é preciso! — e com isso sentou-se à mesa, e Golovan aguentou calado e não lhe disse palavra. Todos entenderam que assim era necessário, que, evidentemente, aquele era um mendigo louco de Deus, e que Golovan sabia que era preciso ter paciência. Mas "com base em qual consideração merecia o Golovan aquele tratamento?".

Isso foi um mistério que perdurou durante muitos anos e estabeleceu a crença de que em Golovan se escondia algum malfeito muito grande, já que tinha medo a Fotéi. E ali havia realmente uma coisa misteriosa. Fotéi, que logo caíra no conceito geral a ponto de as pessoas gritarem-lhe que "roubara o cordão ao santo e bebera-o na taberna!", tratava Golovan com a maior insolência.

Onde quer que encontrasse Golovan, punha-se-lhe à frente e gritava: "Paga a dívida". E Golovan, sem nenhuma palavra em contrário, enfiava a mão sob o casaco e tirava uma moeda de cobre de dez copeques. Se acontecia a moeda ser de valor menor, então Fotéi, a quem chamavam "Arminho" pela mistura de cores dos seus andrajos, atirava-lhe o dinheiro insuficiente de volta, cuspia-lhe e até lhe batia, atirava-lhe pedras, lama ou neve.

Eu próprio lembro-me de uma vez, quase ao anoitecer, em casa, em que o meu pai e o padre Piotr, sentados ao pé da janela, conversavam com Golovan, que estava de pé, do lado de fora. Pelo portão entrou correndo o maltrapilho Arminho e, com o grito "esqueceste, canalha!", na presença de todos nós golpeou Golovan no rosto, e este, afastando-o de si com calma, tirou do seio algumas moedas de cobre, deu-lhas e levou-o para a rua.

Tais comportamentos do Arminho não eram raridade para ninguém, e a explicação que ele devia saber lá de coisas do Golovan, claro está, era mais do que natural. Isso, compreensivelmente, atiçava a curiosidade de muitas pessoas, e agora nós veremos que ela era bem fundada.

XI

Eu tinha cerca de sete anos quando nós deixamos Oriol e estabelecemo-nos na aldeia. A partir daí, não tornei a ver o Golovan. Em seguida, chegou a hora de estudar, e o original mujique de cabeça grande desapareceu do meu campo de vista. E ouvi falarem dele uma única vez, por ocasião do "grande incêndio". Então, não só haviam perecido muitas construções e bens móveis, como também havia morrido muita gente no fogo, e nela incluíam Golovan. Contava-se que ele caíra num fosso oculto sob as cinzas e "fora assado". Dos familiares, que a ele sobreviveram, não me informei. Logo em seguida a isso, parti para Kíev, e estive na minha terra natal só mais de dez anos depois. Havia um novo tsar, começara uma nova ordem; sentiu-se um sopro contente de frescor — aguardava-se a libertação dos servos e até já se falava de abertura dos autos judiciários ao público.[42] Tudo era novo: os corações ardiam. Gente intransigente ainda não havia, mas já se tinham evidenciado os impacientes e os contemporizadores.[43]

A caminho da casa da minha avó, parei por alguns dias em Oriol, onde um meu tio exercia o mister de "juiz de consciência"[44] e deixaria de si a lembrança de homem honesto. Ele possuía muitos lados bonitos, que lhe granjeavam a consideração até das pessoas que não compartiam as suas ideias e simpatias; fora, na juventude, um janota, hussardo, depois fruticultor e pintor diletante de dotes extraordinários; nobre, franco, aristocrático, e "aristocrático *au bout des ongles*".[45] Entendendo à sua maneira as obrigações que tal título acar-

---

[42] Refere-se ao tsar Alexandre II (1818-1881) e às reformas liberais da década de 1860 que marcaram o seu reinado. (N. do T.)

[43] Leskov tem em mente os radicais revolucionários e os liberais. (N. da E.)

[44] Na Rússia tsarista, havia o Juizado de Consciência, em que os casos litigiosos eram resolvidos não pela lei, mas pela consciência dos juízes. (N. da E.)

[45] Em francês no original: "até à pontinha das unhas". (N. da E.)

retava, ele rendia-se à novidade, mas queria manter uma atitude crítica em relação à emancipação e era um conservador. Emancipação, ele queria uma do jeito daquela da região do Báltico.[46] Tratava familiarmente com as pessoas jovens, acarinhava-as, mas a crença destas, de que a salvação estava num justo movimento para a frente, e não para trás, parecia-lhe um erro. Titio gostava de mim e sabia que eu também lhe queria muito bem e o respeitava, mas nós discordávamos nos juízos acerca da emancipação e de outras questões de então. Em Oriol, ele fez de mim, por tal motivo, uma vítima purificadora[47] e, embora eu tentasse diligentemente evitar tais conversas, ele encaminhava a prosa para aquele lado e gostava muito de "derrotar-me".

A cada vez, mais fazia gosto ao meu tio inteirar-me de casos em que a sua prática de magistrado deparava com a "estultice do povo".

Lembro-me de um fim de tarde e começo de noite magnífico, ameno, que eu e o meu tio passamos no jardim "do governador" de Oriol, entretidos numa disputa, devo dizer, que já me maçara de todo, acerca das características e qualidades do povo russo. Eu afirmava injustamente que o povo era *muito* inteligente, e o meu tio, talvez ainda mais injustamente, insistia que o povo era *muito* estulto e não tinha nem a mínima ideia de lei e propriedade e que o povo, em geral, era uma *massa asiática* capaz de causar estupor a qualquer pessoa pela sua barbárie.

— E tens cá a confirmação, meu caro senhor: se a tua memória conserva a situação da cidade, então deves lembrar-

---

[46] A libertação dos servos nas regiões do Báltico (1817-1819), então parte do Império Russo, se deu sem reforma agrária, mantendo-se as terras com os senhores. (N. da E.)

[47] Leskov usa a expressão *otchistítelnaia jértva* ("vítima purificadora") em lugar de *koziol otpuchtchéniia* ("bode expiatório"). (N. do T.)

-te de que nós temos barrancos, arrabaldes e vilas, e só o diabo sabe quem fez a sua agrimensura e demarcação e quem destinou a quem os terrenos para construção de casas. Tudo isso foi levado pelo fogo aos bocados em várias ocasiões, e no lugar dos casebres antigos construíram-se outros novos, e hoje ninguém sabe quem e com que direito ali mora.

O caso era que, quando a cidade, recobrando-se dos incêndios, começara a reorganizar-se e algumas pessoas começaram a adquirir terrenos em quarteirões situados além da igreja de São Basílio, o Grande, o que se viu foi que quem os queria vender, não somente não tinha papel nenhum, como também esses mesmos proprietários e os seus antepassados consideravam todo e qualquer documento coisa supérflua. Até então, a casa e o cantinho tinham passado de mãos em mãos sem nenhuma participação aos poderes competentes e sem pagamento de tributos e taxas ao erário, e tudo isso, dizia-se, ficava anotado num "craderno", só que o tal "craderno" fora embora com o fogo de um dos inúmeros incêndios, e a pessoa encarregada dos apontamentos morrera; com isso, todos os traços dos direitos dessas pessoas à propriedade tinham-se apagado. É bem verdade, não havia querela alguma quanto a direito de propriedade, mas nada daquilo tinha força legal, e tudo se baseava em que, se um tal de Protássov dizia que o seu pai comprara a casinha do falecido avô a uns tais Tarássovs, então estes Tarássovs não discutiam os direitos de propriedade dos Protássovs; só que agora se exigiam documentos, e documentos não havia nenhuns, e tocava ao juiz de consciência resolver pessoalmente a questão: fora o crime que levara à lei, ou fora a lei que gerara o crime?

— E por que fizeram eles tudo isso? — disse o meu tio. — Porque este não é um povo comum, para o qual sejam boas e necessárias as instituições de governo garantidoras do Direito; este é um bando de *nômades*, uma *horda*, que parou num lugar, mas ainda não tem consciência de si.

Com essa discussão, adormecemos, dormimos, e eu, bem cedinho, fui ao Órlik, nadei, olhei os velhos lugares, lembrei-me da casinha do Golovan e, quando voltava a casa, encontrei o meu tio em palestra com três "caros senhores", não meus conhecidos. Todos eram da feitura dos mercadores: dois de meia-idade, de sobrecasaca com colchetes, e um de cabeça inteirinha branca, com camisa de chita por cima da calça, de cafetã largo e o barrete camponês em forma de copo de boca para baixo.

O meu tio apontou-os com a mão e disse:

— Eis uma ilustração do nosso enredo de ontem. Estes senhores estão a contar-me o seu problema; entra na nossa conferência.

Em seguida, virou-se para os homens com uma brincadeira evidente para mim, mas incompreensível para aqueles, e acrescentou:

— Este é meu sobrinho, um jovem promotor de justiça de Kíev. Ele vai a Petersburgo encontrar-se com o ministro e pode relatar-lhe a vossa questão.

Os homens fizeram uma reverência.

— Este aqui — continuou o meu tio —, o senhor Protássov, quer comprar a casa, pois, deste outro aqui, o Tarássov; mas Tarássov não tem documento nenhum. Tu compreendes? *Nenhum*! Ele só se lembra de que o seu pai comprou a casinha ao senhor Vlássov, e este aqui, o terceiro, é filho do senhor Vlássov, e, como podes ver, também não tem pouca idade.

— Setenta — disse curto o velho.

— Sim, setenta, e ele também não tem, nem nunca teve, documento nenhum.

— Nunca tive — interveio de novo o velho.

— Ele veio testemunhar que tudo foi realmente assim e que ele não tenciona reivindicar direito nenhum.

— Não tencionamos: os nossos pais venderam a casa.

— Muito bem; agora, quem vendeu a propriedade aos seus "pais", é tudo gente que já morreu.

— Não; eles foram desterrados para o Cáucaso por causa de religião.

— Podem ser encontrados — disse eu.

— Não vem ao caso; lá a água é ruim pra eles — não aguentaram a água e morreu tudo.

— Mas por que vós — perguntei —, agistes de modo tão estranho?

— Nós agimos do jeito que dava. O armanuense da adeministração era um sujeito cruel, então de donde tirar e que tirar de casas modestas pra dar pra ele? O Ivan Ivánovitch tinha um "craderno", era nele que a gente escrevia. Mais antes dele, pra lá inda do arcance da minha lembrança, havia o mercador Gaspéev, ele tinha um "craderno", e depois de todos deram um "craderno" pro Golovan, só que o Golovan se assou naquele fosso maldito, e os "cradernos" foram junto com ele pro fogo.

— Esse Golovan, quer dizer, fazia rol dos bens dos outros? — perguntou o meu tio (que não era morador antigo de Oriol).

O velho sorriu e disse baixinho:

— Por que que diz que ele fazia rolo cos bens dos outros? O Golovan era uma pessoa direita.

— Mas como é que todos acreditavam tanto nele?

— Como não acreditar num sujeito como ele: ele arrancou carne dos próprios ossos vivos pelas pessoas!

— Mitologia! — proferiu baixinho o meu tio, mas o velho ouviu e respondeu:

— Mintologia minha, não, senhor, mas a pura verdade, e alouvada seja a memória dele.

O meu tio brincara, e com um propósito. E não sabia como, com isso, dera uma resposta certeira à porção de lembranças que se haviam acordado em mim por aqueles tempos e para as quais a minha vontade, dada a minha curiosidade de então, queria ardentemente encontrar uma chave.

E a chave esperava por mim, guardada pela minha avó.

XII

Duas palavras acerca da minha avó: ela provinha de uma família de mercadores de Moscou, os Kolobóvs, e fora admitida em matrimônio numa família nobre "não pela riqueza, mas pela formosura". Mas a sua melhor característica eram a formosura de alma e a mente lúcida; esta conservara sempre a têmpera da gente simples. Entrada no círculo nobre, cedeu a muitas das suas exigências e até permitiu que lhe chamassem Aleksandra Vassílievna, quando o seu verdadeiro nome era Akilina, mas continuou a pensar sempre como a gente do povo e até sem intenção, claro, manteve algum plebeísmo nas falas. Ela dizia "teje" em lugar de "esteja", considerava a palavra "moral" ofensiva e não conseguia de jeito nenhum dizer "bukhgálter".[48] Em contrabalanço, não deixara nenhuma pressão dos modismos abalar nela a crença no bom senso do povo e nunca se apartara desse bom senso. Era uma boa mulher e uma verdadeira senhora russa; governava a casa esplendidamente e sabia receber qualquer pessoa, do imperador Alexandre I a algum Ivan Ivánovitch Andróssov. Ler, ela não lia nada, a não ser as cartas dos filhos, mas gostava de refrescar a inteligência em palestras e, para tal, "fazia intimação de gente pruma prosa". Nesse gênero dos seus interlocutores estavam o feitor Mikhailo Lébedev, o copeiro Vassíli, o cozinheiro-chefe Klim ou a governanta Ma-

---

[48] Do alemão *Buchhalter*: contador, guarda-livros. A língua russa incorporou muitas palavras alemãs do vocabulário da administração pública e militar. (N. do T.)

lánia. As palestras nunca eram vazias, mas sempre com finalidade e proveito: queria-se saber por que motivo tinham lançado uma moral para cima da jovem Feklucha[49] e por que motivo o pequeno Grichka[50] não estava contente com a madrasta. Depois dessas conversas, tinham curso as medidas de como ajudar Fekluchka a cobrir a trança[51] e do que fazer para que o pequeno Grichka não ficasse descontente com a madrasta.

Tudo isso era cheio do mais vivo interesse para ela, interesse talvez completamente incompreensível para os seus netos.

Em Oriol, quando vovó vinha visitar-nos, gozavam da sua amizade o padre Piotr da catedral, o mercador Andróssov e Golovan, que por ela "eram convocados pruma prosa".

Tais prosas, eu suponho, também não eram vazias, nem só para passar o tempo, mas, provavelmente, também por uma coisa ou outra, do gênero de alguma maledicência lançada para cima de alguém ou as insatisfações de algum menino com a madrasta.

Ela podia ter, por isso, as chaves para muitos mistérios, insignificantes para nós, talvez, mas de grande interesse para o seu meio.

Então, nesse meu último encontro com a minha avó, ela era já muito velha, mas conservava a mente, a memória e os olhos no mais completo frescor. Ainda costurava.

E também nessa vez encontrei-a ao pé da mesma mesinha de trabalho, marchetada de um tantinho de feltro e em forma de harpa segura por dois cupidos.

---

[49] Isto é, por que tinham pegado a falar mal da moça. *Feklucha*: diminutivo de *Fiokla*. (N. do T.)

[50] Hipocorístico de Grigóri. (N. do T.)

[51] Isto é, casar-se; as mulheres casadas costumavam usar um lenço na cabeça. (N. do T.)

Vovó perguntou-me se eu fora à sepultura do meu pai, a quem vira dos parentes em Oriol e que estava a fazer o meu tio. Respondi a todas as suas perguntas e estendi-me a falar de titio, contando-lhe como ele, lá em Kíev, dava voltas à moleira com algumas "mintologias" antigas. Vovó interrompeu a costura e levantou os óculos para a testa. A palavra "mintologia" agradara-lhe muito: ouvira nela uma ingênua alteração no espírito popular e riu:

— Que maravilha, essa palavra "mintologia" que o velho disse!

Eu disse:

— Eu, vovó, gostaria muito de saber como foram as coisas de verdade, não de "mintologia".

— Que queres saber, exatamente?

— Pois esta história toda: quem foi esse Golovan? Eu lembro-me só um pouquinho dele, e ainda assim, como disse o velho, só das "mintologias", mas a história deve ter sido muito simples...

— E foi simples, sim, claro, mas por que vós dois ficais tão admirados de saber que a nossa gente, então, evitava os atos de aquisição e simplesmente tomava nota das vendas em cadernos? Mais pra frente, ainda vai aparecer um montão de casos desses. As pessoas pelavam-se de medo dos amanuenses, mas na sua própria gente tinha-se confiança.

— Mas que tinha o Golovan para merecer tamanha confiança? Ele, para dizer a verdade, me parece às vezes... um charlatão.

— Por que dizes isso?

— Que coisa era, por exemplo, aquela história de que ele tinha uma pedra mágica e com o seu sangue ou o seu corpo, que atirou ao rio, conseguiu parar a peste? Por que lhe chamavam "imortal"?

— Esse negócio lá de pedra mágica não passa duma asneira. As pessoas é que foram inventar isso, e o Golovan não tem culpa. Ele recebeu o nome de "imortal" porque, no meio daquela coisa medonha toda, quando os miasmas da morte imporquinavam o ar e tava tudo mundo terrorizado, ele foi o único que não ficou com medo, e a morte não o pegou.

— Mas por que cortou um pedaço da perna?
— Foi a barriga da perna.
— Mas por quê?
— Por causa de um borbão da peste que saíra ali. Ele sabia que aquilo era morte na certa, pegou correndo uma gadanha e colheu a barriga inteira da perna ca mão e cortou.
— Lá pode ser uma coisa dessas! — disse eu.
— Pode, sim, foi tudo bem desse jeito.
— Mas e que se pode pensar daquela mulher chamada Pavla?

Vovó lançou-me uma olhada e respondeu:
— Que queres dizer? A Pavla era esposa do Frapochka; era uma criatura muito sofrida, e Golovan deu-lhe um abrigo.
— Mas as pessoas chamavam-lhe "o pecado do Golovan".
— Cada qual julga cos seus quirtérios; ela não tinha esse pecado.
— Mas, vovó querida, como pode crer nisso?
— Não só acredito, como também *sei*.
— Mas como se pode *saber* uma coisa dessas?
— Muito simples.

Vovó falou à menina que com ela trabalhava e mandou-a ao pomar apanhar algumas framboesas, e, quando a menina saiu, vovó olhou-me nos olhos e disse:
— O Golovan era um *homem virginal*.
— Como a senhora soube disso?
— Do padre Piotr.

E vovó contou-me como o padre Piotr, pouco antes de morrer, lhe falara das pessoas extraordinárias da Rússia e que o Golovan era um homem virginal.

Ao tocar nessa história, vovó deu pormenores e até fez referência a Pavla e lembrou a sua conversa com o padre Piotr.

— O padre Piotr — disse —, de cara também duvidou e pôs-se a fazer perguntas mais minuciosas ao Golovan e até aludiu à Pavla. "Isso que fazes não é certo: não te arrependes do pecado, e tentas a pobre coitada. É uma indignidade teres essa Pavla sob o mesmo teto. Deixa-a ir-se com Deus." O Golovan respondeu: "Não tendes por que falar assim, paizinho: é melhor que ela viva na minha casa e com Deus; eu não posso deixá-la ir". — "E por que não podes?" — "Porque ela não tem onde cair morta..." — "Pois então, diz o padre Piotr, casa-te com ela!" — "Mas isso, responde Golovan, é impossível", e por que isso era impossível, não disse, e o padre Piotr quanto a isso ficou em dúvida; mas a Pavla estava tísica e viveu pouco tempo e, no leito da morte, quando a ela veio o padre Piotr, ela revelou-lhe a causa.

— Mas que causa era essa, vovó?
— Eles viviam pelo amor *perfeito*.
— Como assim?
— Ao modo dos anjos.
— Mas, permita-me, por que isso? O marido de Pavla sumira, e há uma lei que diz que, depois de cinco anos, a mulher pode casar-se de novo. Será que eles não sabiam disso?
— Não, eu acho que sabiam, mas eles sabiam uma coisa a mais, além disso.
— Que coisa, por exemplo?
— Por exemplo, que o marido da Pavla tinha sobrevivido a todos e não tinha sumido coisa nenhuma.
— Mas onde estava ele?
— Em Oriol!
— Mas, querida vovó, está a brincar?
— Nem um pouquinho.
— E quem sabia disso?

— Os três: o Golovan, a Pavla e aquele mesmo biltre. Lembras-te do Fotéi?

— O amilagrado?

— Podes chamar-lhe como quiseres; só agora, quando todos já morreram, eu posso dizer que ele não era nenhum Fotéi, mas o soldado desertor Frapochka.

— Como?! Era ele o marido da Pavla?!

— Precisamente.

— Mas por que... — queria eu perguntar, mas envergonhei-me do meu pensamento e calei-me, mas vovó compreendeu-me e deu sequência a ele.

— Muito bem, queres perguntar: como é que ninguém mais o reconheceu, e por que a Pavla e Golovan não denunciaram o Fotéi. Isso é muito simples: os outros não o reconheceram porque ele não era da cidade, estava mais velho, e o cabelo tinha crescido; e a Pavla não entregou o Fotéi de dó; o Golovan, por amor.

— Mas juridicamente, pela lei, Frapochka não existia, e eles podiam ter-se casado.

— Podiam, pela lei jurídica podiam, mas pela lei da consciência deles não podiam.

— E por que Frapochka perseguia o Golovan?

— Era um patife, o falecido, e pensava dos dois o que os outros pensavam.

— Mas, por causa dele, os dois renunciaram a toda a felicidade do mundo!

— Mas o caso é no que tá a felicidade: existe a felicidade na retidão e a felicidade no pecado. A felicidade dos justos não passa por cima de ninguém, a pecadora não quer nem saber. Eles estimavam a primeira mais do que a última...

— Vovó — exclamei eu — mas essa é uma gente admirável!

— Eram dois justos, meu amigo — respondeu a velhinha.

Mas eu, ainda assim, quero acrescentar: admiráveis e até inverossímeis. Eles são inverossímeis enquanto os envolve o véu de fantasia das lendas, e tornam-se ainda mais inverossímeis quando conseguimos tirar deles todos esses acrescentamentos e vê-los em toda a sua santa singeleza. Só o amor *perfeito*, que os animava, colocara-os acima de quaisquer medos e até submetera a própria natureza a eles, sem levá-los nem a esconder-se, nem a lutar com as visões que torturaram Santo Antônio.[52]

(1880)

---

[52] De acordo com a tradição popular, Santo Antônio, ou Santo Antão (século III), atormentado por visões terríveis, lutou por muitos anos contra as tentações da carne. As histórias de suas tentações são fartamente representadas na pintura e na literatura. (N. da E.)

TOIROVELHA

> "Alimenta-se de ervas e, na falta delas, também de líquenes."
>
> *A fauna russa*[1]

I

Quando conheci Vassíli Petróvitch, ele era já chamado de "Toirovelha". Fora-lhe dada essa alcunha porque a sua aparência lembrava extraordinariamente o boi-almiscarado, que pode ver-se no *Manual ilustrado de Zoologia*, de autoria de Iulian Simachko. Ele contava vinte e oito anos, mas parecia ter muito mais. Não era atleta nem *bogatyr*, mas era muito forte e sadio, de altura mediana, atarracado e largo de ombros. O rosto de Vassíli Petróvitch era cinzento e redondo, mas redondo era apenas o rosto; o crânio apresentava uma estranha deformidade. À primeira vista, parecia lembrar o crânio de um cafre, mas, olhando-o atentamente e estudando-o de mais perto, vós não conseguiríeis inseri-lo em nenhum sistema frenológico. Penteava-se dum tal jeito, que parecia querer de propósito confundir as pessoas acerca da figura do seu "andar superior". Atrás, trazia a nuca tosada bem cerce, e, das orelhas para a frente, os seus cabelos castanho-escuros desciam em duas trancinhas longas e espessas. Vassíli Petróvitch costumava torcer essas tranças, e elas pen-

---

[1] Referência ao livro *Rússkaia fauna ili Opissánie i izobrajénie jivótnykh, vódiachtchikh v Rossíi* (A fauna russa ou Descrição e representação dos animais existentes na Rússia), de Iulian Ivánovitch Simachko, (1821-1893), autor de uma série de trabalhos de zoologia. (N. da T.)

diam sempre como rolos em caracol nas suas têmporas e encurvavam-se nas faces, fazendo lembrar os cornos do animal, em cuja honra recebera a alcunha. A essas tranças Vassíli Petróvitch, mais do que a qualquer outra coisa, devia a sua semelhança com o boi-almiscarado. Na figura de Vassíli Petróvitch, no entanto, não havia nada de engraçado. Quem o encontrasse pela primeira vez, veria apenas que Vassíli Petróvitch, como diz o outro, "é feio, mas é de fibra", porém, com uma mirada atenta aos seus olhos castanhos e bem espaçados, era impossível não enxergar neles uma sã inteligência, vontade e firmeza. O caráter de Vassíli Petróvitch tinha muito de original. O seu traço distintivo era a evangélica despreocupação consigo. Filho de sacristão de aldeia, crescido na amarga miséria e, por cima, órfão de pai desde cedo, nunca se preocupara não somente com algum melhoramento durável da sua existência, mas até parecia também nunca haver pensado no dia de amanhã. Não tinha nada para dar, mas era capaz de dar a outrem a sua última camisa e supunha existir tal disposição em cada pessoa com quem fazia amizade; já a todas as outras, de costume, chamava, de modo breve e claro: "porcos". Quando Vassíli Petróvitch ficava sem botas, isto é, se as suas botas, como ele se expressava, "escancarassem a boca", então ele vinha à minha casa ou à vossa e, sem a menor cerimônia, pegava as vossas botas de reserva, ainda que só a custo elas lhe subissem pela canela, e largava ali os seus cacaréus de lembrança. Estivésseis vós em casa ou não, para Vassíli Petróvitch era o mesmo: acomodava-se como alguém na própria casa, pegava do que precisava, sempre na menor quantidade possível, e vez ou outra, ao encontrar-vos, dizia ter pegado do vosso tabaco ou chá, ou as vossas botas, mas o mais comum era não falar nada dessas ninharias. A nova literatura, ele não a suportava, e lia apenas o evangelho e os clássicos da antiguidade; de mulheres não podia nem ouvir falar, considerava *idiotas* a todas, sem exceção, e lamentava muito seriamente que a sua velha mãe fosse uma mulher e não um ser qualquer sem sexo. A abnegação de Vassíli Petróvitch não conhecia limites. Nunca mostrava a ninguém gostar desta ou daquela pessoa; mas todos sabíamos muito bem que não haveria sacrifício que o Toirovelha não se dispusesse a fazer pelos camaradas e conhecidos. Da sua prontidão a sacrificar a si próprio por uma ideia abraçada a ninguém ocorria sequer duvidar, porém era difícil encontrar tal ideia sob o crânio do nosso Toirovelha. Não chegava a rir das muitas teorias, nas quais nós então acreditávamos com fervor, mas votava-lhes um desprezo profundo e sincero.

De conversas o Toirovelha não gostava, fazia tudo calado, e fazia exatamente o que, no dado momento, vós menos poderíeis esperar dele.

Como e por que ele se aproximara do pequeno círculo, ao qual também pertenci, ao tempo da minha curta permanência na capital da nossa província, eu não sei. O Toirovelha, uns três anos antes da minha chegada, concluíra os estudos no seminário de Kursk.[2] A mãe, que o criara com as migalhas esmoladas por amor de Cristo, esperava com impaciência que o filho se tornasse padre e começasse a vida em alguma paróquia com uma jovem esposa. Mas pela cabeça do filho nem passava a ideia de alguma jovem esposa. De casar-se Vassíli Petróvitch não tinha nem o menor desejo. O curso fora concluído; a mãe não fazia mais que querer saber de noivas, mas Vassíli Petróvitch calava e numa bela manhã desapareceu não se sabe para onde. Somente meio ano depois, enviou à mãe vinte e cinco rublos e uma carta, em que informava à velhinha mendicante que chegara a Kazan[3] e

---

[2] Cidade do sul da Rússia, situada a 600 km a sudoeste de Moscou. (N. do T.)

[3] Cidade a mais de 800 km a leste de Moscou, na margem esquer-

ingressara na academia eclesiástica dali. Como fora até à cidade de Kazan, percorrendo a pé mais de mil quilômetros, e de que modo conseguira vinte e cinco rublos, isso permaneceu ignoto. O Toirovelha não escreveu à mãe nem uma única palavra sequer acerca disso. Mas não teve a velha nem tempo de alegrar-se com a ideia de que algum dia o seu Vássia[4] viria a ser arcipreste e ela viveria na casa dele, num quarto bem iluminado e com uma estufa branca, e duas vezes ao dia tomaria chá com passas, e já o Vássia, como se despenhado do céu, sem que ninguém esperasse ou pudesse imaginar, apareceu em Kursk. Apertaram-no com perguntas: que foi? como? por que voltaste? mas não ficaram a saber muito. "Não me dei" — respondia curto o Toirovelha, e mais não lhe conseguiram arrancar. A apenas uma pessoa disse pouco mais: "Eu não quero ser monge", e mais já ninguém conseguiu arrancar dele.

A pessoa a quem o Toirovelha contou mais do que às outras era Iákov Tchelnóvski, bondoso e ótimo rapaz, incapaz de fazer mal a uma mosca e disposto a servir o próximo no que fosse. Era meu parente distante, e foi na sua casa que vim a conhecer a atarracada personagem do meu relato.

Isso foi no verão de 1854. Eu tinha de acompanhar um processo que corria numa repartição pública de Kursk.

Cheguei a Kursk às sete horas da manhã, no mês de maio, e fui diretamente à casa de Tchelnóvski. A esse tempo, ele preparava jovens para a universidade, dava aulas de língua russa e história em dois pensionatos femininos e não vivia mal: tinha uma casa razoável, de três quartos e antessala, uma biblioteca considerável, móveis estofados, vários vasos de plantas exóticas e um buldogue de nome Boks, de dentes

---

da do rio Volga. Do lugar da ação, Kursk, dista quase mil quilômetros. (N. do T.)

[4] Hipocorístico de Vassíli. (N. do T.)

arreganhados, porte bem indecente e um andar que lembrava um pouco o "can-can".

Tchelnóvski ficou contentíssimo com a minha chegada e fez-me prometer que ficaria sem falta na sua casa, durante toda a minha estada em Kursk. Ele habitualmente corria o dia todo pelas suas aulas, e eu ou ia ao tribunal cível, ou vagava sem destino, perto do Tuskar e do Séim. O primeiro desses dois rios vós não encontrareis em muitos mapas da Rússia, e o segundo é famoso pelos lagostins extremamente saborosos, mas fama ainda maior ele adquirira pelo sistema de comportas, nele construído, que absorvera imensos capitais, mas não o livrara da reputação de rio "impróprio para a navegação".[5]

Tinham-se passado umas duas semanas desde o dia da minha chegada a Kursk. Do Toirovelha não se dissera nem palavra, e eu nem suspeitava da existência desse estranho animal na nossa região de terras negras, abundante em cereais, mendigos e ladrões.

Certa vez, cansado, verdadeiramente esgotado, voltei para casa depois da uma da tarde. Na antessala, veio receber-me o Boks, que vigiava a nossa moradia com muito mais desvelo do que o rapazola de dezoito anos que exercia as funções de nosso camareiro. Sobre a mesa da sala, estava um boné gasto a mais não poder, além de um suspensório imundo com uma pequena correia atada a ele, um lenço preto ensebado e torcido e um bastonete fino de nogueira silvestre. No segundo aposento, tomado por estantes de livros e por elegante mobília de gabinete, estava sentada no sofá uma pessoa todinha coberta de pó. Trajava uma camisa de chita cor de rosa e calças dum amarelo-claro, puídas nos joelhos. As botas do desconhecido estavam cobertas por uma grossa ca-

---

[5] Durante toda a vida, Leskov censuraria o mau uso do dinheiro público. (N. do T.)

mada do pó branco das estradas, e ele tinha no regaço um grosso livro, que lia sem inclinar a cabeça. À minha entrada no gabinete, a figura empoeirada lançou-me um rápido olhar e de novo dirigiu os olhos para o livro. No dormitório, estava tudo em ordem. A blusa listrada de linho de Tchelnóvski, que ele vestia imediatamente, ao chegar da rua, estava pendurada no seu lugar e testemunhava que o dono não estava em casa. Eu não conseguia imaginar quem pudesse ser aquele estranho hóspede, que se acomodara com tanta sem-cerimônia. O feroz Boks olhava para ele como para um amigo e não lhe fazia festas somente porque isso é coisa dos cães de raça francesa e não está no caráter dos cães de raça anglo--saxã. Fui de novo para a antessala, com dois objetivos: em primeiro lugar, interrogar o rapazola acerca do hóspede e, em segundo, com o meu aparecimento, suscitar alguma palavra ao próprio hóspede. Não me saiu nem uma coisa nem a outra. A antessala estava vazia como antes, e o hóspede nem sequer levantou os olhos para mim e continuou sentado tranquilamente na mesma posição em que eu o encontrara cinco minutos antes. Restava só um meio: dirigir-me diretamente ao próprio hóspede.

— Espera decerto por Iákov Ivánovitch, não? — perguntei, postando-me diante do desconhecido.

O hóspede olhou preguiçosamente para mim, depois levantou-se do sofá, cuspiu por entre os dentes, como sabem cuspir apenas os *meschanins*[6] russos e os seminaristas, e disse com voz de baixo profundo: "Não".

---

[6] *Meschanin* era o citadino de classe social inferior à dos mercadores, fundamentalmente os pequenos comerciantes, artesãos, funcionários públicos de baixo escalão, locadores de imóveis etc. Classe existente no Império Russo desde 1775, por lei esteve sujeita a castigos corporais até o ano de 1863, e constituía-se, *grosso modo*, da população urbana de con-

— Mas a quem deseja ver, então? — perguntei, admirado da estranha resposta.

— Eu vim assim, simplesmente — respondeu o hóspede, caminhando pela sala e torcendo as trancinhas.

— Então, permita-me saber com quem tenho a honra de conversar.

Com isso, disse-lhe como me chamava e que era parente de Iákov Ivánovitch.

— Pois eu simplesmente vim — respondeu o hóspede e voltou à leitura do seu livro.

Com isso a conversa terminou. Abandonando toda e qualquer tentativa de esclarecer para mim o surgimento daquele indivíduo, acendi um cigarro e deitei-me na minha cama com um livro nas mãos. Quando se vem da caloraça do sol para dentro de um quarto limpo e fresco, em que não haja moscas importunas, é extremamente fácil pegar no sono. Dessa vez, soube-o por experiência e não notei o livro escorregar-me das mãos. Em meio ao doce sono que dormem as pessoas cheias de esperanças e fé, ouvi Tchelnóvski passar mais um sermão ao rapazola, aos quais este estava já acostumado havia muito e não prestava nenhuma atenção. O meu completo despertar só se realizou quando o meu parente entrou no gabinete e gritou:

— Ah! Toiro! Que bons ventos te trazem?

— Pois trouxeram — respondeu o hóspede à original saudação.

— Bem vejo que trouxeram, mas de onde? Por onde andaste?

— Daqui não dá para ver.

---

dições modestas. Evitou-se a sua tradução por "pequenos-burgueses" ou "burgueses" pelo fato de o termo, em português, designar pessoas de classe média com interesses mesquinhos e horizontes estreitos. (N. do T.)

— Eh, bufão duma figa! E faz tempo que te dignaste a vir? — perguntou de novo Iákov Ivánovitch ao hóspede, entrando no quarto. — Eh, mas estás dormindo — disse, dirigindo-se a mim. — Anda, levanta-te, que eu agora te mostrarei uma fera.

— Que fera? — perguntei, não tendo ainda voltado inteiramente do que se chama sono ao que se chama vigília.

Tchelnóvski não me respondeu nada, mas tirou a sobrecasaca e pôs o blusão sobre os ombros, o que foi coisa de um minuto, foi para o gabinete e, puxando pela mão o meu desconhecido, fez uma cômica reverência e, a apontar para o hóspede, que resistia, disse:

— Tenho a honra de apresentar — Toirovelha. Alimenta-se de ervas e, na falta delas, pode comer líquenes.

Levantei-me e estendi a mão ao Toirovelha, que, durante a recomendação toda, olhara para um denso ramo de lilás que tapava a janela aberta do nosso quarto.

— Já me apresentei ao senhor — disse eu ao Toirovelha.

— Eu ouvi o senhor — respondeu o Toirovelha —, e eu sou o papa-hóstias[7] Vassíli Bogoslóvski.

— Como assim já se apresentou? — perguntou Iákov Ivánovitch. — Já se viram antes?

— Sim, encontrei aqui o Vassíli... não tenho a honra de saber... o patronímico...

— Era Petrov — respondeu Bogoslóvski.

— Isso ele era, agora chama-lhe simplesmente "Toirovelha".

— Para mim dá na mesma.

— Eh, não, irmão! Tu és o Toirovelha e Toirovelha vais continuar a ser.

---

[7] No original: *kutiéinik* (de *kutiiá*, hóstia), uma designação jocosa de qualquer servidor da Igreja (sacristão, sineiro etc.) ou seminarista. (N. do T.)

Sentamo-nos à mesa. Vassíli Petróvitch deitou vodca num cálice, entornou-a na boca, retendo-a alguns segundos atrás dos zigomas, e, uma vez ela engolida, olhou de modo significativo para o prato de sopa à sua frente.

— Mas não há galantina? — perguntou ao anfitrião.

— Não, irmão, não há. Não esperávamos um hóspede tão especial — respondeu Tchelnóvski —, e não nos preparamos.

— Podíeis comê-la vós próprios.

— Podemos comer até a sopa.

— Molheiras! — acrescentou o Toirovelha. — E ganso também não há — perguntou ele com ainda maior admiração, quando foram servidas almôndegas com recheio.

— E ganso também não há — respondeu-lhe o anfitrião —, sorrindo com o seu sorriso carinhoso. — Amanhã terás gelatina e ganso e papas com gordura de ganso.

— Amanhã não é hoje.

— Que fazer, então? Pelo jeito, não comes ganso há bom tempo.

O Toirovelha olhou fixamente para ele e com uma expressão de certo prazer disse:

— Melhor perguntares se faz tempo que eu tenha comido alguma coisa.

— Ora, vá!

— Hoje é o quarto dia desde que comi à noite uma regueifa em Sevsk.[8]

— Em Sevsk?

O Toirovelha acenou afirmativamente com a mão.

— Mas que diabo fazias em Sevsk?

— Dei só uma passada por lá.

---

[8] Cidade distante 125 km de Kursk. (N. do T.)

— Mas por onde andaste?

O Toirovelha deteve o garfo, que levava para a boca pedaços enormes de almôndega, novamente olhou de modo fixo para Tchelnóvski e, sem responder à pergunta, disse:

— Mas tu cheiraste rapé?

— Como assim cheirei rapé?

Tchelnóvski e eu demos gargalhadas a essa pergunta.

— Pois é.

— Pois fala, minha querida fera!

— Parece que estás com comichão na língua.

— Mas como não perguntar isso! Andaste sumido um mês inteiro.

— Sumido? — repetiu o Toirovelha. — Eu, meu irmão, não sumirei e, se sumir, então não será à toa.

— Já lá vem a maldita pregação! — dirigiu-se Tchelnóvski a mim. — "Uma vontade terrível de morrer, mas um destino amargo!"[9] Nas praças e mercados, no nosso tempo iluminado, não é permitido pregar; fazermo-nos padres não podemos, *para não tocar a mulher, vaso da serpente*,[10] e não sei o que é que não nos permite ir para algum mosteiro. Mas exatamente o que é que o impede, lá sei eu.

— E está muito bem que não o saibas.

— Por que está bem? Quanto mais souber, tanto melhor.

— Então vai tu para algum mosteiro, assim vais saber.

— Mas não queres tu servir à humanidade com a tua experiência?

— A experiência alheia, irmão, não vale nada — disse o original sujeito, levantando-se da mesa e limpando com um

---

[9] Ditado russo referente a um desejo muito forte, mas impossível de realizar-se. (N. do T.)

[10] Fonte não encontrada na Bíblia e provavelmente pertencente aos apócrifos disseminados no meio dos velhos crentes. (N. da E.)

guardanapo a cara inteira, coberta de suor pelo esforço empregado no almoço. Depondo o guardanapo, foi para a antessala e pegou de um bolso do seu sobretudo um pequeno cachimbo de argila, de boquilha negra roída, e uma bolsinha de chita para tabaco; encheu o cachimbo, enfiou a bolsinha num bolso das calças e veio de novo para a antessala.

— Fuma aqui — disse Tchelnóvski.
— Tossireis como o diabo. As cabeças vão doer.

O Toirovelha manteve-se em pé e sorria. Nunca encontrei uma pessoa que sorrisse do modo de Bogoslóvski. O rosto permanecia completamente sereno; nenhum traço se modificava, e nos olhos permanecia uma expressão de funda tristeza, e nesse meio-tempo vós víeis esses olhos rirem, e rirem com o mais bondoso riso, com que o homem russo zomba às vezes de si próprio e da sua sorte desditosa.

— O novo Diógenes! — disse Tchelnóvski, depois da saída do Toirovelha — Sempre em busca de pessoas evangélicas.

Acendemos charutos e deitamo-nos nas nossas camas e comentámos as diversas estranhezas humanas, que nos tinham vindo em mente a propósito das estranhezas de Vassíli Petróvitch. Um quarto de hora depois, Vassíli Petróvitch entrou. Depôs o cachimbo no chão, ao lado da estufa, sentou-se aos pés de Tchelnóvski e, depois de coçar o ombro esquerdo com a mão direita, disse a meia-voz:

— Procurei um lugar de preceptor.
— Quando?
— Agora.
— Na casa de quem procuraste?
— Ao longo do caminho.

Tchelnóvski riu novamente; o Toirovelha, porém, não deu nem a menor atenção a isso.

— Pois então, que é que Deus te arranjou?
— Nada, nem pro cheiro.

— Mas que bufão és! Quem é que procura um emprego desses pelas estradas?

— Eu entrava na casa de proprietários de terras, perguntava lá — prosseguiu, sério, o Toirovelha.

— Mas e então?

— Não me pegam para trabalhar.

— Sim, entende-se, e não te pegarão.

O Toirovelha olhou para Tchelnóvski com o seu olhar fixo e no mesmo tom perguntou:

— Mas por que é que não pegarão?

— Porque a uma pessoa, chegada com o vento sabe-se lá de onde, sem recomendação, não se enfia assim em casa.

— Mas eu mostrava o meu certificado.

— E nele está escrito: "de comportamento satisfatório"?

— Sim, e daí? Mas digo-te, irmão, que a causa não foi nada disso, foi que...

— Que és um boi-almiscarado — completou Tchelnóvski.

— Sim, um boi-almiscarado, pode ser.

— E agora, que pensas fazer?

— Penso fumar mais um pouco este cachimbo — respondeu Vassíli Petróvitch, levantando-se e retomando a boquilha.

— Pois fuma aqui.

— Melhor não.

— Fuma: a janela está aberta.

— Melhor não.

— Mas que há contigo, como se já não tivesses fumado o teu cachimbo aqui outra vezes, ora.

— Ele não gostará — disse o Toirovelha, apontando para mim.

— Por favor, fume, Vassíli Petróvitch; estou acostumado; nenhum tabaco incomoda-me.

— Mas o meu tabaco é daqueles que põem até o Diabo a correr — respondeu o Toirovelha, carregando no segundo *a* da palavra *tabaco*, e nos seus olhos bondosos cintilou novamente o seu sorriso simpático.

— Pois eu não fugirei.

— Então, o senhor é mais forte do que o Diabo.

— No presente caso, sim.

— Ele tem um altíssimo conceito da força do Diabo — disse Tchelnóvski.

— Só a mulher é mais maligna do que o Diabo.

Vassíli Petróvitch atulhou o fornilho do seu cachimbo e, soltando da boca um fio sutil de fumo acre, assentou com um dedo o tabaco ardente e disse:

— Começarei a corrigir lições.

— Que lições? — perguntou Tchelnóvski, levando a mão à orelha.

— Lições, corrigirei lições para os seminaristas, por enquanto. Pois, cadernos de alunos, ou será que não entendes?

— Entendo agora. Péssimo trabalho, irmão.

— Não importa.

— Ganharás dois rublos por mês.

— É tudo a mesma coisa para mim.

— Bem, mas e depois?

— Encontra-me um lugar de preceptor.

— De novo queres ir para alguma aldeia?

— Melhor ir para alguma aldeia.

— E de novo, uma semana depois, largarás essa aldeia. Sabes o que ele fez na primavera passada? — perguntou Tchelnóvski, dirigindo-se a mim. — Arranjei-lhe um lugar, cento e vinte rublos ao ano de salário, com cama e mesa, para que preparasse um rapazola para o segundo ano do ginásio. Arranjamos-lhe todo o necessário, vestimo-lo, a esse bravo jovem. Bem, pensei, o nosso Toirovelha encontrou o seu lugar! E aí, um mês depois, já nos aparece ele cá pela frente, de novo. E ainda pela sua doutrina deixou lá a roupa branca novinha.

— Mas como, se não podia ter sido doutro jeito — disse, fechando a cara, o Toirovelha e levantou-se da cadeira.

— Agora, pergunta-lhe por que não podia ter sido de outro jeito — disse Tchelnóvski, de novo dirigindo-se a mim.

— Porque não deixaram que ele puxasse os cabelinhos ao menino da casa.

— Vai, mente mais! — resmungou o Toirovelha.

— Bem, então como é que foi?

O Toirovelha parou diante de mim e, depois de um minuto pensativo, disse:

— Foi todo um caso especial!

— Sente-se, Vassíli Petróvitch — disse eu, movendo-me na cama.

— Não, não é preciso. Foi todo um caso especial — começou de novo. — O garoto tinha quatorze anos, e era já de todo um nobre, isto é, uma peste sem vergonha.

— Vê só como são as coisas! — brincou Tchelnóvski.

— Sim — prosseguiu o Toirovelha. — O cozinheiro deles era um certo Egór, rapaz novo. Tinha-se casado com a filha de um sacristão do nosso clero indigente. O senhorzinho era entendido em tudo, e toca a vir com conversas para cima dela. Ela era jovenzinha, mas não daquelas; queixou-se ao marido, e o marido à patroa. A mulher disse qualquer coisa lá ao filho, e lá veio ele de novo. Mais uma vez, uma terceira, e o marido de novo à patroa, que a esposa não tinha sossego com o senhorzinho, e de novo nada. Aquilo deixou-me irritado. "Escute lá — digo a ele —, venha mais uma vez com essas suas conversas para cima da Aliona, que eu lhe sacudo o esqueleto." Ficou vermelho de contrariedade; subiu-lhe o sangue nobre à cabeça; foi voando para a mamãezinha, e eu atrás dele. Olho: ela está sentada numa poltrona, e também toda vermelha; e o filho desenha toda uma queixa em francês contra mim.[11] Assim que me viu, ela pegou-o pelo braço, e sorriu sabe lá o diabo por quê. "Basta, meu amigo, diz ela. Ao Vassíli Petróvitch decerto terá apenas parecido alguma coisa; ele está brincando, e tu mostrarás a ele que está enganado." Mas ela própria, vejo, olha-me de esguelha. O meu menino foi-se, e ela, em vez de falar comigo do filho, diz: "Mas que nobre cavaleiro, o senhor, Vassíli Petróvitch! Será que ela não é a queridinha do seu coração, hein?". Bem, eu não consigo aguentar esse tipo de coisa — disse o Toirovelha, com um gesto enérgico de mão. — Não posso ouvir essas coisas — repetiu mais uma vez, levantando a voz, e de novo pôs-se a andar.

— Bem, foi aí então que saiu dessa casa?
— Não, um mês e meio depois.
— E, enquanto isso, em bons termos?
— Bem, eu não conversava com ninguém.
— E à mesa?
— Eu almoçava com o contador.
— Como com o contador?
— Falando simplesmente: no refeitório dos servos. Mas isso não é nada para mim. É impossível ofender-me.
— Como assim é impossível?
— Pois está claro, é impossível... bem, mas para que falar disso... Só que estou eu lá, uma vez, sentado sob a janela, depois do almoço, lendo Tácito, e no quarto dos criados, ouço, alguém dá um grito. Que é que gritava, eu não entendi, mas a voz era da Aliona. O senhorzinho, penso comigo, decerto foi lá divertir-se. Levanto-me, chego perto do quarto dos criados. Ouço, Aliona está a chorar e entre lágrimas grita: "vossemecê deveria ter vergonha", "não teme a Deus" e

---

[11] A nobreza e os senhores de terras usavam o francês na vida cotidiana, até para não serem entendidos pelos servos. (N. do T.)

coisas desse tipo. Olho, Alionka está no sótão, no topo de uma escada de mão, e o meu rapaz sob a escada, de jeito que não havia como ela descer. Estava com vergonha... bem, vós sabeis como elas se vestem... simplesmente. E ele ainda a provoca: "desce, diz ele, senão eu tirarei a escada". Deu-me uma raiva, que eu fui lá e lasquei-lhe um tabefe na cara.

— Uma bofetada, que foi só sangue pelas orelhas e nariz do dito cujo — com uma risada, ajudou-o a lembrar-se Tchelnóvski.

— Bem o que estava guardadinho para ele.
— E como foi com a mãe?
— Nem pus os olhos nela. Do quarto dos criados vim direto para Kursk.
— Quantos quilômetros são?
— Cento e setenta; mas nem que fossem mil e setecentos, não importava.

Se vísseis o Toirovelha nesse instante, não duvidaríeis nem um pouco que a ele realmente *não importaria* quantos quilômetros percorrer a pé e em quem lascar tabefes, se, a seu ver, o tabefe devesse ser dado.

II

Veio um junho quente. Vassíli Petróvitch aparecia regularmente todos os dias, por volta do meio-dia, tirava a gravata de calicô e os suspensórios e, com os bons-dias a nós dois, sentava-se para ler os seus clássicos. Assim corria o tempo até o almoço; depois, fumava o cachimbo e, postado ao pé da janela, perguntava: "e então a colocação?". Passou-se um mês, e todos os dias o Toirovelha repetia a mesma pergunta a Tchelnóvski e o mês inteiro recebeu a mesma resposta nada confortadora. Não havia colocação nem sequer em vista. Isso, no entanto, parecia não o agastar nem um pouquinho. Ele comia com ótimo apetite e estava permanentemente no seu imutável estado de ânimo. Apenas uma vez ou duas vi-o mais irritado do que o habitual; mas também essa irritação não tinha nenhuma relação com a situação de Vassíli Petróvitch. Ela provinha de duas circunstâncias completamente alheias a ele. Uma vez, ele encontrara uma mulher que soluçava desesperadamente, e perguntou-lhe com a sua voz de baixo: "Por que berras, mulher tonta?". A mulher, no início, assustou-se, depois disse que lhe haviam apanhado o filho e que no dia seguinte o conduziriam à junta de alistamento. Vassíli Petróvitch lembrou-se de que o secretário da junta fora seu colega no seminário, foi ter com ele de manhã cedo e voltou profundamente desalentado. O seu empenho verificara-se infrutífero. Na outra vez, um grupo de recrutinhas judeus menores de idade estava a ser conduzido pela cidade. Naquele tempo, tais arregimentações eram frequentes. Vassíli Petróvitch, mordendo o lábio superior e com os punhos na cintura qual um peralvilho, estava à janela e olhava atentamente o comboio dos recrutas transportados. As carroças, requisitadas aos civis, passavam lentamente; as telegas, saltando de um lado para o outro pelo empedrado da estrada da capital da província, faziam balançar as cabecinhas das crianças, vestidas com o capote cinzento de tecido de lã dos soldados. Os grandes gorros cinzentos, que lhes caíam sobre os olhos, davam um aspecto tristíssimo aos rostinhos bonitos e aos olhinhos inteligentes, que olhavam com angústia, mesclada à curiosidade infantil, para a nova cidade e as multidões de meninos citadinos, que corriam aos pulos atrás das telegas. Atrás, caminhavam duas cozinheiras.

— Mãe eles também devem ter em algum lugar, não? — disse uma delas, grandota e bexiguenta, quando passava em frente à nossa janela.

— Vai ver que sim, pode ser — respondeu a outra, arregaçando as mangas e coçando os braços com as unhas.

— E por força, eles podem ser lá uns judeuzinhos, mas sentem dó delas, não?
— Mas que que se vai fazer, mãezinha?
— Certo, mas só pelo instinto materno delas?
— Sim, pelo instinto materno, por certo... o ventre donde vieram... Doutro jeito não pode ser...
— Pois não pode.
— Estúpidas! — gritou-lhes o Toirovelha.
As mulheres pararam, olharam para ele, admiradas, e disseram juntas: "Que que ladras daí, seu cão banhudo?" e seguiram adiante.
Eu tive vontade de ir ver como seriam desembarcadas aquelas desgraçadas crianças no quartel da guarnição.
— Vamos, Vassíli Petróvitch, ao quartel — chamei Bogoslóvski.
— Para quê?
— A ver o que farão deles.
Vassíli Petróvitch não respondeu nada, mas, quando peguei o meu chapéu, ele também se levantou e veio comigo. O quartel, para onde tinham levado o grupo de recrutinhas judeus em trânsito, ficava bem longe da nossa casa. Quando nós ali chegamos, as telegas estavam já vazias e as crianças formavam duas fileiras regulares em coluna de dois. O oficial da escolta, com um suboficial, fazia a chamada. Em torno das fileiras, ajuntara-se uma multidão de espectadores. Ao pé de uma telega, estavam algumas damas e um sacerdote com uma cruz de bronze na faixa de Vladímir.[12] Nós abeiramo-

---

[12] A Ordem do Santo Príncipe Vladímir foi instituída em 1772, pela imperatriz Catarina II, como galardão para quem realizasse façanha militar ou tivesse carreira incensurada de trinta e cinco anos no serviço público. A sua faixa era de lã preta com uma listra longitudinal vermelho--fosca no meio. Os agentes da religião eram recompensados pelo trabalho de entregar homens para o serviço militar. (N. do T.)

-nos dessa telega. Nela estava sentado um menino doente, de uns nove anos, que comia avidamente um pastel de requeijão; outro estava deitado, tendo-se cobrido com o capote, e não prestava atenção a nada; pelo seu rosto vermelho e pelos olhos, que ardiam com uma luz doentia, podia-se supor que estivesse com febre ou, talvez, tifo.

— Estás doente? — perguntou uma dama ao menino, que engolia um pedaço de pastel.

— Hã?

— Estás doente?

O menino meneou a cabeça.

— Ele não *comprendez pas*, não compreende — fê-la notar o sacerdote e imediatamente perguntou: — Já foste batizado?[13]

O menino ficou pensativo, como que lembrando-se de algo familiar na pergunta a ele feita, e, novamente meneando a cabeça, disse: "*nie, nie*", não, não.

— Que bonitinho! — disse a dama, tomando o menino pelo queixo e levantando o seu rostinho gracioso com olhinhos negros.

— Onde está a tua mãe? — perguntou inesperadamente o Toirovelha, puxando de leve o menino pelo capote.

A criança estremeceu, olhou para o Toirovelha, depois para os circunstantes, depois para o suboficial e de novo para o Toirovelha.

— A mãe, a tua mãe, onde está? — repetiu o Toirovelha.

— Mamã?

— Sim, mamã, mamã.

— Mamã... — a criança acenou com a mão para longe.

— Em casa?

---

[13] Os judeus da Rússia eram majoritariamente de origem alemã e falavam uma mistura de hebraico com alemão, o iídiche. Na idade infantil, poucos sabiam russo. (N. do T.)

O recruta pensou e meneou a cabeça em sinal de que sim.

— Lembra-se ainda — interveio o sacerdote e perguntou: — Tens *bruders*? (Tens irmãos?)

A criança fez um sinal negativo quase imperceptível.

— Mente, está a mentir, não se recrutam filhos únicos para o serviço militar. Mentir *nicht gut, nein* — continuou o sacerdote, pensando tornar, com o uso de casos nominativos, o seu discurso mais inteligível.[14]

— Eu andorilhes — proferiu o menino.

— Quê-ê?

— Andorilhes — pronunciou mais claramente a criança.

— Ah, andarilho!

— Isso em russo significa que é um vagabundo, que foi recrutado por vadiagem! Eu li essa lei acerca deles, os meninos judeus, li... É para erradicar a vagabundagem. Pois está muito bem: quem se estabeleceu, fique em casa, para o vagabundo dá na mesma andar para lá ou para cá, e ele receberá o santo batismo e endireitará, será alguém — disse o sacerdote.

Entrementes, a chamada terminou, e o suboficial, pegando as rédeas do cavalo, levou a telega com os doentes para perto do alpendre da caserna, pelo qual em longa fila entravam os pequenos conscritos, arrastando atrás de si os seus sacos e as abas dos desajeitados capotes. Procurei com os olhos o meu Toirovelha; ele não estava por perto. Não apareceu nem à noite, nem no dia seguinte, nem no terceiro para o almoço. Mandamos o nosso rapazola à casa de Vassíli Petróvitch, onde morava com uns seminaristas, e também lá ele não estivera. Os pequenos seminaristas, com quem mo-

---

[14] Em íidiche, no original: "Mentir não é certo, não". A personagem não usa um numeral e um substantivo no caso acusativo, deixando-os no nominativo, para, a seu ver, ser mais compreensível ao menino; a língua russa possui seis casos de declinação. (N. do T.)

rava o Toirovelha, estavam havia muito acostumados a não ver Vassíli Petróvitch por semanas inteiras e não deram nenhuma importância ao seu desaparecimento. Tchelnóvski também não ficou nem um pouco preocupado.

— Voltará — disse ele — está a andar por aí ou a dormir em algum campo de centeio, e nada mais.

É preciso saber que Vassíli Petróvitch, pelas suas próprias palavras, gostava muito de "covis", e tinha muitos desses covis. A cama de tábuas nuas que havia na sua casa nunca acolhia o seu corpo por muito tempo. Apenas muito raramente, passando por casa, ele deitava-se nela, fazia aos rapazes um exame inesperado com alguma pergunta original ao fim de cada prova; em seguida, a cama ficava de novo vazia. Pernoitava raramente na nossa casa e, quando o fazia, era no alpendre ou, então, se de noite se houvesse encetado alguma conversa acalorada, inconclusa até às altas horas, o Toirovelha deitava-se no chão, entre as nossas camas, não se permitindo estender por baixo nada além de uma passadeira fininha. De manhã bem cedo, ia ou para o campo ou para o cemitério. Frequentava o cemitério todos os dias. Às vezes, ali chegado, estendia-se sobre uma cova verde, abria diante de si o livro de algum escritor latino e punha-se a ler, ou então fechava o livro, metia-o sob a cabeça e ficava a olhar para o céu.

— Sois um morador de tumbas, Vassíli Petróvitch! — diziam-lhe umas senhoritas, conhecidas de Tchelnóvski.

— Dizeis tolices — respondia Vassíli Petróvitch.

— Sois um vampiro — dizia-lhe um pálido professor distrital, que ganhara fama de literato desde a publicação de um douto artigo seu pela imprensa oficial da província.

— Escreveis tolices — assim respondia também a ele o Toirovelha e de novo ia ter com os seus defuntos.

As esquisitices de Vassíli Petróvitch acostumaram todo o pequeno círculo dos seus conhecidos a não se admirar de nenhuma das suas extravagâncias, e por isso ninguém ficou admirado do seu rápido e inesperado desaparecimento. Mas ele devia voltar. Ninguém duvidava que fosse voltar; a questão era apenas: onde se enfiara, por onde andava, que coisa o agastara tanto e com que se tratava de tais agastamentos? Essas eram questões cuja solução representava enorme interesse para o meu tédio.

III

Passaram-se mais três dias. Fazia um tempo belíssimo. A nossa pujante e generosa natureza vivia plenamente a sua vida. Era lua nova. Após um dia quente, veio uma noite clara, esplêndida. Em tais noites, os habitantes de Kursk deleitam-se com os seus rouxinóis: os rouxinóis cantam-lhes sem pausa por noites inteiras, e as pessoas ficam a noite inteira a escutá-los no seu grande e espesso jardim municipal. Todos caminham devagar e em silêncio, e tão somente os professores jovens discutem ardentemente "acerca de sentimentos do elevado e do belo" ou "do diletantismo na ciência".[15] Costumavam ser acaloradas, essas rumorosas discussões. Até dos recantos mais apartados do velho jardim chegavam exclamações: "isso é um dilema!", "permita-me!", "não se pode raciocinar *a priori*", "vá pelo método indutivo" e assim por diante. À época, ainda se discutiam tais assuntos entre nós. Hoje, já não se ouvem tais discussões. "Cada época com as suas aves, cada ave com os seus cantos."[16] A sociedade média russa atual não é nem um pouco parecida àquela com que

---

[15] "Diletantism v nauke", título de artigo de 1843 do filósofo Aleksandr Herzen (1812-1870). (N. da E.)

[16] Versos do poema "Atta Troll", XXVII, do poeta alemão Heinrich Heine (1797-1856). (N. do T.)

vivi em Kursk à época do meu relato. As questões que nos ocupam hoje não eram aventadas então, e na maioria das cabeças imperava um livre e despótico romantismo, sem pressentir a aproximação de novas correntes, que afirmariam os seus direitos sobre o homem russo e as quais o homem russo de certo grau de desenvolvimento acolheria, como acolhe tudo, isto é, não com toda a sinceridade, mas com ardor, afetação e exagero. Naquela época, os homens ainda não se envergonhavam ao falarem de sentimentos do elevado e do belo, ao passo que as mulheres amavam os heróis ideais e escutavam os rouxinóis que trinavam nas espessas moitas de lilás florido, e escutavam à saciedade os galanteadores que as levavam ao braço pelas escuras alamedas e resolviam com elas as sábias questões do *sagrado amor*.

Eu e Tchelnóvski ficamos no jardim até à meia-noite, ouvimos muito de bom acerca das coisas elevadas e do sagrado amor e com prazer deitamo-nos nas nossas camas. As velas estavam já apagadas, mas nós ainda não dormíamos e, deitados, comunicávamos um ao outro as nossas impressões daquela noite. Ela estava em toda a sua grandeza, e um rouxinol cantava alto, bem embaixo da nossa janela, e derramava-se na sua canção apaixonada. Pretendíamos já desejar as boas-noites um ao outro, quando de repente, vindo de além da cerca que separava o nosso jardinzinho da rua, para o qual abria a janela do nosso quarto, alguém gritou: "Rapazes!".

— É o Toirovelha — disse Tchelnóvski, soerguendo prontamente a cabeça do travesseiro.

Pareceu-me que estava enganado.

— Não, é o Toirovelha — insistiu Tchelnóvski e, levantando-se da cama, assomou à janela.

Tudo era silêncio.

— Rapazes! — de novo gritou de além da cerca a mesma voz.

— Toirovelha! — gritou Tchelnóvski em resposta.

— Sou eu.
— Vem para cá.
— O portão está trancado.
— Pois bate!
— Para que acordar gente? Queria apenas saber se dormíeis.

Ouviram-se alguns movimentos pesados do outro lado da cerca, e após isso Vassíli Petróvitch desabou sobre o jardinzinho como um saco de terra.

— Eia, diabão! — disse Tchelnóvski, a rir, enquanto olhava Vassíli Petróvitch levantar-se do chão e abrir caminho em direção à janela, por entre as moitas espessas de acácia e lilás.

— Salve! — disse alegremente o Toirovelha, assomando à janela.

Tchelnóvski afastou da janela o toucador, e Vassíli Petróvitch passou primeiro uma das pernas, depois sentou-se à cavaleira no peitoril, em seguida passou a outra perna e, finalmente, apareceu todo inteiro no quarto.

— Oh! Estou morto de cansaço — disse, tirou o sobretudo e deu-nos a mão.

— Quantos quilômetros andaste? — perguntou-lhe Tchelnóvski, deitando-se de novo.

— Estive em Pogódovo.
— Em casa do taberneiro?
— Em casa do taberneiro.
— Vais comer?
— Se houver, vou.
— Acorda o garoto!
— Deixa-o lá, aquele ranhoso!
— Por quê?
— Que durma.
— Mas por que te fazes de bobo? — Tchelnóvski gritou alto: — Moisséi!

— Não o acordes, já te disse, que durma.
— É, mas eu não acharei nada para dar-te.
— E não é preciso.
— Mas tu não queres comer?
— Não é preciso, estou a dizer. Eu, pois é, irmãos...
— Pois que é que é, irmão?
— Vim despedir-me.

Vassíli Petróvitch sentou-se na cama de Tchelnóvski e segurou-lhe amigavelmente o joelho.

— Como assim despedir-te?
— Não sabes como as pessoas se despedem?
— Para onde é que pretendes ir?
— Vou para longe, irmãos.

Tchelnóvski levantou-se e acendeu uma vela. Vassíli Petróvitch estava sentado, e no seu rosto havia uma expressão de calma e até de felicidade.

— Deixa-me olhar a tua cara — disse Tchelnóvski.
— Olha, pode olhar — respondeu o Toirovelha, com o seu sorriso desajeitado.
— Que é que faz o teu taberneiro?
— Vende feno e aveia.
— E vós falastes de trapaças não punidas pela lei e de ofensas desmedidas?
— Falamos.
— Pois então, foi ele que te sugeriu essa peregrinação?
— Não, eu próprio que decidi.
— E para quais Palestinas te diriges?
— Perm.[17]
— Perm?

---

[17] Cidade próxima dos montes Urais, no Leste da parte europeia da Rússia, distante mais de mil quilômetros do lugar da ação do conto. Também centro da seita dos *raskólniki* ("cismáticos" ou "velhos crentes"), dissidentes da Igreja, que não reconheciam as reformas litúrgicas do patriar-

— Sim, por que te admiras?

— Mas que foi que perdeste lá?

Vassíli Petróvitch levantou-se, andou pelo quarto, torceu as trancinhas e disse consigo: "Isso é só da minha conta".

— Eh, Vássia, isso é uma tolice — disse Tchelnóvski.

O Toirovelha calou-se, e nós também nos calamos. Esse foi um silêncio pesado. Tanto eu como Tchelnóvski compreendemos que diante de nós estava um agitador, uma agitador sincero e destemido. E ele compreendeu que nós entendêramos tudo, e gritou de repente:

— Que é que posso fazer?! O meu coração não suporta esta civilização, esta enfidalgação, esta empesteação![18] — E bateu rijo com o punho no peito e deixou-se cair pesadamente numa poltrona.

— Mas que farás?

— Oh, se eu soubesse o que se pode fazer com isso! Oh, se eu soubesse isso!... Vou às apalpadelas.

Todos nos calamos.

— Posso fumar? — perguntou Bogoslóvski, após longa pausa.

— Fuma, fica à vontade.

ca Nikón (1605-1675) e sofreram perseguição da parte das autoridades eclesiásticas e do Estado. (N. do T.)

[18] O original traz duas palavras inventadas por Leskov, que parecem aludir à assimilação do modo de vida e da mentalidade dos nobres (fidalgos, aristocratas), a que, na opinião da personagem, estariam muito propensas as camadas inferiores da sociedade: *nobilizátsia*: *nobil*, palavra não existente em russo, com o significado de "nobre" + *zátsia*, "-zação" = *enfidalgação*. A personagem, partidária de um rearranjo social por meio de uma revolução, dá à palavra um sentido negativo, sarcástico: para ela, tratava-se unicamente de uma cópia sórdida da alta sociedade, e, nessa imitação da aristocracia, a sociedade tomara um rumo contrário ao caminho natural do povo e estava a "empestear-se", num processo de perverter-se moralmente: *stervorizátsia*: *stérva*, "pessoa infame", "peste" + *zátsia* = *empesteação*. (N. do T.)

— Deitar-me-ei aqui no chão convosco — este será o meu último jantar.
— Pois ótimo.
— Falemos, imaginai só... fico um tempão calado-calado, e aí de repente vem-me vontade de falar.
— Deves estar desgostoso com alguma coisa.
— A meninada dá-me dó — disse e cuspiu por entre os lábios.
— Qual?
— Pois, a minha, os meus futuros padrecos.
— Por que te dão pena?
— Vão estragar-se sem mim.
— És tu próprio que os estragas.
— Isso, vem com as tuas asneiras.
— Como não: é-lhes ensinada uma coisa, e tu lhes vens com outra.
— Pois, e então?
— Isso não vai dar em nada.
Fez-se uma pausa.
— Pois escuta o que te vou dizer — disse Tchelnóvski —, casar-te, levar a tua velha mãe contigo e ser um bom padre é uma ótima coisa que poderias fazer.
— Não me digas isso! Não me digas isso!
— Deus te ajude, então — respondeu Tchelnóvski, com um gesto de mão.
Vassíli Petróvitch de novo pôs-se a andar pelo quarto e, parando à frente da janela, declamou:

Enfrenta sozinho a tempestade,
Não chames para perto a esposa.[19]

---

[19] Citação inexata do poema "Poltava" (1829), de Púchkin. (N. da E.)

— E também aprendeu versos — disse Tchelnóvski, a sorrir e a indicar-me Vassíli Petróvitch.

— Só que eles são inteligentes — respondeu aquele, sem afastar-se da janela.

— Versos inteligentes como esses há muitos, Vassíli Petróvitch — disse eu.

— É tudo uma porcaria só.

— E as mulheres, são todas também um lixo, não?

— Um lixo.

— E a Lídotchka?[20]

— Que tem a Lídotchka? — perguntou Vassíli Petróvitch, quando lhe foi lembrado o nome de uma moça muito doce e extremamente infeliz, o único ser feminino da cidade que dava alguma atenção a Vassíli Petróvitch.

— Não sentirá saudades dela?

— Que é que me diz? — perguntou o Toirovelha, com os olhos muito abertos e fixos em mim.

— Foi o que eu disse. Ela é uma boa moça.

— E daí que seja boa?

Vassíli Petróvitch calou-se, bateu o cachimbo no peitoril da janela e ficou pensativo.

— Tinhosas! — disse ele, acendendo uma segunda cachimbada.

Tchelnóvski e eu rimo-nos.

— Por que essa vontade de rir? — perguntou Vassíli Petróvitch.

— São as damas, é, que são tinhosas?

— Qual damas! A damas não, as crianças judias.

— Donde agora essa tua lembrança dos judeus?

---

[20] Hipocorístico de Lídia. (N. do T.)

— O diabo é que sabe por que a lembrança agora: eu tenho uma mãe, e cada qual deles também tem uma mãe, e isso toda a gente sabe — respondeu Vassíli Petróvitch e, soprando a vela, desabou sobre o tapetinho do chão com o cachimbo entre os dentes.

— Será que não esqueceste isso?

— Eu, irmão, tenho boa memória.

Vassíli Petróvitch soltou um profundo suspiro.

— Esticarão as canelas, os ranhosos, no caminho — disse, depois de breve silêncio.

— É provável.

— Tanto melhor assim.

— Que tipo mais estranho de compaixão, o dele — disse Tchelnóvski.

— Não, em vós é que é tudo complicado. Comigo, irmão, é tudo simples, de mujique. Eu as vossas sutilezas não compreendo. Na vossa cabeça, dá para as ovelhas ficarem inteiras e os lobos saciados, e isso é impossível. As coisas não são assim.

— Como, então, estaria bem, na tua opinião?

— Estaria bem como Deus quisesse.

— Deus não interfere nada nos assuntos humanos.

— Está claro que serão as pessoas que farão tudo.

— Quando elas se tornarem gente — disse Tchelnóvski.

— Eh, vós, sabichões! Quem olha para vós, pensa que sabeis alguma coisa, mas não sabeis nada — exclamou energicamente Vassíli Petróvitch. — Um palminho além do vosso nariz aristocrático não conseguis enxergar nada, nem conseguireis. Eu quero ver-vos viver na minha pele, com as pessoas, e que fôsseis parecidos comigo, aí então veríeis que não se está para choradeiras. Eh, mas que diabo! Mais um com costumes aristocráticos — interrompeu-se de repente o Toirovelha e levantou-se.

— Quem é que tem costumes aristocráticos?

— O cão, o Boks. Quem mais poderia ter?
— Mas que costumes aristocráticos são esses que ele tem? — perguntou Tchelnóvski.
— Não fecha as portas.
Somente aí nós notamos que pelo quarto passava uma forte corrente de ar.
Vassíli Petróvitch levantou-se, fechou a porta do vestíbulo e pôs-lhe a tranca.
— Obrigado — disse-lhe Tchelnóvski, quando ele voltou e novamente deitou-se sobre o tapetinho.
Vassíli Petróvitch não respondeu nada, meteu mais uma cachimbada e, depois de algumas baforadas, perguntou inesperadamente:
— Que é que escrevinham nos livrinhos?
— Quais livrinhos?
— Pois, nas vossas revistas.
— Falam de várias coisas, impossível referir todas.
— Só do progresso, deve ser, não?
— Também do progresso.
— E do povo?
— E também do povo.
— Oh, ai desses publicanos e fariseus — exclamou o Toirovelha, com um suspiro. — Dão à língua, e eles próprios não sabem nada.
— Mas por que é que achas que além de ti, Vassíli Petróvitch, ninguém mais sabe do povo? Olha, irmão, que é a soberba a falar em ti.
— Não, que soberba, que nada. Eu só vejo que todos tratam desse negócio de modo infame. Todos ficam só na linguação, mas para a ação, ninguém! É para agir, não é para linguarejar. Mas o amor pelo povo acende-se à mesa do almoço. Ficam a escrever novelas! Contos! — acrescentou, depois de uma pausa. — Ah, linguareiros! fariseus malditos!

Mas eles, claro, não se mexem. Têm medo de engasgar-se com farinha de aveia. E é até um bem que não se mexam — acrescentou, depois de breve pausa.

— Isso por quê?

— É tudo porque, eu digo, eles vão engasgar-se com a farinha, será preciso bater-lhes no lombo, para eles tossirem, e eles aí vão chorar bem alto: "Ai que nos batem!". Quem vai acreditar em gente assim?! Mas tu — prosseguiu, sentando-se na sua passadeira —, pega e veste uma camisa de tecido cru, mas com jeito para que ela não te lamba os flancos; come açorda de pão e cebola e não faças cara feia, e não te dês à canseira em tocar o porco para o cortelho, aí vão acreditar em ti. Põe a alma, mas de um jeito que vejam qual é a tua alma, e não me venhas entreter as pessoas com linguarices. Minha gente, gente minha! Que é que eu não faria por vós! Minha gente, gente minha, que é que eu não daria por vós! — Vassíli Petróvitch ficou pensativo, depois levantou-se de corpo inteiro e, estendendo as mãos a mim e a Tchelnóvski, disse: — Rapazes! Vêm aí dias sombrios, dias sombrios. Não se pode demorar nem uma hora, senão virão os falsos profetas, e eu ouço a sua voz maldita e odiosa. Em nome do povo, eles vos vão pegar e levar à perdição. Não vos deixeis confundir por esses chamadores e, se não sentis a força de um boi no espinhaço, então não ponhais a canga em vós. O negócio não é a quantidade de gente. Com os cinco dedos não se apanha uma pulga, mas com um dá. Eu de vós, como dos outros, não espero grande coisa. Isso não é culpa vossa, vós sois moles para a lida dura. Mas eu peço-vos, um meu mandamento fraterno observai: não ladrais nunca ao vento! Eh, palavra, há nisso um dano grande! Eh, um dano! Vós não pregardes nenhuma rasteira já é um grande bem, mas para nós, os Toirovelhas — disse ele, com uma batida na peito —, para nós isso é pouco. Sobre nós cairá um castigo do céu, se ficarmos satisfeitos só com isso. "Nós somos dos nossos com os nossos, e os nossos nos reconhecerão."[21]

Por longo tempo, e muito, falou Vassíli Petróvitch. Ele nunca falara tanto e nunca se expressara com tanta clareza. No céu raiava já a aurora, e, no quarto, o escuro cedia lugar à penumbra, e Vassíli Petróvitch ainda não se calara. A sua figura atarracada fazia movimentos enérgicos, e pelos rasgões da sua velha camisa de chita podia ver-se quão alto se elevava o seu peito peludo.

Adormecemos às quatro horas e despertamos às nove. O Toirovelha já não estava conosco, e a contar daquele dia eu não o veria por exatos três anos. O nosso extravagante amigo, naquela mesma manhã, metera-se a caminho, em direção às terras recomendadas pelo seu amigo, o dono de uma estalagem em Pogódovo.

IV

Na nossa província, há muitos mosteiros construídos em florestas e chamados "eremitérios". A minha avó era uma velhinha extremamente religiosa. Mulher do tempo antigo, nutria uma paixão irresistível por viagens a esses eremitérios. Sabia de memória não somente a história de cada um desses mosteiros retirados, senão também todas as suas lendas, a história dos ícones, os milagres que lá se contavam, conhecia os recursos dos mosteiros, as sacristias e tudo o mais. Era um guia velho, mas vivo, dos santuários da nossa região. Nos mosteiros, todos conheciam-na e recebiam-na com extraordinária cordialidade, apesar de ela nunca fazer oferendas

---

[21] Paráfrase de passagem bíblica: "Ele estava no mundo e o mundo foi feito por ele, mas o mundo não o reconheceu. Veio para o que era seu e os seus não o receberam" (João, 1, 10-11). (N. da E.)

muito valiosas, além dos véus de cobertura dos vasos da eucaristia, cujo bordado demandava o outono e o inverno inteiros, quando o tempo não lhe permitia viajar. Na hospedaria dos eremitérios de P. e de L., por ocasião do dia de São Pedro e do da Assunção,[22] sempre reservavam dois quartos a ela. Varriam e limpavam os quartos e não os cediam a ninguém, nem sequer já à vigília da festa.

— Aleksandra Vassílievna virá — dizia a todos o pai tesoureiro.

E, realmente, a minha avó não falhava.

Certa vez, ela atrasara-se muito, e muita gente concorrera ao eremitério para a festa. A altas horas da noite, antes das matinas, chegou ao eremitério de L. um general e exigiu para si o melhor quarto da hospedaria. O padre ecônomo viu-se numa situação difícil. Era a primeira vez em que a minha avó perderia a festa do padroeiro do templo do eremitério. "Morreu a velhota, pelos vistos" — pensou ele, mas, ao olhar para o seu cebolão e ver que faltavam ainda duas horas para as matinas, resolveu não ceder os quartos dela ao general e dirigiu-se calmamente à sua cela para ler a sua "oração da meia-noite". Soou três vezes o sino grande do mosteiro; na igreja, riscou a escuridão a chama de uma velinha, com a qual um acólito se azafamava diante da iconóstase, acendendo as velas das peanhas. O povo, a bocejar e a benzer as bocas, entrou na igreja aos magotes, e a minha querida velhinha, com o seu vestidinho cinzento e limpo e a coifa alva como a neve, à moda da Moscou de 1812, entrava pela porta setentrional e benzia-se devotamente, enquanto murmurava: "De manhã dá ouvido à minha voz, Senhor meu e Deus meu!". Quando o arcediago proferiu o seu solene "Alçai-vos!", a minha avó estava já a um canto escuro e fazia pro-

---

[22] 24 de junho e 27 de agosto, respectivamente. (N. do T.)

fundas reverências pelas almas dos finados. O padre ecônomo, fazendo a aproximação dos devotos à cruz após a primeira missa, não se admirou nem um pouquinho ao ver a velhinha e, ao dar-lhe, de sob a sotaina, a hóstia, disse calmamente: "Saúdo-te, mãe Aleksandra!". Nos eremitérios, apenas os noviços jovens davam o tratamento de "vós" e "Aleksandra Vassílievna" à minha avó, e os monges velhos não lhe diziam outra coisa que não fosse "mãe Aleksandra".[23] A nossa velhinha devota nunca fora beata e nunca se dera ares de monja. Apesar dos seus cinquenta anos, ela estava sempre vestida asseadamente, como uma garça branca. O seu fresco vestidinho cinzento ou verde, de chita, a alta coifa de tule com fitas cinzentas e a bolsinha com o bordado de um cãozinho, tudo era fresco e ingenuamente coquete na boa velhinha. Ela ia aos eremitérios numa carroça aldeã coberta, desprovida de molas e tirada por um par de velhas éguas alazãs de boa linhagem. Uma delas (a mãe) chamava-se Catita, e a outra (a filha), Inês Perada. A filha recebera tal nome por ter vindo ao mundo de modo completamente inesperado. As duas éguas de vovó eram extraordinariamente mansas, vivazes e de boa índole, e viajar com elas, com a velhinha ungida com os óleos da santidade e o cocheiro Iliá Vassílievitch, velhote bonachão, foi para mim, em todos os anos da minha infância, a maior das deleitações.

Eu fui o ajudante de campo da velhinha desde a mais tenra idade. Ainda com uns seis anos, fui com ela ao eremitério de L. pela primeira vez, com as suas éguas alazãs, e a partir daí passei a acompanhá-la todas as vezes, até ser enviado, mais ou menos aos dez anos, para o ginásio da província. A viagem pelos mosteiros tinha para mim muito de

---

[23] O uso do pronome "vós" e do nome e do patronímico são obrigatórios no tratamento a desconhecidos, superiores hierárquicos e àqueles com quem não se tenha intimidade. (N. do T.)

atraente. A velhinha sabia poetizar extraordinariamente as suas viagens. Acontecia irmos, às vezes, a trote curto; em torno, quanta doçura: o ar era cheio de aromas; as gralhas escondiam-se na vegetação; pessoas passavam por nós, saudando-nos, e nós respondíamo-lhes. Pelos bosques, costumávamos caminhar; vovó contava-me do ano de 1812, dos nobres de Mojaisk,[24] da sua fuga de Moscou, de quão orgulhosos haviam chegado os franceses e de como, depois, os nossos bateram-nos e deixaram-nos impiedosamente morrer de frio. E eis uma estalagem, os conhecidos estalajadeiros, as mulheres de grandes panças e aventais atados acima dos peitos, os pastos espaçosos, em que se podia correr, tudo isso me cativava e tinha para mim um encanto mágico. Vovó entrava em um quartinho para lavar-se e vestir-se, e eu ia para a sombra de algum coberto, para junto de Iliá Vassílievitch, e deitava-me ao seu lado, sobre um braçado de feno, e escutava-o contar como em Oriol levara na sua carroça o imperador Aleksandr Pávlovitch; fico a saber quão perigosa fora essa tarefa, da enorme quantidade de carruagens que havia e dos perigos que correra a carruagem do imperador, quando, na descida da colina para o rio Órlik, rebentaram as rédeas ao cocheiro de Khlópovo e como ele, Iliá Vassílievitch, sozinho, com a sua presença de espírito, salvara a vida ao imperador, que já se preparava para saltar da carruagem. Os feácios decerto não escutavam Odisseu com a mesma atenção com que eu escutava o cocheiro Iliá Vassílievitch. Nos próprios eremitérios, eu tinha amigos. Tinham grande afeição por mim dois velhinhos: o hegúmeno do eremitério de P. e o padre ecônomo do eremitério de L. O primeiro, velhote alto e pálido, de rosto bondoso, mas severo, não gozava da minha afeição; em

---

[24] A cidade de Mojaisk, a pouco mais de 100 km a oeste de Moscou, opôs heroica resistência ao avanço das tropas de Napoleão, quando da invasão de 1812. (N. do T.)

contrabalanço, ao padre ecônomo eu queria com todo o meu pequenino coração. Ele era a criatura mais bonachona do mundo sublunar, do qual, seja dito só de passagem, não sabia nada, e na sua insciência, como hoje me parece, é que se assentavam as bases do seu infinito amor à humanidade.

Mas, além desses, por assim dizer, conhecimentos aristocráticos com as altas esferas dos eremitérios, eu tinha laços democráticos com os plebeus dos mosteiros: gostava muito dos noviços, essa estranha classe, na qual costumam predominar duas paixões — a indolência e o amor-próprio, mas na qual às vezes se encontra uma reserva de alegre despreocupação e indiferença tipicamente russa em relação a si próprio.

— Como sentiu vocação para a vida monástica? — acontecia-me perguntar a um noviço qualquer.

— Não senti — respondia ele — vocação nenhuma, entrei assim, por nada.

— E vai pôr a batina?

— Certamente.

Sair do mosteiro parece absolutamente impossível ao noviço, embora ele saiba que ninguém se poria a impedi-lo. Na infância, eu gostava muito dessa gente alegre, travessa e bonacheiramente hipócrita. Enquanto o noviço é noviço, ou "lesma", ninguém lhe presta atenção, donde ninguém conhece a sua natureza; mas, é só ele vestir a sotaina e o *klobuk*,[25] aí muda radicalmente tanto no caráter quanto na relação com o próximo. Enquanto é lá noviço, é um ser extraordinariamente conviventivo. De quantas sessões homéricas de pugilato nas padarias dos mosteiros eu não me lembro! Quantas canções ousadas não se cantavam a meia-voz, sobre os muros, quando cinco ou seis noviços altos e bonitos caminha-

---

[25] Cobertura de cabeça com véu dos monges ortodoxos. (N. do T.)

vam lentamente sobre eles e olhavam avidamente para o riacho, além do qual sonoras e sedutoras vozes femininas entoavam outra canção, uma canção em que soavam chamados alados: "Saltai, correi, às virentes moitas atirai-vos"! E lembro-me ainda de que as lesmas ficavam estremecidas com esses cantos e, vencida a resistência, atiravam-se às virentes moitas. Oh, lembro-me disso muito bem! Não esqueci nenhuma lição de como entoar cantatas compostas sobre os temas mais originais, nem de fazer exercícios de ginástica, para os quais, a dizer a verdade, os altos muros do mosteiro não eram inteiramente adequados, nem de como ser capaz de calar e rir, mantendo no rosto uma expressão séria. Mais do que tudo, porém, eu gostava da pescaria no lago do mosteiro. Os meus camaradas noviços também consideravam uma festa a ida a esse lago. Na sua vida monótona, a pescaria era a única atividade em que podiam, ainda que só um pouquinho, recrear-se e pôr à prova a força dos seus músculos juvenis. E, realmente, nessa pescaria havia muito de poético. Do mosteiro ao lago eram oito ou dez quilômetros, que era preciso percorrer a pé por uma mata muito fechada. Partia-se, normalmente, antes das vésperas.[26] Em uma telega, tirada pelo velho e gordo cavalo do mosteiro, iam a rede, alguns baldes, um barril para o peixe e arpões. Atavam-se os arreios ao banco da telega, e, se o cavalo saísse do caminho, o noviço cumpridor da função de cocheiro simplesmente se aproximava e puxava-o pela brida. Mas o cavalo quase nunca saía do caminho, nem podia fazê-lo, porque aquela era a única estrada entre o mosteiro e o lago e, ainda por cima, com um carril tão marcado, que ao cavalo nunca vinha vontade de arrancar as rodas do fundo sulco. Para vigiar-nos era sempre mandado o velho monge Ignáti, surdo e quase cego,

---

[26] Orações que se rezavam ao pôr do sol e correspondiam, no tempo dos equinócios, às seis horas da tarde. (N. do T.)

que em tempos remotos recebera na sua cela o imperador Alexandre I e sempre se esquecia de que Alexandre I já não reinava. Pai Ignáti ia numa teleguinha e guiava ele próprio outro cavalo gordo, atrelado aos curtos varais da sua teleguinha; eu, porém, geralmente preferia seguir a pé com os noviços. Eles nunca iam pela estrada. A pouco e pouco, íamo-nos metendo pelo mato e pegávamos a cantar o "Ia o jovem monge pelo caminho, e ao seu encontro saiu-lhe o próprio Jesus Cristo", depois alguém puxava outro canto, e cantávamos muitos mais de enfiada. Doce e despreocupado tempo! Sê tu bendito, e benditos sede vós, que me dais estas recordações. Indo daquele jeito, nós costumávamos chegar ao lago já só com noite feita. À sua margem, ficava a pequena casa camponesa em que moravam dois velhinhos, monges que haviam recebido do abade do mosteiro a bênção para o uso da sotaina e do *kobluk*, pai Sérgui e pai Vavila. Eram ambos "iliteratos", isto é, analfabetos, e cumpriam o "noviciado de guardiões" do lago do mosteiro. Pai Sérgui era uma pessoa extremamente habilidosa em trabalhos de mão. Eu ainda tenho uma linda colher e uma cruz entalhada de sua feitura. Também fazia redes, covos, cestos de vime, cabazes e outras coisinhas dessas. Ele tinha uma estatueta de um certo santo, magistralmente esculpida em madeira; mas ele mostrou-ma uma única vez, e ainda assim com a minha promessa de não falar dela a ninguém. Pai Vavila, ao contrário, não trabalhava. Ele era poeta. "Amava a liberdade, a indolência e o sossego."[27] Era capaz de passar horas inteiras em atitude contemplativa à beira do lago, a observar o voo de patos selvagens, o modo de caminhar de alguma garbosa garça, a qual de quando em quando apanhava na água as rãs que a haviam pedido como

---

[27] Citação inexata do poema "Pomieschik" ("Senhor de terras"), de Ivan Turguêniev (1846). (N. da E.)

rainha a Zeus. Bem diante da casa dos dois noviços "iliteratos", começava uma larga faixa de areia e, além dela, o lago. Na casa, reinava uma grande limpeza: havia dois ícones sobre uma mísula, duas pesadas camas pintadas com tinta a óleo verde, uma mesa coberta com tela crua e duas cadeiras, e, ao longo das paredes, os bancos costumeiros da isbá camponesa. Num canto, havia um armarinho com o serviço de chá, e sob o armarinho, sobre um banquinho especial, ficava o samovar, luzidio como a caldeira de algum iate de rainha. Tudo era muito limpo e aconchegador. Na cela dos pais "iliteratos", não morava mais ninguém, exceto um gato amarelo-pardo, chamado "Capitão" e notável apenas por, apesar de ter nome masculino e de haver sido longo tempo considerado um verdadeiro macho, de repente, provocando o maior escândalo, ter parido uma ninhada de gatinhos e desde então não ter parado de aumentar a sua prole como gata.

De todo o nosso rancho, na casa, com os pais "iliteratos", costumava dormir apenas pai Ignáti. Eu, normalmente, pedia dispensa dessa honra e dormia com os noviços ao relento, perto da casa. Nós, aliás, quase não dormíamos. Até acendermos uma fogueira, fervermos um caldeirão de água, deitarmos dentro uma papinha rala com alguns peixes secos, até comermos tudo isso de uma grande tigela de madeira, já era meia-noite. E aí, era só deitarmo-nos, e já começava alguma história fabulosa, e, invariavelmente, a mais aterradora ou a mais pecaminosa. Das fábulas passava-se a histórias verdadeiras, às quais cada narrador, como sempre acontece, "ajuntava invenções sem conta". Assim ia passando a noite, até que alguém se propusesse a dormir. Os relatos costumavam ter viajantes e bandoleiros como assunto. Uma quantidade principalmente de tais relatos conhecia Timofiéi Nevstrúev, noviço entrado em anos, que tinha a fama, entre nós, de hércules invencível e estava sempre a aprontar-se para uma guerra de libertação dos cristãos, para "ter ao pé de si" a todos eles. Ele percorrera, parece, toda a Rússia, estivera até na Palestina e na Grécia e verificara que "era possível pô-los ao pé de si a todos eles". Deitávamo-nos sobre pedaços de aniagem, o foguinho fumegava ainda, e os gordos cavalos, atados à manjedoura, resfolegavam sobre a aveia, enquanto alguém "puxava alguma história". Esqueci uma quantidade dessas histórias e recordo-me apenas da última noite, em que dormi à margem do lago do mosteiro de P. com os noviços. Timofiéi Nevstrúev não estava inteiramente bem-disposto — passara aquele dia ajoelhado, de castigo, no meio da igreja, por ter, alta noite, saltado a cerca do pomar do prior — e quem começou a contar foi Emelián Vyssótski, rapaz de uns dezoito anos. Nascera na Curlândia, fora abandonado ainda criança no nosso distrito e tornara-se noviço. A sua mãe era uma comediante, e ele nada mais sabia dela; crescera na casa da esposa caridosa de um mercador, a qual o colocara no mosteiro para o noviciado, quando ele tinha nove anos. O que dera início à conversa foi que, ao fim de uma fábula, um dos noviços suspirara profundamente e perguntara:

— Por que será, meus irmãos, que hoje em dia não há bandoleiros de raça?

Ninguém respondeu nada, e a mim começou a torturar essa pergunta, a que há já tanto tempo não consigo encontrar resposta. Eu, à época, gostava muito de bandoleiros e desenhava-os, nos meus cadernos, de gabão e pena vermelha no chapéu.

— Pois ainda hoje há bandoleiros — respondeu com vozinha fina o noviço da Curlândia.

— Ora, vá, que bandoleiros existem hoje? — perguntou Nevstrúev e cobriu-se até à garganta com a sua cabaia de calicô.

— Pois então, quando morava na casa da mercadora Puzanikha — começou o curlandês —, uma vez fui com mãe Natália, lá de Bórovsk, e com a Aliona, outra viajeira, lá dos lados de Tchernígov, em romaria a São Nicolau de Mtzensk.[28]

— Que Natália é essa? Uma loira, alta? É ela? — interrompeu Nevstrúev.

— Ela — apressou-se o narrador a responder e prosseguiu. — Pois então, no caminho fica o povoado de Otrada. Vinte e cinco quilômetros de Oriol. Chegamos nós a esse povoado já perto da noite. Pedimos pernoite aos mujiques — ninguém deixou entrar, fomos pra uma estalagem. Cobravam só uma moedinha de nada, mas o aperto de gente era um horror! Tudo pisoeiro. Uns quarenta, por aí. Começou uma bebedeira deles, e uma sujidade de boca, que dava vontade de ir embora. De manhã, quando mãe Natália me acordou, eles já se tinham ido. Só três estavam ainda por ali, mas já arrumavam a sua trouxa para irem pros manguais. Nós também arrumamos a nossa trouxa, pagamos as três moedas de dois copeques e meio pela dormida e pegamos o caminho. No que nós saímos do povoado, aí vemos: os três pisoeiros vinham atrás de nós. E aqueles três sempre atrás, sempre. Nós não pensamos em coisa ruim. Só a mãe Natália foi que disse: "Que coisa esquisita, sim, senhor! Ontem, não foi?, esses três pisadeiros, acabada a janta, disseram que iam pra Oriol, e agora, olha só, vêm atrás da gente, pra Mtzensk". Nós continuamos, e os três não largavam a gente, de longinho. Mais pra frente, apareceu um bosque. Quando nós começamos a chegar perto do mato, os pisoeiros começaram a alcançar a gente. Nós apertamos o passo, e eles também. "Num adianta correr!, gritaram, vocês não escapam!", e dois

---

[28] São Nicolau é o santo que mais trabalha na Rússia, já que é o mais pintado em ícones e o mais homenageado com igrejas e paróquias. Os devotos não lhe dão sossego, com pedidos de que os livre de apertos e doenças e os proteja nas viagens. (N. do T.)

agarraram a mãe Natália pelos braços. Ela deu um berro que nem uma doida, e eu e a Aliona sebo nas canelas! A gente correndo, e eles urrando atrás: "Pega, pega!". Eles berravam, e a mãe Natália gritava. "Já mataram a coitada a facadas, na certa", a gente achava, e pega a correr mais rápido. A tiazinha Aliona desapareceu da minha vista, e as minhas pernas deram de fraquejar. Eu vi que não aguentava mais, peguei e caí embaixo de uma moita. Seja lá, pensei, o que já tá escrito por Deus. Fiquei lá estirado, quase sem conseguir engolir ar. Na espera só: agora eles vão chegar correndo pra me pegar!, mas, não. Eles ainda pelejavam, dava pra ouvir, com a mãe Natália. A mulher era duma saúde rija, não conseguiam dar cabo dela. O mato estava quieto, dava pra ouvir tudo na manhã. Cá e lá, de novo berrava a mãe Natália. Deus, pensei, acaba com o sofrimento da sua alminha! No respeito a mim, eu não sabia: levantar e sair correndo ou ficar na espera de alguma alma boa? Aí eu ouço, parece que vinha alguém. Estou lá eu nem morto nem vivo e olho da moita. E que achais vós, meus irmãos, que eu vejo? A mãe Natália! O lenço negro caíra-lhe da cabeça; a trança fulva, robusta, estava desfeita, e carregava a sacola, e andava aos tropicões. Vou dar-lhe um grito, penso comigo; só que não gritei lá com toda a voz. Ela parou e olhou pras moitas, e eu chamei de novo. "Quem é?", perguntou. Eu levantei-me dum salto, fui na sua direção, e ela soltou um grito: "Ah!". Eu olho em volta, ninguém à frente, nem atrás. "Ainda nos perseguem?, pergunto, vamos fugir daqui depressa!" Mas ela ficou como empetrificada, só os lábios é que tremiam. O vestido, eu olho, todinho rasgado, os braços cheios de arranhões, até os cotovelos, e a testa também arranhada, como que unhada. "Vamos", disse eu de novo. "Tentaram estrangular?", pergunto. "Tentaram, diz, vamos depressa", e nós fomos. "Como te livraste deles?" Ela não disse mais nada até a gente chegar à aldeia onde encontramos titia Aliona.

— Mas que foi que ela contou? — perguntou Nevstrúev, que, como os outros, durante o relato, fizera silêncio de morto.

— Disse só que foram pernas pra que vos quero, e rezar sem parar, e atirar areia aos olhos dos tais.

— E não conseguiram tirar nada dela? — perguntou alguém.

— Nada. Perdeu só um pé de sapato e o saquinho de incenso de pescoço. Ficaram o tempo todo, disse, atrás de algum dinheiro escondido no seio dela.

— Essa é boa! Que bandoleiros de meia-tigela! Pra eles o negócio todo era enfiar a mão no peito dela e procurar alguma coisa — comentou Nevstrúev e, em seguida, pôs-se a contar de bandoleiros melhores, que o tinham assustado no distrito de Oboiansk. Esses, sim, disse, é que eram bandoleiros de verdade.

A coisa ficou interessante dum jeito, que todos nós penduramos as orelhas para aqueles bandoleiros bons de verdade.

Nevstrúev começou:

— Uma vez, dizia ele, voltava eu de Korennaia. Fora fazer uma promessa por causa dum dente doído. De dinheiro levava assim uns dois rublos e uma sacola com camisas. Aí encontro dois sujeitos na estrada, assim... parecia que citadinos. "Pra onde vais?", perguntam. "Tal e tal lugar", respondo. "Pois nós também", dizem eles. "Vamos juntos." "Pois vamos." E fomos. Chegamos a uma aldeia; escurecia já. "Vamos, disse eu, pernoitar aqui"; e eles dizem: "Aqui não presta; vamos andar mais coisa de um quilômetro; lá fica uma estalagem de primeira; lá, dizem eles, vão-nos fazer todas as satisfações". "Eu não preciso, disse eu, das vossas satisfações." "Vamos, dizem eles, já está pertinho!" Bem, fui. Depois de, olha, bem uns cinco quilômetros, aparece uma casa até grande, com jeito de estalagem. Em duas janelas via-se luz. Um dos sujeitos bateu na porta, cães latiram dentro da casa, mas ninguém veio abrir. Bateu de novo; veio alguém lá do fundo e falou; a voz, pelo que se podia entender, era de mulher. "Quem é?", perguntou, e o sujeito respondeu: "Dos nossos". — "Quais dos nossos?" — "Um de um lugar, diz o homem, outro de acolá." Abriram a porta. No recinto de entrada, uma escuridão de breu. A mulher trancou a porta atrás de nós e abriu a de dentro. Na isbá, homem não havia nenhum, só estavam a mulher que nos abrira a porta e uma outra, toda bexiguenta, que estava sentada e cardava lã. "Oh, salve, *atamanikha*!"[29] — disse um daqueles dois à mulher. "Saúde!" — diz a mulher e pega a olhar pra mim. E eu também olho pra ela. Mulher robusta, dos seus trinta anos, loira, velhaca, de rosto corado e olhos mandões. "Onde, perguntou, pegaram esse rapagão?" Quer dizer, eu. "Despois contamos, disseram os dois sujeitos, mas agora manda vir os comes e bebes, que a dentuça já esqueceu o que é mastigação." Puseram na mesa carne salgada, saramago, uma garrafa de vodca e pastelões. "Come!" — disseram-me os dois. "Não, eu digo, eu não como carne." "Então, come pastel com requeijão". Eu peguei. "Toma, disseram, um pouco de vodca." Eu bebi um cálice. "Toma mais um"; eu tomei mais um. "Queres morar com a gente?" — "Como assim, perguntei, morar com vocês?" — "Pois assim, como estás a ver: anda com a gente e vais comer e beber, é só obedecer à *atamanikha*... Não queres?" A coisa, penso eu com meus botões, está malparada! Aonde é que eu vim-me meter! "Não, digo, gente boa; não posso morar com vocês." — "E por quê?" E não param de pegar vodca e insistir comigo: bebe, bebe! "Sabes lutar, pergunta um deles?" — "Nunca tentei aprender", respondo. "Se não aprendeste, aqui está a ocasião!" — e,

---

[29] Feminino de *ataman*: inicialmente, cabeça de grupo de bandoleiros ou homens livres e, posteriormente, chefe de comunidade de cossacos. (N. do T.)

com essa palavra, pregou um cascudo na minha orelha. A anfitriã, nem um pio, e a bexiguenta lá com a sua lã. "Mas por que, digo eu, uma coisa dessas, meus irmãos?!" — "Pra que não fiques andando por vendas, nem olhando de janela", e com essa palavra, de novo *zás!* na minha outra orelha. Bom, pensei eu, já que é mesmo pra morrer, eu não vou deixar isso assim, alevantei com ímpeto e casquei-lhe um pescoção. Ele voou pra debaixo da mesa. Alevantou dali, com caretas e ais. Pôs com as mãos os cabelos pra trás e agarrou a garrafa. "Queres, diz, o teu fim é aqui!" Ninguém disse nada, o seu comparsa também quieto. "Não, digo eu, eu não quero fim nenhum!" — "Se então não queres, bebe vodca." — "Eu não vou beber!" — "Bebe! O prior não vai ver, não vai-te pôr de castigo." — "Eu não quero vodca." — "Ah, não queres, então ao diabo contigo; paga pelo que bebeste e vai dormir." — "Quanto devo da vodca?" — "Tudo o que tiveres; a nossa é cara, irmão, chama 'o amargo destino russo', com água e lágrima, com pimenta e coração de cão." Eu quis levar à brincadeira, mas que nada; foi eu pegar o porta-moedas e o sujeito *bumba* nele, e atirou-o pra trás dum tabique. "Pois então, disse, agora vai dormir, seu corvo." — "Mas aonde?" — "A coruja surda vai-te levar. Acompanha-o!" — gritou ele para a velha da lã. Fui com a mulher para o terreiro. Uma noite tão boa, como esta de hoje, as constelações no céu, e um ventinho corria pela floresta que nem esquilo. Quanta pena me deu da minha vida, do mosteiro tranquilo, e a mulher abriu um quartinho escuro: "Vai, doente", e foi embora. Como se ela sentisse pena de mim. Eu entro, tateio com as mãos, uma coisa amontoada, vai saber o que era. Dei com uma estaca. Pensei: eu vou morrer mesmo, e trepei por ela. Atingi uma trave do teto, dali o beiral, e toca a afastar ripas. Esfolei as mãos todinhas, até que consegui afastar cinco. Escavei a palha — apareceram as estrelas. Continuei o esforço; abri um buraco; passei por ele primeiro a minha trouxinha, aí me benzi e me enfiei por ele. E pernas para que vos quero, meus irmãos, e com uma ligeireza como nunca correra na vida.

Era tudo coisa dessa natureza que se contava, mas as histórias pareciam tão interessantes naquela época, que tu as escutavas com gosto e mal conseguias pregar os olhos ao raiar do sol. Mas aí já vinha lá pai Ignáti e dava pancadinhas com o seu bastãozinho: "De pé! Horas de irdes pro lago!". Levantavam-se os noviços, bocejavam, coitados, derreados de sono. Pegavam nas redes, tiravam as calças e iam para os barcos. Desajeitados, negros como os mergulhões, os barcos do mosteiro ficavam sempre atados a estacas a umas quinze braças da margem, porque desta se estendia um baixio comprido, quando os negros barcos calavam fundo na água e não podiam atracar à margem. Nevstrúev costumava carregar-me até os barcos. Lembro-me desses percursos, daqueles rostos bondosos, despreocupados. Parece que estou a ver os noviços irem do sono para a água fria. Saltitam, brincam e, a tremerem de frio, arrastam a pesada rede, inclinados para a água, refrescando com ela as pálpebras coladas pelo sono. Lembro-me do vapor tênue que se elevava da água, dos carássios de brilho dourado e das escorregadias lampreias; lembro-me do meio-dia esfalfante, quando nos deixávamos cair como mortos sobre a relva, recusando a sopa de peixe cor do âmbar, preparada por pai Sérgui "iliterato". Mas lembro-me ainda mais da expressão descontente, e como que má, de todos os rostos na hora de atrelar os gordos cavalos para levarmos para o mosteiro os carássios apanhados e o nosso comandante, pai Ignáti, atrás de cuja telega as "lesmas" deveriam marchar até os muros do mosteiro.

E foi bem nesses lugares, de grata memória para mim desde a infância, que me aconteceu encontrar mais uma vez, e de modo completamente inesperado, o Toirovelha fugido de Kursk.

V

Muita água correu desde a época dessas minhas recordações, que talvez tenham pouco que ver com a dura sorte do Toirovelha. Eu crescera e conhecera a dor da vida; morrera a minha avó; Iliá Vassílievitch, Catita e Inês Perada tinham-se ido para a eternidade; as alegres "lesmas" haviam-se tornado frades compenetrados; a família dera-me um pouco de estudo no ginásio e, depois, levara-me a seiscentos quilômetros de distância para uma cidade universitária, onde aprenderia a cantar uma canção latina, leria algo de Strauss, Feuerbach, Büchner e Babeuf, e de onde, armado de todos os meus conhecimentos, retornaria aos meus lares e penates. Ali, como foi referido, travaria conhecimento com Vassíli Petróvitch. Haviam-se passado outros quatro anos, vividos por mim de modo bastante triste, e eu de novo fora parar sob as tílias natais. Em casa, não houvera nenhuma mudança nos costumes, nem nas ideias, nem nas tendências. As novidades eram apenas as naturais: a minha mãe envelhecera e engordara, uma minha irmã, de quatorze anos, fora diretamente dos bancos do internato para o prematuro sepultamento, e haviam crescido algumas tílias plantadas pela sua mão infantil. "Mas será — pensava eu — que nada mudou durante esse tempo em que passei por tantas coisas: acreditava em Deus, reneguei-o e reencontrei-o; amava a minha pátria e fui crucificado com ela e estive com os que a crucificaram!" Isso até pareceu ofensivo ao meu orgulho de jovem, e decidi submeter tudo a uma averiguação — a mim próprio e tudo o que me rodeava naqueles dias em que me eram novas todas as impressões da existência. Antes de mais nada, quis ver os meus queridos eremitérios e, numa fresca manhã, fui ao eremitério de P., que ficava a pouco mais de vinte quilômetros de distância de nós. A mesma estrada, os mesmos campos, e as gralhas escondiam-se da mesma maneira nas densas sementeiras de inverno, os mujiques faziam as mesmas e profundas reverências, e as mulheres camponesas catavam-se da mesma maneira os piolhos, sentadas à soleira das portas. Tudo como antigamente. E eis os portões familiares do mosteiro; porteiro novo — o antigo tornara-se monge. Mas o pai ecônomo ainda era vivo. O velho doente terminava já a nona dezena de anos. Nos nossos mosteiros há muitos exemplos de rara longevidade. O pai ecônomo, no entanto, não desempenhava já as suas funções e vivia "em repouso", embora, como dantes, não lhe chamassem de outra forma que não "pai ecônomo". Quando me introduziram na sua cela, ele estava deitado no catre e, não me tendo reconhecido, agitou-se e perguntou ao noviço que o servia: "Quem é?". Eu aproximei-me do velho, sem responder, e tomei-lhe a mão. "Salve, salve! — balbuciou o pai ecônomo — quem és tu?" Inclinei-me para ele, beijei-lhe a testa e disse o meu nome. "Ah, és tu, meu pequeno amigo, meu pequeno amigo! Pois muito bem, pois, olá! — disse o velho, de novo agitando-se no seu catre. — Kiril! Põe o samovar ao fogo, depressa! — disse ele ao noviço. — Eu, este servo de Deus, já não ando. Faz já mais de ano que as pernas não param de inchar." O pai ecônomo tinha hidropsia, doença com que muito frequentemente acabam os monges, que passam a vida em longos períodos em pé na igreja ou em outras ocupações predisponentes a essa doença.

    — Vai chamar o Vassíli Petróvitch — disse o ecônomo ao noviço ajudante, depois de este haver posto o samovar e as canecas sobre uma mesinha que estava à cabeceira da cama. — Vive aqui comigo um coitado — acrescentou o velho, dirigindo-se a mim.

    O noviço saiu, e um quarto de hora depois, ouviram-se passos sobre o pavimento de pedra e uma espécie de mugido. Abriu-se a porta, e aos meus olhos admirados apresentou-se o Toirovelha. Trajava o casaco curto de feltro dos camponeses russos e calças de cotim grosseiro e calçava velhas botas de couro. E, na cabeça, o capuz negro dos noviços do mosteiro. O aspecto do Toirovelha mudara tão pouco, que, apesar do seu traje bastante estranho, eu reconheci-o ao primeiro olhar.

— Vassíli Petróvitch! É você? — disse eu, indo ao encontro do meu amigo, e ao mesmo tempo pensei: "Oh, quem, melhor do que tu, me dirá como se passaram sobre as cabeças daqui os anos da dura experiência?".

O Toirovelha pareceu ter ficado contente de ver-me, e o pai ecônomo ficou admirado de ver em nós dois velhos conhecidos.

— Pois, excelente, excelente — balbuciou ele. — Serve o chá, Vássia.

— Mas vossemecê sabe que não sei servir chá.

— É verdade, é verdade. Serve tu, meu hospedezinho.

Deitei chá nas canecas.

— Faz tempo que está aqui, Vassíli Petróvitch? — perguntei, dando uma caneca ao Toirovelha.

Ele mordeu uma pedra de açúcar, arrancou um pedacinho e, depois de engolir três goles,[30] respondeu:

— Vai para uns nove meses.

— Aonde pretende ir agora?

— Por enquanto, a lugar nenhum.

— E posso saber de onde? — perguntei, sorrindo involuntariamente à lembrança de como o Toirovelha respondia a tais perguntas.

— Pode.

— De Perm?

— Não.

— De onde, então?

---

[30] Na Rússia, não era hábito adoçar o chá; à medida que o bebiam, as pessoas mordiscavam uma pedra de açúcar de beterraba. (N. do T.)

O Toirovelha depôs a caneca vazia e disse:
— Estive em todos os lados e em nenhum.
— Não viu Tchelnóvski?
— Não. Não estive lá.
— E a sua mãe, está viva?
— Morreu num asilo para velhos.
— Sozinha?
— Mas com quem morrem as pessoas?
— Faz tempo?
— Coisa de um ano, dizem.
— Ide passear, crianças, eu darei uma dormida até às vésperas — disse o pai ecônomo, a quem pesava qualquer esforço.
— Não, eu quero ir até o lago — respondi.
— Ah, vai, vai com Deus e leva o Vássia: ele te contará cada uma no caminho, vais ver.
— Vamos, Vassíli Petróvitch.
O Toirovelha penteou-se, pegou o seu capuz e respondeu:
— Vamos.
Nós despedimo-nos do pai ecônomo até o dia seguinte e saímos. Na eira, nós próprios atrelamos a minha eguinha e partimos. Vassíli Petróvitch assentara-se no cabriolé de costas para mim, espinha contra espinha, dizendo que de outra forma não poderia ir, porque sentiria falta de ar atrás da cabeça de outra pessoa. No caminho, não contou nada do arco da velha. Ao contrário, foi de pouca conversa e só ficou a perguntar se eu vira pessoas inteligentes em Petersburgo e em que pensavam elas, ou, parando com as perguntas, começava a silvar ora como rouxinol, ora como papa-figos.

E nisso transcorreu o caminho todo.

Ao pé da minha velha conhecida casinha, recebeu-nos um noviço baixinho e ruivo, substituto de pai Sérgui, que falecera três anos antes, legando os seus instrumentos e o material feito ao sossegado pai Vavila. Pai Vavila não estava em casa; como de costume, estava passeando em torno do lago, olhando as garças engolirem as resignadas rãs. O novo companheiro de pai Vavila, pai Prokhor, alegrou-se com a nossa visita, qual senhorinha de aldeia ao ouvir os guizos de alguma carruagem. Ele próprio apressou-se a desatrelar a nossa égua, ele próprio levou o samovar ao fogo e deu-nos contínuas assegurações de que "pai Vavila volta neste instantinho". Enquanto escutávamos essas assegurações, eu e o Toirovelha sentamo-nos do lado de fora da isbá e ficamos em prazerosa mudez. Não tínhamos nenhuma vontade de falar.

O Sol pusera-se já totalmente atrás das altas árvores que circundavam todo o lago do mosteiro em denso bosque. A lisa superfície da água parecia quase negra. O ar estava parado, mas sufocava.

— A tempestade será tarde da noite — disse pai Prokhor, levando o coxim do meu cabriolé para dentro da casa.

— Por que se incomoda? — respondi. — Ela talvez nem venha.

Pai Prokhor sorriu timidamente e disse:

— Não é nada! Qual incomodidade!

Voltando, falou:

— Levarei também a eguinha para dentro.

— Para quê, pai Prokhor?

— Será uma tempestade grande; ela vai assustar-se, romper a rédea. Não, é melhor que fique lá dentro. Estará bem, lá.

Pai Prokhor soltou a égua e foi puxando-a pelas rédeas, enquanto dizia: "Vem, mãezinha! Vem, sua bobinha! De que tens medo?".

— Assim é melhor — disse — depois de acomodá-la num canto do saguãozinho de entrada e enchendo-lhe de aveia um velho tamis. — Olha que o pai Vavila está realmente a demorar! — disse, de algum ponto atrás da casa. — E olha que já começa a formar-se o temporal — acrescentou, apontado com a mão uma nuvenzinha cinzento-vermelha.

Na eira escureceu por completo.

— Vou procurar o pai Vavila — disse o Toirovelha e, depois de enrolar as tranças, caminhou em direção à floresta.

— Não vá: vocês se desencontrarão.

— Na certa! — disse o Toirovelha e, com essas palavras, afastou-se.

Pai Prokhor pegou uma braçada de lenha e foi para dentro. Nas janelas, logo refletiu-se o fogo que ele acendera no borralho, e no caldeirão a água começou a ferver. E nada do pai Vavila, nem do Toirovelha. Entrementes, o topo das árvores começara a oscilar de quando em quando, embora a superfície do lago ainda se mantivesse plácida, qual chumbo derretido que esfriasse. Apenas vez e outra podiam notar-se na água os chapes branquinhos de algum peixe brincalhão, e as rãs arrastavam em coro a sua única nota, tristemente monótona. Eu fiquei sentado no mesmo lugar, olhando para o lago escuro e recordando os meus anos que tinham batido asas para a escuridão da distância. No lago, outrora, já estavam os botes desajeitados, até aos quais me carregava o possante Nevstrúev; ali ao pé da isbá, eu pernoitara muitas vezes com os noviços; tudo, dantes, era tão doce, alegre, pleno, e ali, naquele momento, tudo parecia continuar a ser o mesmo, mas faltava algo. Não havia já a infância despreocupada, não havia a cálida, a vivificante crença em muito daquilo em que tão docemente e tão confiadamente se acreditara.

— Tudo exala o espírito da Rus![31] De onde é o meu caro hóspede? — gritou pai Vavila, saindo de trás de um canto da isbá, de modo que eu nem dera pela sua aproximação.

---

[31] "Rus" é o nome antigo da terra habitada pelos russos. Hoje, usa-se para comunicar solenidade à invocação da pátria. (N. do T.)

Reconheci-o de imediato. Ele apenas encanecera completamente, mas lá estavam o mesmo olhar infantil e a mesma cara alegre.

— Veio de longe? — perguntou-me.

Dei o nome de uma aldeia que ficava a mais de quarenta quilômetros dali.

Ele perguntou se eu não era filho de um certo Afanássi Pávlovitch.

— Não — respondi.

— Pois, não importa. Fazei favor de entrar, já começou a chuviscar.

Realmente, começara a cair uma chuvinha, e a superfície do lago encrespara-se de leve, embora ali, naquele fundão de terreno, quase nunca houvesse vento. Não havia, ali, espaço para ele dar-se a expansões. Tamanho *lugar tranquilo* era aquele.

— Como ordenais que vos chame? — perguntou pai Vavila, quando entráramos já completamente na isbá.

Eu disse o meu nome. Pai Vavila olhou para mim, e nos seus lábios apareceu um sorriso bonacheiramente astuto. Eu também não me contive e sorri. A minha mistificação falhara: ele reconheceu-me; eu e o velho abraçamo-nos, beijamo-nos várias vezes seguidas e sem nenhum motivo pegamos a chorar.

— Deixa-me olhar-te de mais perto — disse pai Vavila, que continuava a sorrir, conduzindo-me à lareira. — Pois olha só, tu cresceste!

— E vós envelhecestes, pai Vavila.

Pai Prokhor pôs-se a rir.

— Ele aqui quer sempre parecer mocinho — disse pai Prokhor — é inacreditável como ele quer parecer mocinho.

— És tu quem o diz! — respondeu pai Vavila, animando-se, mas sentou-se imediatamente numa cadeirinha e acrescentou: — Não, irmãozinho! O espírito está ágil, mas a carne já fraqueja. É hora de ir juntar-me ao pai Sérgui. Uma dor nos rins que não passa, comecei a ficar mal.

— Faz tempo que morreu o pai Sérgui?

— Vai para o terceiro ano desde o dia de São Espiridião.[32]

— Era um bom velho — disse eu, recordando o falecido com os seus pauzinhos e a sua faquinha.

— Pois olha! Olha pro canto! Toda a sua oficina permanece aqui. Vamos, acende-me uma vela, pai Prokhor!

— E o Capitão, é vivo ainda?

— Ah, do nosso... qual seja, da nossa gata Capitão ainda te lembras?

— E como não!

— Pois é, irmão, o nosso Capitão morreu sufocado. Um dia, meteu-se na artesa; isso fez a tampa baixar, e nós não estávamos em casa. Chegamos, procuramos, procuramos, e nada do nosso gato. Uns dois dias depois, pegamos a artesa, olhamos, e lá estava ele. Agora, existe outro... Tu vais ver só: Vaska! Vaska! — chamou pai Vavila.

De baixo do forno saiu um grande gato cinzento e veio esfregar a cabeça nas pernas de pai Vavila.

— Ah, seu bichinho danado!

Pai Vavila pegou o gato e, colocando-o de barriga para cima sobre os joelhos, fez-lhe cócegas na garganta. Um verdadeiro quadro de Teniers:[33] um velho completamente encanecido com um gordo gato cinzento sobre o regaço, e outro, já entrado em anos, ocupado a um canto; os vários utensílios domésticos, e tudo isso iluminado pela cálida luz rubra da lareira acesa.

---

[32] 14 de dezembro. (N. do T.)

[33] David Teniers: pintor flamengo (1610-1690) que se notabilizou principalmente por cenas da vida aldeã. (N. do T.)

— Anda a acender uma vela, Pai Prokhor! — gritou pai Vavila de novo.

— Já vou. Eu não consigo fazer tudo duma vez só.

Pai Vavila, entrementes, desculpou Pai Prokhor e contou-me:

— Nós não acendemos vela para nós, nesta época. Nós deitamo-nos cedo.

Foi acesa uma vela. O interior da isbá estava tal qual era mais de doze anos antes. Apenas em lugar de pai Sérgui, ao pé do forno, estava pai Prokhor, e, em lugar do pardo Capitão, com pai Vavila brincava o cinzento Vaska. Até a faquinha e o feixe de varinhas de castanheiro, preparadas por pai Siérgui, estavam no lugar onde as pendurara o falecido, que as preparava para algum uso.

— Pois então, os ovos estão cozidos, e o peixe está pronto, mas e o Vassíli Petróvitch, hein? — disse pai Prokhor.

— Que Vassíli Petróvitch?

— O esquisitão — respondeu pai Prokhor.

— Pois vieste com ele?

— Com ele — disse eu, adivinhando que a alcunha se referia ao meu Toirovelha.

— Quem foi que te mandou para cá junto com ele?

— Nós conhecemo-nos já há algum tempo — disse eu — Mas dizei-me: por que lhe chamais "esquisitão"?

— Ele é esquisitão, irmão. Eh, esquisitão, e como!

— É uma pessoa bondosa.

— Pois eu não quero dizer que ele seja mau, só que a esquisitice o pegou; é um sujeito instável: está insatisfeito com todas as ordens vigentes.

Eram já dez horas da noite.

— Pois então, jantemos. Pode ser que venha — comandou, começando a lavar as mãos, pai Vavila. — Sim, sim, pois: jantaremos, e depois uma ladainha... Está certo? Pelo pai Sérgui, digo, a ladainha.

Pusemo-nos a jantar, jantamos e cantamos um "repousa com os santos" a pai Sérgui, e nada ainda de Vassíli Petróvitch.

Pai Prokhor retirou da mesa a louça supérflua, deixou sobre ela a frigideira com o peixe, um prato, o sal, o pão e cinco ovos, depois, saiu da isbá e, ao voltar, disse:

— Nada, nem sinal.
— Nem sinal de quem? — perguntou pai Vavila.
— Do Vassíli Petróvitch.
— Se ele já tivesse vindo, não teria ficado atrás da porta. Ele, pelo jeito, achou de ir passear.

Pai Prokhor e pai Vavila queriam de todo jeito acomodar-me em uma das suas camas. A muito custo consegui recusar o oferecimento, peguei uma das macias esteiras de junco, obras das mãos de pai Sérgui, e deitei-me fora da isbá, ao pé da janela. Pai Prokhor deu-me um travesseiro, apagou a vela, saiu mais uma vez e deixou-se ficar um bom tempo no terreiro. Pelo jeito, estava à espera do "esquisitão", mas cansou-se de esperar e, na volta, disse apenas:

— Virá uma tempestade, sem falta.
— Talvez não — disse eu, querendo tranquilizar-me quanto ao desaparecido Toirovelha.
— Não, virá: está abafado.
— Mas não é de agora.
— O meu rim pegou para doer de vez — disse pai Vavila.
— E uma mosca, desde a manhãzinha, como uma possessa, quis-me lamber a cara —, acrescentou pai Prokhor, virando-se pesadamente no seu leito maciço, e todos nós, parece, nesse exato instante adormecemos. No terreiro, estava uma escuridão de breu, mas ainda não começara a chover.

VI

— Levanta-te! — disse-me pai Vavila, dando-me um empurrão no leito. — Levanta-te! Não está bem que se durma com um tempo destes. Quem sabe se não é a hora de alguma vontade de Deus.

Sem atinar com o que se passava, saltei agilmente e sentei-me num banco. Diante do oratório, ardia uma vela fininha de cera e pai Prokhor, vestido só com a roupa de baixo, estava ajoelhado e rezava. O estrondo medonho de um trovão, que atroou o céu acima do lago e ribombou pela floresta, explicou-me a causa da inquietação. Quer dizer, não fora à toa que uma mosca tanto quisera lamber a cara a pai Prokhor.

— Onde está Vassíli Petróvitch?

Pai Prokhor, sem parar de rezar, virou o rosto para mim e mostrou-me com um movimento que o Toirovelha não voltara. Consultei o meu relógio: era exatamente uma hora da madrugada. Pai Vavila, também só com a roupa de baixo e peitilho acolchoado de percal, olhava pela janela; eu também abeirei-me da janela e pus-me a olhar. Sob raios ininterruptos, que iluminavam vivamente todo o espaço aberto à vista da janela, podia ver-se que a terra estava pouco molhada. Quer dizer, não caíra grande chuva desde quando adormecêramos. Mas o temporal era medonho. Um estrondo seguia-se a outro, cada qual mais potente, cada qual mais medonho, e os raios não emudeciam nem por um minuto. Como se todo o céu se houvesse aberto e estivesse prestes a abater-se com fragor sobre a terra numa torrente de fogo.

— Onde pode estar ele? — disse eu, a pensar involuntariamente no Toirovelha.

— É melhor nem falar disso — respondeu pai Vavila, sem arredar pé da janela.

— Não lhe terá acontecido alguma coisa?

— Mas que é que poderia! Bicho grande, por estas bandas, não há. Vá lá, um malfeitor qualquer, mas disso faz tempo não se ouve falar. Não, ele está a vaguear pelo mato. Ele é de uma esquisitice grande.

— Mas que a vista é bonita, lá isso é — prosseguiu o velho, a olhar com enlevo o lago, que os raios alumiavam até à margem oposta.

Nesse instante, veio um tal ribombo, que toda a isbá foi sacudida; pai Prokhor foi ao chão, e eu e pai Vavila fomos atirados à parede oposta. No saguãozinho de entrada, algo viera abaixo e fora de encontro à porta interior da isbá.

— Fogo! — pegou pai Vavila a gritar, saindo primeiro do torpor, e atirou-se à porta.

Era impossível abrir a porta.

— Deixai-me tentar — disse eu, inteiramente convencido de que a isbá estava a arder, e, tomando impulso, meti o ombro à porta.

Para a nossa grande admiração, dessa vez a porta abriu-se facilmente, e eu, não conseguindo segurar-me, voei por ela. No saguãozinho, estava completamente escuro. Voltei, peguei uma velinha do oratório e fui de novo para o saguãozinho. Toda aquela bulha fora feita pela minha égua. Assustada com o último e medonho estrondo de trovão, dera um puxão à rédea, pela qual estava atada a uma estaca, tombara o barril vazio, em que se punha repolho a fermentar e sobre o qual estava o tamiz com aveia, e, ao atirar-se para o lado, colara-se rijamente à nossa porta com o seu corpo, obstruindo-a. O pobre animal remexia as orelhas, girava os olhos em torno, angustiado, e tremia com todos os membros. Nós três pusemos tudo em ordem, enchemos novamente o tamiz de aveia e voltamos para o interior da isbá. Antes que pai Prokhor viesse com uma vela, eu e pai Vavila notamos em uma parede o reflexo de uma tênue luz que entrava pela janela. Olhamos para fora, e bem em frente, na margem oposta do lago, qual vela colossal, ardia um velho pinheiro seco, que havia muito se erguia solitariamente em uma nua colina de areia.

— A-ah! — arrastou pai Vavila.

— Foi forminado por um raio — explicou pai Prokhor.

— E como arde bonito! — disse novamente o artístico pai Vavila.

— Assim estava ele destinado por Deus — respondeu pai Prokhor, sempre temente a Deus.

— Mas deitemo-nos, meus santos pais, a tempestade amainou.

Realmente, a tempestade amainara completamente, e só de quando em longe chegavam os ribombos distantes dos trovões, e pelo céu arrastou-se uma nuvem negra interminável, que parecia ainda mais negra do que o pinheiro em chamas.

— Olhai! Olhai! — exclamou de repente pai Vavila, que continuara a olhar pela janela. — O nosso esquisitão!

— Onde? — perguntamos em uníssono eu e pai Prokhor e ambos olhamos pela janela.

— Lá, ao pé do pinheiro!

Realmente, a uns dez passos do pinheiro em chamas, delineava-se claramente uma silhueta, na qual se podia reconhecer à primeira olhada a figura do Toirovelha. Estava de pé, com as mãos unidas atrás da cintura, e, de cabeça levantada, olhava os ramos ardentes.

— Damos-lhe um grito? — perguntou pai Prokhor.

— Não ouvirá — respondeu pai Vavila. — Vede o barulho que está: é impossível ouvir.

— E ainda ficará zangado — acrescentei, conhecendo bem a natureza do meu amigo.

Ficamos mais um pouco postados à janela. O Toirovelha não se movia. Chamamos-lhe várias vezes "esquisitão" e deitamo-nos. As esquisitices de Vassíli Petróvitch desde muito haviam-me deixado de espantar; daquela vez, porém, veio-me uma pena insuportável do meu sofredor amigo... De pé, como o cavaleiro da triste figura, diante do pinheiro em chamas, ele parecera-me um bufão.

VII

Quando acordei, era já muito tarde. Os pais "iliteratos" não estavam na isbá. Sentado, perto da mesa, estava Vassíli Petróvitch. Tinha nas mãos uma fatia enorme de pão de centeio e bebia aos golinhos o leite de um jarro colocado diante dele. Tendo notado o meu despertar, olhou brevemente para mim e continuou em silêncio o seu desjejum. Eu também não lhe disse palavra. Assim se passaram uns vinte minutos.

— Por que ficar assim, sem fazer nada? — disse, por fim, Vassíli Petróvitch, pousando o jarro de leite, que esvaziara.

— Mas que é que podemos fazer?

— Vamos dar uma volta.

Vassíli Petróvitch estava na melhor das disposições de espírito. Eu estimei muito essa sua disposição e não me meti a perguntar do passeio noturno. Mas ele próprio pôs-se a falar disso, assim que saíramos da isbá.

— Mas que noite terrível foi! — começou Vassíli Petróvitch. — Simplesmente não me lembro de outra igual.

— Mas não choveu.

— Começou umas cinco vezes, mas não foi em frente. Eu morro por noites assim.

— Eu não gosto delas.

— Por quê?

— Mas que têm elas de bom? É o maior turbilhão, elas rebentam tudo.

— Hum! Pois o bom é justamente que arrebentam tudo.

— Podem matar alguém esmagado sem quê nem para quê.
— Grande coisa!
— Pois não acabou com o pinheiro?
— Ardeu de um modo lindo.
— Nós vimos.
— Eu também vi. Viver numa floresta é bom.
— Mas há muitos mosquitos.
— Eh, raça de canarinhos! Os mosquitos vão comê-lo vivo.
— Eles dão cabo da paciência até dos ursos, Vassíli Petróvitch.
— Sim, mas nem por isso o urso se vai da floresta. Eu apaixonei-me por esta vida — prosseguiu Vassíli Petróvitch.
— Pela vida no mato?
— Sim. Nas florestas do Norte, que maravilha que é! Mata fechada, silêncio, folhagem quase azul — coisa magnífica!
— Mas por pouco tempo.
— Nelas, também no inverno fica-se bem.
— Pois eu não acho.
— Não, fica-se bem.
— Mas que foi que lhe agradou lá?
— A quietude, e há força nessa quietude.
— E o povo de lá?
— Como assim o povo de lá?
— Como vive e que espera?
Vassíli Petróvitch ficou pensativo.
— Viveu dois anos com ele, não?
— Sim, dois anos e mais um pouquinho.
— E chegou a conhecê-lo?
— Mas que coisa devia eu conhecer?
— O que se esconde nas pessoas de lá.
— Idiotice. É isso o que se esconde nelas.

— Mas antes não pensava assim, não é?

— Não pensava. Mas que valem os nossos pensamentos? Aqueles pensamentos eram feitos de palavras. Tu ouves "cisma", "cisma", força, protesto, e pensas que podes, quem sabe, descobrir alguma coisa neles. Pensas que eles lá conhecem a tal de uma palavra como se deve e que apenas não confiam em ti, e por isso não consegues chegar ao âmago.

— Bem, mas na verdade?

— Na verdade, uns pedantes que vivem só de palavras.

— Chegou a fazer muita amizade com eles?

— E como não fazer amizade?! Eu não fora lá para brincar.

— Mas de que jeito foi isso? Isso é interessante. Conte, por favor.

— Muito simples: cheguei, consegui que me dessem trabalho, trabalhei como um boi... Mas vamos deitar-nos aqui, à beira do lago.

Estendemo-nos sobre a areia, e Vassíli Petróvitch continuou o seu relato, como de costume, com breves expressões entrecortadas.

— Sim, trabalhei. No inverno, mandaram-me copiar livros. Peguei rápido o jeito de escrever em uncial e em semiuncial. Mas só o diabo sabe os livros que eles me davam. Não eram os que eu esperava. A vida ficou tediosa. Trabalho e canto de orações, e só. Mais nada. Depois, passaram a dizer a toda hora: "Vem pro nosso lado de vez!". Eu dizia: "É a mesma coisa, assim como tal eu já sou vosso". E eles: "Escolhe uma moça e vai pra casa de alguém". O senhor sabe como eu não vou com essas coisas! Mas, pensei comigo, nem por isso vou abandonar o meu intento. E fui para uma casa.

— Você?!

— Quem mais?

— Casou-se?

— Tomei uma moça, assim, quer dizer, casei-me.

Eu simplesmente fiquei estupefato de admiração e involuntariamente perguntei:

— Pois, e como foi na continuação?

— Na continuação o negócio foi uma desgraça — disse o Toirovelha, e o seu rosto expressou raiva e enfado.

— Foi com a esposa, é, que ficou infeliz?

— Mas pode lá uma esposa fazer a minha felicidade ou infelicidade? Eu enganara a mim próprio. Pensava encontrar lá uma cidade, e o que encontrei foi um cesto de vime.

— Não deixaram os cismáticos que você lhes penetrasse os segredos?

— Que deixar ou não deixar, nada! — gritou com indignação o Toirovelha. — A coisa toda resume-se a segredo, e só. Compreende? Aquela palavra "Abre-te, Sésamo", das fábulas, lá não existe! Eu conheço todos os segredos daquela gente, e todos eles só merecem desprezo. Reuniam-se, e aí tu achavas que eles iam discutir algum pensamento elevado, ou lá o que o diabo quisesse — "o sacro honor e a sacra fé". Eles ficam na sacra fé, e no sacro honor fica quem ocupa todas as honras. Patranhas prometedoras disso e daquilo e apego à palavra, rosários feitos de correia e chicote o mais comprido possível. Não és da cruz deles? Ah, então, eles não te dão nem a mínima. Se sim, não vais ter folga com eles. Se és velho ou débil, vai então, meu amigo, para um asilo e vive de esmolas em alguma cozinha. Se és moço, vai então trabalhar para a roça de alguém. O patrão cuidará para que tu não mandriones. Terás o mundo de Deus como uma prisão. E ainda vêm com condolências, os malditos perus: "É pouco temor a Deus. O temor está a desaparecer". E nós ficamos pondo neles as nossas esperanças, a nossa fé! Madraços idiotas, só fazem enganação com a sua segredice.

Vassíli Petróvitch cuspiu com raiva.

— Então, o nosso mujique simples daqui é melhor?
Vassíli Petróvitch ficou pensativo, depois cuspiu mais uma vez e respondeu com voz serena:
— Nem comparação.
— Por que coisa em particular?
— Por não saber o que deseja. O mujique simples daqui raciocina de um jeito, depois raciocina de outro; já do velho crente o raciocínio é um só. Tudo gira em torno do seu dedo. Tome esta simples terra ou escave um açude velho. Que importa que o tenham erguido com as mãos! Nele não há nada além de ramos, e ramos haverá, e, se os tirarmos, restará unicamente a terra, só que remexida por alguém inepto. Assim que pense: que é que é melhor?
— Como partiu de lá?
— Peguei e fui-me. Vira que não tinha nada que fazer ali e fui-me embora.
— E a esposa?
— Mas que tem ela de interesse para o senhor?
— Como a deixou sozinha lá?
— Para onde iria com ela?
— Levá-la consigo e viver com ela.
— Grande necessidade tinha eu!
— Vassíli Petróvitch, mas isso é cruel! E se ela o amasse?
— É uma asneira o que diz! E que amor era aquilo: hoje o *ustávchik*[34] lê uma oração e ela é minha esposa; amanhã, ela toma a bênção e vai dormir com outro para o quarto de despejo! Lá quero eu saber daquela mulher, lá quero saber de amor! E das outras mulheres do mundo!
— Mas ela não deixa de ser gente — digo-lhe. — Deveria ter-se compadecido dela, apesar de tudo.
— Ter pena de uma mulher por isso, ora!... Muito im-

---

[34] Assim se chamava o padre dos cismáticos. (N. do T.)

porta lá para mim com quem ela vai enfiar-se no quartinho de despejo. Há lá tempo para ficar triste com uma coisa dessas?! Sésamo, Sésamo, quem sabe como abrir Sésamo — eis aí quem faz falta! — concluiu o Toirovelha e bateu no peito. — Um varão, dai-nos um varão, a quem a paixão não torne escravo, e a ele somente nós conservaremos nos arcanos mais sagrados do peito.

A minha conversa com o Toirovelha não foi adiante. Depois de almoçar com os velhos, levei-o para o mosteiro, despedi-me do pai ecônomo e tomei a estrada para casa.

VIII

Uns dez dias após a minha despedida de Vassíli Petróvitch, estava eu sentado com a minha mãe e uma irmã no alpendrinho da nossa pequena casa. Escurecia. Toda a criadagem fora jantar, e por perto, fora da casa, além de nós, não havia ninguém. Em torno, reinava o mais profundo silêncio da noitinha, e de repente, em meio a esse silêncio, dois dos nossos grandes cães de guarda, que estavam deitados aos nossos pés, levantaram-se de um salto, precipitaram-se para o portão e lançaram-se furiosamente sobre alguém. Levantei-me e fui ver quem era o objeto do seu raivoso ataque. Encostado à cerca, estava o Toirovelha, que a custo defendia-se com um pau dos dois cães, que o atacaram com uma ferocidade de gente.

— Por pouco não me devoram, os malditos — disse, após eu ter afastado os cães.

— Veio a pé?

— Como vê, às zufussas.[35]

---

[35] Da expressão alemã *zum Fuss* (a pé). (N. do T.)

Vassíli Petróvitch trazia às costas o pequeno saco, com que costumava viajar.

— Vamos.
— Para onde?
— Para dentro.
— Não, lá eu não vou.
— Por que não?
— Estão lá umas senhoritas.
— Qual senhoritas! São a minha mãe e uma minha irmã.
— De qualquer jeito, não irei.
— Chega de esquisitices! Elas são pessoas simples.
— Não irei! — disse o Toirovelha em tom decidido.
— Mas onde vou enfiá-lo?
— É preciso enfiar-me em algum lugar. Eu não tenho para onde ir.

Lembrei-me da nossa casa de banho[36] do quintal, que no verão ficava vazia e não raramente servia de dormitório a alguns hóspedes. A nossa casa era pequena, de pequenos nobres, não de *pans*.[37]

Vassíli Petróvitch também não quis de jeito nenhum atravessar o terreno, passando em frente ao alpendre. Podia atravessar-se o jardim, mas eu sabia que a casa de banho estava trancada e que a chave se encontrava com a velha ama, que naquele momento jantava na cozinha. Deixar Vassíli Petróvitch sozinho não era possível, pois os cães, que estavam a poucos passos de nós e latiam enraivecidos, atacá-lo-iam de novo. Debrucei-me sobre a cerca, atrás da qual me encontrava com Vassíli Petróvitch, e gritei pela minha irmã. A me-

---

[36] Em russo, *bánia*: casinha de madeira, fora da residência, onde se toma banho de vapor. (N. do T.)

[37] *Pan*: grande senhor feudal, na Polônia e na Ucrânia antigas. (N. do T.)

nina veio correndo e parou perplexa, à vista da figura original do Toirovelha de casaquinho camponês e capuz de noviço. Mandei-a ir buscar a chave e, ao receber a ardentemente desejada chave, conduzi o meu inesperado hóspede através do jardim à casa de banho do quintal.

Eu e Vassíli Petróvitch conversamos durante a noite inteira. Era-lhe impossível voltar para o mosteiro, de onde viera, porque fora expulso dali por causa das conversas que tivera a ideia de travar com os romeiros. Ele ainda não tinha nenhum plano de ir para outro sítio. Os malogros não o desalentaram, mas tinham-lhe, por enquanto, desarranjado as ideias. Falou muito dos noviços, do mosteiro, dos romeiros, para ali concorridos de todos os lados, e falou de modo inteiramente coerente. Vassíli Petróvitch, morando no mosteiro, pusera em prática o plano mais original. Os varões a quem a paixão não tivesse tornado escravos, ele procurara-os nas fileiras dos humilhados e ofendidos da família do mosteiro e quisera abrir com eles o seu Sésamo, agindo sobre a massa de gente vinda em romaria.

— Esse caminho ninguém vê: ninguém o vigia; por ele não velam os seus criadores; mas é nele que há o que é preciso pôr em relevo — raciocinava o Toirovelha.

Evocando a vida do mosteiro, bem conhecida por mim, e as pessoas da categoria das humilhadas e ofendidas, estive disposto a reconhecer que as considerações de Vassíli Petróvitch em muito não eram desprovidas de fundamento.

O meu propagandista, porém, perdera já a chama interior. O primeiro varão que, na sua opinião, se achava acima das paixões, era um meu velho conhecido, o noviço Nevstrúev, que, então já ordenado como "diácono Luká", tendo-se tornado confidente de Bogoslóvski, achara de remediar a sua condição de humilhado e ofendido: revelara aos superiores "de que espírito" era o Toirovelha, e o Toirovelha fora expulso do mosteiro. Ele achava-se sem abrigo. Eu precisava ir a Petersburgo dali a uma semana, e Vassíli Petróvitch não tinha onde ficar. Ficar na casa da minha mãe era-lhe impossível, e ele próprio não o queria.

— Arranje-me de novo uma colocação, eu quero ensinar — disse.

Era preciso procurar-lhe uma colocação. Eu o fiz prometer que aceitaria o novo lugar só pelo emprego e não para outras finalidades, e comecei a procurar-lhe um abrigo.

IX

Na nossa província, há muitas aldeias de pequenas propriedades rurais. Em geral, usando a linguagem dos membros da Comissão Político-Econômica de São Petersburgo, entre nós, é muito disseminada a agricultura de minifúndios. Os seus proprietários, antes senhores de servos, após estes lhes terem sido tirados, continuaram a tocar as suas herdades; já os pequenos senhores de terras ficaram sem recursos e venderam os seus servos para envio a províncias distantes, e as terras a mercadores ou aos seus que haviam enriquecido. Perto de nós, havia cinco ou seis de tais propriedades, que haviam passado às mãos de pessoas de sangue não nobre. A cinco quilômetros de nós ficava a quinta Barkóv, que levava o nome do dono anterior, do qual se dizia que em tempos vivera em Moscou,

Em festa, alegria e riqueza.
E de várias mães
Tivera cinquenta filhas.[38]

---

[38] Versos do conto "O tsar Nikita e as suas quarenta filhas" (1822), de Púchkin. (N. da E.)

e na velhice se casara legalmente e vendera uma propriedade após outra. A quinta Barkóv, que fora outrora a residência do arruinado senhor de uma grande propriedade, pertencia agora a Aleksandr Ivánovitch Svirídov. Aleksandr Ivánovitch era filho de servos e aprendera a ler e a tocar música. Desde mocinho tocara violino na orquestra do latifundiário,[39] aos dezenove anos comprara a alforria por quinhentos rublos e tornara-se fabricante de vodca. Dotado de clara inteligência prática, Aleksandr Ivánovitch dera um início magnífico aos seus negócios. Primeiro, fizera-se a fama de melhor destilador das redondezas; depois, começara a construir destilarias e azenhas; com mais ou menos um milhar de rublos, que lhe tinha sobrado, fora para o norte da Alemanha por um ano e voltara dali um construtor tão bom, que a sua fama tinha ido longe. Nas três províncias vizinhas, conheciam-no e disputavam os seus serviços para uma obra e outra. Ele tocava os seus negócios com extraordinária competência e encarava com condescendência as fraquezas dos nobres, seus clientes. De modo geral, conhecia as pessoas e com frequência ria-se à sorrelfa de muitos, mas não era má pessoa e talvez até bondoso. Todos estimavam-no, com exceção dos alemães locais, de quem gostava de caçoar, quando eles tentavam introduzir algum ordenamento de civilidade entre gente semisselvagem. "Vai dar com os burros n'água", e o alemão realmente, como se fosse de propósito, dava com os burros n'água. Cinco anos depois do retorno de Mecklenburg-Schwerin, ele adquirira a herdade Barkóv ao seu antigo amo, inscrevera-se na corporação dos mercadores da nossa cidade, casara as duas irmãs e o irmão. Toda a família fora resgatada da condição de servos antes da viagem ao exterior e mantivera-se toda em torno de Aleksandr Ivánovitch. O irmão e os dois cunhados es-

---

[39] Os senhores de terras formavam grupos teatrais e orquestras dos seus servos. (N. do T.)

tavam a seu serviço, e com salário. Ele tratava-os com severidade. Não ofendia, mas mantinha-os sob regime de medo. E agia da mesma forma com os feitores e empregados. Não que ele gostasse de adulação e obséquios, mas assim... Tinha a convicção de que era "preciso, para que as pessoas não fiquem mal-acostumadas". Tendo comprado a herdade, Aleksandr Ivánovitch resgatou ao mesmo latifundiário a criada de quarto Nastássia Petrovna e contraiu matrimônio com ela. Eles viviam sempre em grande harmonia. As pessoas diziam que entre eles era só "concórdia e amor". Ao ter-se casado com Aleksandr Ivánovitch, Nastássia Petrovna, como se costuma dizer, "cevara-se, criara carnes". Ela fora sempre uma beldade, mas, casada, desabrochara como uma rosa exuberante. Alta, loira, gordota, mas airosa, de faces rosadas e grandes olhos azuis carinhosos, Nastássia Petrovna governava a casa magnificamente. Era raro o marido passar uma semana em casa, sempre para cá e para lá a trabalho, e ela tocava os negócios da propriedade, fazia as contas com os feitores e, quando necessário, comprava lenha e trigo para as destilarias. Era o braço direito de Aleksandr Ivánovitch em tudo, e por isso todos tratavam-na muito seriamente e com grande respeito, e o marido confiava nela totalmente e com ela não seguia a sua política de severidade. Ele não lhe recusava nada. Ela, porém, não exigia nada. Aprendera sozinha a ler e sabia assinar o nome. Tinham duas filhas: a mais velha com nove anos, e a menor com sete. A sua professora era uma russa. Nastássia Petrovna chamava a si própria, de brincadeira, "uma tonta analfabeta". E, a propósito, ela dificilmente sabia menos do que muitas senhoras ditas instruídas. De francês não sabia nada, mas livros russos ela simplesmente devorava. A sua memória era fabulosa. Contava a *História* de Karamzin[40]

---

[40] Nikolai Karamzin (1766-1826), historiador e o maior nome da

quase de cor. De versos conhecia uma infinidade. Gostava especialmente de Liérmontov e Nekrássov. O último era especialmente compreensível e simpático ao seu muito sofrido coração de serva da gleba de pouco antes. Na sua conversa, com frequência ainda irrompiam expressões camponesas, principalmente quando falava com animação, mas essa linguagem popular até lhe ficava extraordinariamente bem. Se ela se punha a contar com essa linguagem algo que lera, então, comunicava tal força ao seu relato, que depois tu já nem sentias necessidade de ler a tal coisa. Era uma mulher muito capaz. A nossa nobreza ia com frequência à casa de Svirídov, às vezes assim, só para provar o jantar alheio, mas mais a negócio. Em toda parte havia crédito aberto para Aleksandr Ivánovitch; já nos senhores de terras pouco se confiava, sabendo da sua incapacidade de pagar. Dizia-se: "quem a um aristocrata emprestar, vai ter de cem vezes urrar". Tal era a reputação deles. Falta cereal, não há de que destilar a vodca, e os adiantamentos foram ou torrados ou para pagar dívidas antigas?! Pois corre ao Aleksandr Ivánovitch. "Salva-me! Meu caro, assim-assado, sê meu fiador." E aí beijavam as mãos a Nastássia Petrovna, cheios de gentilezas e ingenuidade. E ela, quando saía, rebentava de rir: "Viram lá os girondinos?!". Nastássia Petrovna pusera o nome "girondinos" nos nobres quando uma senhorita de Moscou, de volta à sua propriedade arruinada, quisera "educar aquele meio bruto" e dizia: "como não consegue compreender, *ma belle Anastasie*, que em todos os lugares há os seus girondinos?!". Aliás, todos beijavam a mão a Nastássia Petrovna, e ela acostumara-se a isso. Mas havia também uns grandes descarados que lhe faziam declarações de amor e a chamavam para "a som-

---

literatura russa do período do Sentimentalismo. A referência é à sua *História do Estado russo*, obra em quatro volumes. (N. do T.)

bra de um rio". Um hussardo até tentou mostrar-lhe a segurança de um tal ato, se ela levasse consigo a carteira de couro de Aleksandr Ivánovitch. Mas

Eles sofreram sem lograr êxito.[41]

Nastássia Petrovna sabia como comportar-se com esses admiradores da beleza.

Pois foi a essas pessoas, Nastássia Svirídova e o marido, que decidi recorrer e pedir ajuda para o meu desajeitado camarada. Quando cheguei à sua casa, Aleksandr Ivánovitch, como costumava acontecer, estava fora; encontrei Nastássia Petrovna sozinha e falei-lhe do pupilo que o destino me enviara. Dois dias depois, levei o meu Toirovelha aos Svirídov e, uma semana depois, ali voltei para despedir-me.

— Que história é essa, irmão, de me deixares desorientada a esposa na minha ausência? — perguntou Aleksandr Ivánovitch, recebendo-me no alpendre.

— Como assim, desorientar a Nastássia Petrovna? — perguntei, não tendo entendido a pergunta.

— Como não, tem a bondade, pra que é que a puxas pra filantropia? Que bufão foi que lhe meteste nas mãos?

— Não o escute! — gritou da janela uma voz de contralto conhecida, um tanto áspera. — O seu Toirovelha é excelente. Fico-lhe muito agradecida por ele.

— É verdade, mas que bicho é esse que nos trouxeste? — perguntou Aleksandr Ivánovitch, quando entramos na sua sala de desenho.

— Um boi-almiscarado — respondi-lhe com um sorriso.

— É uma figura totalmente incompreensível!

— Em que sentido?

---

[41] Frase da comédia *O inspetor geral* (1836), de Nikolai Gógol. (N. da E.)

— É esquisitão de todo!
— Isso no começo.
— E quem sabe lá pro fim não seja pior?
Eu ri, e Aleksandr Ivánovitch também.
— Pois é, rapaz, a história é pra rir, mas onde enfiá-lo? Pois é, palavra, não tenho onde pôr um sujeito desses.
— Por favor, dá-lhe a oportunidade de ganhar algum dinheiro.
— Mas não é disso que falo! Não sou contra; mas onde pô-lo? Pois olha só como ele é — disse Aleksandr Ivánovitch, mostrando o Toirovelha, que naquele instante passava pelo terreiro.

Olhei como ele andava, com uma mão enfiada no peito, sob a jaqueta, e a outra ocupada em torcer uma trança, e eu próprio pensei: "Pois realmente, onde é que se poderia empregá-lo?".

— Coloca-o pra olhar o corte da mata — sugeriu Nastássia Petrovna ao marido.

Aleksándr Ivánovitch riu.

— Que fique lá no corte da mata, então — também disse eu.

— Eh, vocês parecem crianças pequenas! Que fará ele lá? Olhem que lá uma pessoa desacostumada acaba enforcando-se, de tanto tédio. Pra mim, o jeito é dar-lhe cem rublos, e ele que vá pra onde sabe e faça o que quiser.

— Não, não o mandes embora.

— Sim, isso seria ofender! — apoiou-me Nastássia Petrovna.

— Mas onde é que vou enfiá-lo? Aqui comigo é tudo mujique; eu próprio sou mujique; lá ele...

— Ele também não é nenhum fidalgo — disse eu.

— Nem fidalgo, nem camponês, nem serve pro que quer que seja.

— Passa-o para a Natássia Petrovna.

— É verdade, passa-o pra mim — interfiriu ela de novo.
— Fica, fica com ele, então, mãezinha.
— Pois está ótimo — disse Nastássia Petrovna.
O Toirovelha ficou aos cuidados de Nastássia Petrovna.

X

No mês de agosto, morando já em Petersburgo, recebi uma carta com valor declarado, que continha cinquenta rublos de prata. Na carta, estava escrito:

"Querido mano!
Eu presencio o extermínio[42] de florestas, que cresceram como patrimônio de todos, mas couberam por destino ao Svirídov. Eles deram-me os sessenta rublos de meio ano de trabalho, embora não tenha passado meio ano, ainda. Pelo jeito, foi a minha roupa a indicação para isso, mas essa ingenteleza deles que seja debalde: eu não preciso disso. Fiquei com dez pra mim, e os cinquenta incluídos nesta, envie-os imediatamente, *sem carta nenhuma*, à donzela camponesa Glafira Afinoguiénovna Múkhina, da aldeia Dubý, da província de ..., do distrito de ... Para não saberem da parte de quem. Essa é aquela que seria minha esposa: para o caso de ter nascido algum filho.
A minha vidinha aqui é odiosa. Não há nada para eu fazer aqui, o único consolo é que não há nada para fazer além do que toda a gente faz: ficar lembrando os pais e encher o bandulho. Aqui todos rezam ao Aleksandr Ivánovitch. Aleksandr Ivánovitch! Não há pessoa maior para ninguém. Todos

---

[42] A personagem usa *istrebliénie*, "extermínio", "destruição", "aniquilamento" e não *rubka*: "corte", "talhe", que seria a palavra mais usual. (N. do T.)

querem crescer e ficar do tamanho dele, mas quem é, em essência, esse varão do bolso grande?

Sim, compreendi agora certa coisa, compreendi. Eu resolvi pra mim a pergunta 'Ó Rússia, para onde vais?',[43] e você não tenha medo: eu não me irei daqui. Não há para onde ir. Em todo lado é a mesma coisa. Saltar os Aleksandres Ivánovitches é impossível.

Vassíli Bogoslóvski.
Ólguina-Póima
3 de agosto de 185..."

Nos primeiros dias de dezembro, recebi outra carta. Com essa carta, Svirídov comunicava-me que partiria para Petersburgo com a esposa, e pedia-me que lhe arranjasse uma casa cômoda.

Uns dez dias depois dessa segunda carta, Aleksandr Ivánovitch e a esposa estavam instalados numa casa adorável, defronte ao Teatro Aleksandrinski, aqueciam-se com chá e aqueciam a minha alma com falarem daquela terra distante,

Onde eu tivera sonhos dourados.[44]

— Mas por que não me dizem — perguntei, apanhando um momento oportuno — o que anda a fazer o meu Toirovelha?

— Dá coices, irmão — respondeu Svirídov.

— Como assim dá coices?

— Vem lá com as esquisitices dele. À nossa casa não vem, faz pouco caso, sei lá; vivia metido com a malta de tra-

---

[43] Frase do romance *Almas mortas*, de Gógol. (N. do T.)

[44] Nenhuma edição desta novela informa a fonte do verso, que pode ter sido inventado por Leskov. (N. do T.)

balhadores, e agora parece que até disso está cheio: pediu que o mandassem para outro lugar.

— Mas e a senhora? — perguntei a Nastássia Petrovna.
— Era na senhora que estava toda a esperança de domesticá-lo.

— Qual esperança! É dela que ele foge.

Eu olhei para Nastássia Petrovna, e ela para mim.

— Que fazer? Meto-lhe medo, pelo jeito.
— Mas como é que é isso? Conte-me.
— Que dizer? E não há de que falar. Simplesmente, chegou pra mim e disse: "Deixe-me ir". — "Para onde?" — digo-lhe eu. — "Eu não sei." — "Mas que faz vossemecê sentir-se mal na minha casa?" — "Eu não estou mal aqui, mas deixe-me ir." — "Mas qual é o problema?" Ele fica calado. "Fez-lhe alguém alguma coisa, foi isso?" Continua calado e apenas torce as tranças. "Vossemecê, digo-lhe eu, deveria dizer à Nástia o que estão a fazer-lhe de mau." "Não, vossemecê, diz ele, mande-me para outro serviço." Deu-me pena despedi-lo, e mandei-o para outra derrubada de árvores, para Jógovo, que fica a mais de trinta quilômetros dali. Ainda está lá — acrescentou Aleksandr Ivánovitch.

— Mas com que foi que o desgostou tanto? — perguntei a Nastássia Petrovna.

— Sabe lá Deus: não lhe dei desgosto nenhum.
— Ela cuidou dele que nem mãe — apoiou Svirídov. — Costurou pra ele, deu roupa, calçado. Tu bem sabes o coração que ela tem.

— Bem, e que resultou disso?
— Pegou aversão a mim — rindo, disse Nastássia Petrovna.

Comecei uma vida agradável com os Svirídovs em Petersburgo. Aleksandr Ivánovitch ocupava-se o tempo todo de negócios, e eu e Nastássia Petrovna só "vadiávamos". A cidade agradara-lhe muito; mas ela gostara especialmente do teatro. Todas as noites íamos a algum teatro, e isso jamais a aborrecia. O tempo passava rápido e agradável. Do Toirovelha, entrementes, eu recebera mais uma carta, em que ele se exprimia com terrível maldade em relação a Aleksandr Ivánovitch. "Bandoleiros e estrangeiros — escrevia — pra mim, são melhores do que esses ricaços russos! E todos estão a favor deles, e dá a maior raiva, de estourar o ventre, quando pensas que as coisas são assim e que assim devem ser e que todos estão a favor deles. Eu vejo uma coisa extraordinária: vejo que ele, esse Aleksandr Ivánovitch, em tudo me estivera atravessado ao caminho, antes de eu conhecê-lo. Eis aí o inimigo do povo — esse tipo de homem bem nutrido, que alimenta com migalhas os seus miseráveis sem esperança, para que eles não morram de vez e possam trabalhar pra ele. Pois esse mesmo cristão combina com o nosso temperamento, e ele vencerá a todos e obterá quanto lhe estiver destinado. Com as minhas ideias, um mundo só é pequeno para nós dois. Eu dou-lhe passagem, já que ele é o querido dos outros. Ele ao menos poderá ser útil a alguém, enquanto eu, eu vejo-o, não sirvo para nada. Não foi à toa que me puseram um nome de fera. Ninguém me reconhece como seu, e eu também não consegui reconhecer o meu semelhante em ninguém." Em seguida, pedia-me para escrever dizendo se eu estava vivo e como ia Nastássia Petrovna. Nesse entrementes, de Výtrega vieram ter com Aleksandr Ivánovitch uns tanoeiros, que acompanhavam uma partida de vodca de uma destilaria. Eu alojei-os em casa, na cozinha vazia. Gente toda minha conhecida. Certa vez, pegáramos a falar duma coisa e outra, e a conversa chegou até o Toirovelha.

— Como vai ele lá? — pergunto-lhes.
— Vai indo!
— Pra cá e pra lá — ajunta outro.

— E que trabalho faz?
— Ora, que trabalho se pode esperar dele! Não se sabe pra que o patrão o mantém.
— Em que é que ele ocupa o tempo?
— Vadia pela floresta. Por ordem do patrão, era pra ele fazer a contabilidade da madeira cortada, a modo de intendente, mas nem isso ele faz.
— E por quê?
— Vá lá saber. Bondade de mais do patrão.
— E olha que ele tem saúde — continuou outro tanoeiro. — Uma vez, ele pegou o machado, e foi cada golpe, que olha, saía até faísca.
— E também entrou na guarda.
— Que guarda?
— O povo rosnava que uns tais fugitivos andavam por lá, e aí ele deu de sumir por noites inteiras. A gente achou que ele pudesse estar mancomunado com esses fugitivos, e pôs o olho nele. Uma vez, ele saiu, e atrás dele foram três. Eles olham, e lá vai ele direto pra casa do patrão. Só que não era nada, não era pra preocupar. Chegou, sentou, dizem eles, debaixo de um salgueiro, em frente das janelas da casa, chamou a Sultanka, que é a cadela de guarda, e ficou ali sentado até clarear; quando clareou, levantou e foi pro seu posto. Do mesmo jeito no outro dia e no terceiro. Os nossos, então, largaram de vigiar o Toirovelha. Calcula só, até o outono ele foi todo dia. Uma vez, depois da Assunção, a rapaziada tinha começado a deitar, pegam e dizem a ele: "Chega, Petróvitch, de ir fazer guarda! Fica aqui, dorme". Ele não disse nada, mas dois dias depois ficamos sabendo que tinha pedido uma licença: o patrão tinha-o mandado pra outra propriedade.
— Mas, quero saber, as pessoas gostavam dele?
O tanoeiro pensou e disse:
— Acho que sim.
— Pois ele é boa gente.

— É, não fazia mal pra ninguém. Pegava, às vezes, pra falar de Filaret, o Misericordioso, ou de não sei quê, e levava a conversa sempre pro lado da bondade e contra a riqueza falava bem. Da nossa rapaziada era um montão pra escutá-lo.

— E, então, pois: era do gosto deles?

— Não desgostavam. E também, vez ou outra, ele fazia alguma coisa engraçada.

— Mas que é que pode ser engraçado?

— Quer ver, pra modo de exemplo, falava-falava da divindade e de repente passava pros patrões. Pegava um bocado de ervilhas, escolhia as mais graúdas e punha tudo em cima do casaco. "Este aqui, diz ele, o mais grandão, é o rei; os um pouquinho menores do que ele, os seus ministros e príncipes; já estes, olhem, menores, são os donos de terras, os padres pançudos; e isto aqui, e ele aponta prum montinho, isto aqui, diz, somos nós, a gente, os semeadores." E aí dá uma mãozada com esses semeadores em todo mundo, nos príncipes e nos mercadores pançudos: deixa todo mundo igual. E forma um monte só. Pois então, já se vê, a gente ria. Mostra de novo essa comédia, pediam.

— Ele é assim, todo mundo sabe, meio maluco.

Não restava outra coisa senão calar.

— Mas de que gente vem ele? Não é de comediantes, por um acaso?

— De onde tiraram vocês uma ideia dessas?

— O povo é que dizia. O Mironka é que dizia.

Mironka era um mujique pequeno, inquieto, companheiro de longa data de Aleksandr Ivánovitch nas viagens. Tinha fama de cantor, contador de histórias e galhofeiro. E, realmente, ele, às vezes, inventava umas patranhas disparatadas, soltava-as magistralmente entre a gente simplória e deliciava-se com os frutos da sua inventividade. Estava claro que Vassíli Petróvitch, tendo-se tornado uma figura misteriosa para o pessoal que cortava árvores, tornara-se também objeto de murmurações e que Mironka se valera dessa circunstância para fazer da minha personagem um comediante aposentado.

XI

Era Páscoa. Eu e Nastássia Petrovna tínhamos, com muita dificuldade, conseguido bilhetes para um espetáculo vespertino. Era a peça *Esmeralda*, que ela havia muito queria ver. O espetáculo correu muito bem e, pelos costumes teatrais russos, terminou muito tarde. Era uma noite serena, e eu e Nastássia Petrovna fomos para casa a pé. No caminho, notei que a minha destiladora de vodca estava muito pensativa e com frequência dava respostas despropositadas.

— Em que tanto pensa? — perguntei-lhe.
— Que foi?
— A senhora não ouve o que lhe digo.
Nastássia Petrovna riu.
— Em que acha que estou pensando?
— É difícil adivinhar.
— Mas, vamos lá, por exemplo?
— Na Esmeralda.
— Pois, quase adivinhou; não foi bem a Esmeralda que me impressionou, mas o pobre Quasímodo.
— Sente pena dele?
— Muita. Eis a verdadeira desgraça: ser uma pessoa a quem é impossível amar. E dá pena dessa pessoa, quer-se libertá-la da sua dor, mas é impossível fazer isso. É terrível! E não é possível, não é possível de nenhum modo — prosseguiu ela, pensativa.

Sentados à mesa para o chá, à espera de Aleksandr Ivánovitch para jantarmos, nós conversamos por longo tempo. E nada de o Aleksandr Ivánovitch chegar.

— Eh! Demos graças a Deus por não haver gente assim no mundo.
— Que tipo de gente? Como Quasímodo?
— Sim.
— E o Toirovelha?
Nastássia Petrovna deu uma palmada na mesa e, inicialmente, riu, mas, em seguida, como que se envergonhou do seu riso e disse baixinho:
— Pois realmente!
Ela aproximou de si a vela e ficou a olhar fixamente para a chama, com os seus belos olhos levemente entrefechados.

XII

Os Svirídov permaneceram em Petersburgo até ao verão. Por causa dos negócios, dia após dia haviam adiado a sua partida. E convenceram-me a ir com eles. Viajamos juntos até à capital do nosso distrito. Ali, eu tomei uma carruagem de posta para a casa da minha mãe, e eles foram para a sua, tendo-me feito prometer que os visitaria dali a uma semana. Aleksandr Ivánovitch pretendia, assim que chegasse a casa, ir a Jógovo, onde se fazia corte de mata e onde então se encontrava o Toirovelha, e prometeu que estaria em casa uma semana depois. Os meus não me esperavam, e ficaram muito contentes de ver-me... Eu disse que durante mais ou menos uma semana não sairia dali; mamãe chamou um meu primo e esposa, e tiveram início várias deleitações bucólicas.
Assim se passaram uns dez dias, e no décimo primeiro ou décimo segundo, de madrugada, veio a mim, um tanto inquieta, a minha velha ama.
— Que é? — perguntei-lhe.
— Veio gente por ti, meu amiguinho, mandada lá da herdade Barkóv.

Entrou um menino de doze anos e, sem nenhum gesto de saudação, passou o chapeuzinho de uma mão para a outra umas duas vezes, pigarreou e disse:

— A patroa manda pra ti ir pra lá agora já.
— Está bem a Nastássia Petrovna? — pergunto.
— E comé que podia tar?
— E Aleksandr Ivánovitch?
— O patrão também num tá — respondeu o menino, depois de pigarrear mais uma vez.
— Onde é que está o patrão?
— Pra Jógovo, lá, ih, aconteceu uma coisa.

Mandei selarem um dos cavalos da troica de mamãe e, tendo-me vestido num minuto, parti a galope acelerado para a quinta Barkóv. Eram só cinco horas da manhã, e em casa todos ainda dormiam.

Na casinha da herdade, quando ali cheguei, todas as janelas, com a exceção do quarto das crianças e da governanta, estavam já abertas, e a uma das janelas estava Nastássia Petrovna, envolta em um grande xale azul-claro. Ela respondeu desconcertada à minha saudação e, enquanto eu amarrava o cavalo a uma estaca, acenou-me duas vezes para que me apressasse.

— Ah, que desgraça!
— Que foi?
— Aleksandr Ivánovitch, faz três dias, de tardezinha, foi pra Turukhtanovka, e hoje, às três horas da madrugada, mandou de lá com um estafeta este bilhetinho aqui.

Ela deu-me a carta amassada, que até então tivera em mãos.

"Nástia! — escrevia Svirídov. — Manda depressa pra M. uma telega com dois cavalos, pra entregarem uma carta ao médico e uma ao corregedor. O teu esquisitão fez uma daquelas. Ontem de tardinha conversou comigo e hoje, antes da merenda, enforcou-se. Manda alguém mais despachado ir comprar as coisas de praxe e que tragam depressa o caixão. Agora não é hora pra tratar dessas coisas. Por favor, apressa-te e explica direitinho a quem mandares o que é pra fazer com as cartas. Bem sabes quanto vale cada dia, e aqui há um cadáver.

Teu *Aleksandr Svirídov*"

Dez minutos depois, parti a galope para Jógovo. Serpeando por vários caminhos vicinais, logo acabei por perder o caminho verdadeiro e só quase ao fim da tarde cheguei à floresta de Jógovo, onde se fazia o corte de uma mata. Esfalfara completamente o cavalo e eu próprio estava extenuado da longa cavalgada naquele calorão. Entrado na clareira onde ficava a isbá dos vigias, vi Aleksandr Svirídov. Ele estava no alpendre, só de colete, e segurava o ábaco.[45] O seu rosto estava, como de costume, tranquilo, mas um pouco mais sério do que de costume. À sua frente, estavam uns trinta mujiques. Estavam sem gorro, com os machados enfiados na cintura. Um pouco à parte deles, estavam o capataz Oréfitch, meu conhecido, e, mais afastado, o cocheiro Mironka. Ali também estava, desatrelada, a parelha de robustos cavalos de Aleksandr Ivánovitch.

Mironka veio correndo e, tendo pegado o meu cavalo, disse com um sorriso alegre:

— Que suadela boa, eh!

— Leva, leva direitinho! — gritou-lhe Aleksandr Svirídov, sem largar o ábaco.

— Então é assim, é assim, minha gente? — perguntou ele, dirigindo-se aos camponeses, que estavam em pé, à sua frente.

---

[45] As contas faziam-se ao ábaco em estabelecimentos comerciais, bancos, feiras e repartições públicas. (N. do T.)

— Deve ser, é assim, Aleksandr Iványtch — responderam várias vozes.
— Bem, com a bênção de Deus, então, já que é assim — respondeu ele aos camponeses, estendeu-me a mão e, tendo-me olhado nos olhos por algum tempo, disse:
— Então, irmão?
— Quê?
— Que tal essa dele?
— Enforcou-se.
— Pois, puniu a si próprio. Por quem soubeste?
Contei-lhe como fora.
— Ela foi inteligente, mandando chamar-te; eu cá, reconheço, nem pensei. E que mais sabes? — perguntou, em voz baixa, Aleksandr Ivánovitch.
— Ainda não sei de nada. E haverá mais por saber?
— E como! Ele, aqui, irmão, veio com uma cantata, que Deus me livre! Agradeceu a minha hospitalidade. E a ti e à Nastássia Petrovna meu muito obrigadinho: foram-me arranjar um caixão.
— Mas que é? — digo eu. — Fala de modo que se entenda!
Eu estava apoquentado a mais não poder.
— Ele pegou, irmão, a interpretar as escrituras do jeito dele, e eu digo-te, não de um jeito honesto, mas de um jeito bobo. Começou lá com uns tais publicanos, aí passou lá pro Lázaro indigente, daí pra quem pode passar pelo buraco da agulha e quem não pode, e foi virando o negócio todo pro meu lado.
— Como foi que virou a conversa contra ti?
— Como? Assim, quer ver, na conceituação dele, eu sou um "mercador, a pata que ancinha tudo para si", e que é preciso que os camponeses me arrebentem a moleira.
A coisa ficou clara.

— Bem, e os camponeses, que fizeram? — perguntei a Aleksandr Ivánovitch, que me olhava de modo significativo.

— Os rapazes, nada, pelo que se sabe.

— Quer dizer, provocaram para verem quem ele era, é?

— Já se vê. São uns lobos! — prosseguiu Aleksandr Ivánovitch com um sorriso malicioso. — Ficavam lá pra ele, fingindo ignorância: "Nisso, Vassíli Petróvitch, leva jeito que tu tás ca razão. Nós vamos preguntar pro padre Piotr, quando a gente encontrar". Pra mim cá contavam isso tudo mais do jeito de brincadeira, e diziam: "Num tá certo, não, o que ele fala". E repetiam-lhe na cara as coisas que ele dizia.

— Bem, mas e na continuação?

— Eu deixava passar, fazendo-me desentendido; mas, agora que aconteceu uma desgraça destas, convoquei o pessoal como que pra conferir as contas e, disfarçado, lancei uma questãozinha boa, se não era tudo conversa fiada, se não é pra tirar da cabeça e não voltar a comentar.

— E será um bem eles observarem isso.

— Na certa que vão observar, não virão com bobagens pra cima de mim.

Entramos na isbá. Sobre o banco de Aleksandr Ivánovitch, coberto por um feltro multicor de Kazan, feito de pele de ovelha, estava uma almofada de marroquim encarnado; a mesa estava coberta com uma toalhinha limpa, e sobre ela fervia alegremente o samovar.

— Que é que lhe deu na telha? — disse eu, sentando-me à mesinha com Svirídov.

— Vá lá saber! De uma mente grande sai mesmo tudo o que é ideia. Eu não suporto esses seminaristas.

— Foi anteontem a conversa de vocês?

— Foi. Entre nós não houve nadinha de desagradável. À noitinha, os trabalhadores vieram, servi vodca, conversei com eles, dei dinheiro a quem pedira um adiantamento; foi aí que ele deu o pira. De manhã, nem sinal dele, e aí pouco antes da merenda, uma menina disse pros trabalhadores: "Olha, ali, pra lá da clareira, tá uma pessoa enforcada". Os rapazes foram lá, e ele, coitado, já estava rígido. Na certa, acho que ele se enforcara naquela noite, ainda.

— E mais nada de desagradável houvera entre vocês?
— Nadinha.
— Não terás dito nada a ele?
— O que foste imaginar!
— Não deixou nenhuma carta?
— Nenhuma.
— Não olhaste entre os seus papéis?
— Papéis parece que ele não tinha.
— Seria bom olharmos tudo, enquanto a polícia não chega.
— Vamos.
— Não era um bauzinho, o que ele tinha? — perguntou Aleksandr Ivánovitch à cozinheira.
— O falecido? Um bauzinho.

Trouxeram um bauzinho não trancado. Abrimo-lo em presença do capataz e da cozinheira. Não havia nada nele, a não ser duas mudas de roupa branca, um ensebado livro de citações de obras de Platão e um lenço sujo de sangue, embrulhado em papel.

— Que lenço é este? — perguntou Aleksandr Ivánovitch.
— Isso foi que o falecido cortou um dedo na frente da patroa e aí ela enfaixou com um lenço dela — respondeu a cozinheira. — Pois é este mesmo — acrescentou a mulher, depois de olhar o lenço mais de perto.
— Pois aí está tudo — disse Aleksandr Ivánovitch.
— Vamos lá a vê-lo.
— Vamos.

Enquanto Svirídov se vestia, examinei atentamente o papel em que estava embrulhado o lenço. Era um papel inteiramente limpo. Folheei as páginas do livro de Platão; não havia nem a menor anotação em lugar nenhum, apenas trechos sublinhados com a unha. Li o que fora assinalado:

"Os persas e os atenienses perderam o equilíbrio, uns ampliando demasiadamente os direitos da monarquia e os outros levando longe demais o amor à liberdade."

"Não se põe um boi como chefe de bois, mas um homem. Que reine o gênio."

"O poder mais próximo da natureza é o poder do forte."

"Onde os velhos são desavergonhados, também os jovens serão necessariamente desavergonhados."

"É impossível ser perfeitamente bom e perfeitamente rico. Por quê? Porque quem adquire com meios honestos e desonestos, adquire duas vezes mais do que quem adquire só com meios honestos, e quem não faz sacrifícios pelo bem, despende menos do que aquele que está disposto a nobres sacrifícios."

"Deus é a medida de todas as coisas, e a mais perfeita medida. Para ser semelhante a Deus, é necessário ser comedido em tudo, até nos desejos."

Aqui, à margem, havia palavras, debilmente escritas com uma espécie de papa avermelhada pela mão do Toirovelha. A muito custo consegui decifrar: "*Vaska parvalhão! Por que não és padre? Por que cortaste as asas à tua palavra? Se não está de casula, o professor é um bufão para o povo, um insulto a si próprio, um arruinador de ideias. Eu sou um ladrão e, quanto mais longe for, tanto mais roubarei*".

Eu fechei o livro do Toirovelha.

Aleksandr Ivánovitch vestiu o seu casaco, e nós fomos para a clareira. Dela tomamos à direita e seguimos pelo espesso pinhal; atravessamos o aceiro donde começava o corte e entramos de novo em uma grande clareira. Ali havia duas enormes medas de feno do ano anterior. Aleksandr Ivánovitch deteve-se no meio da clareira e, tendo enchido o peito de ar, gritou alto: "Ei! Ei!". Não houve resposta. A lua iluminava esplendidamente a clareira e estendia das medas duas longas sombras.

— Ei! Ei! — gritou Aleksandr Ivánovitch pela segunda vez.

— Ei-ei! — responderam, à direita, da floresta.

— Eis onde é! — disse o meu acompanhante, e nós dirigimo-nos à direita.

Dez minutos depois, Aleksandr Ivánovitch gritou novamente e responderam-lhe imediatamente, e em seguida vimos dois mujiques: um velho e um rapaz. Ambos, ao verem Svirídov, tiraram os gorros e ficaram abordoados com os cotovelos aos seus bastões.

— Salve, cristãos!
— Salve, Liksandra Iványtch!
— Onde está o falecido?
— Bem aqui, Liksandra Iványtch.
— Mostrem: eu não observei direito o lugar.
— Lá está ele.
— Onde?
— Bem ali!

O camponês deu uma risota e indicou à direita.

A três passos de nós, pendia de um ramo o Toirovelha. Ele enforcara-se com o cinto fininho dos camponeses, atado a um galho a uma altura não superior à de uma pessoa. Os joelhos estavam dobrados e quase tocavam o chão. Como se ele se houvesse ajoelhado. Até as mãos, conforme o seu costume, estavam enfiadas nos bolsos do casaquinho. A sua figura toda estava oculta à sombra, enquanto sobre a cabeça, filtrando-se por entre os ramos, caía a pálida luz da Lua. Pobre cabeça, aquela! Naquele momento, ela já estava em paz. As tranças, tal como antes, espetavam-se para cima, como os cornos de um carneiro, e, turvos, os olhos petrificados miravam a lua com a expressão que fica nos olhos de um touro, depois que o golpeiam várias vezes com a marreta na cabeça e, em seguida, lhe passam o cutelo pela garganta. Era impossível ler neles o pensamento pré-mortal daquele mártir voluntário. Eles não diziam nem o que diziam as citações de Platão e o lenço com a mancha encarnada.

— Eis como é tudo: existia uma pessoa, e é como se ela não houvesse existido — disse Svirídov.

— Ele é pra apodrecer, e vossemecê, pra viver, paizinho Liksandra Iványtch — disse o velhinho com vozinha melíflua e aduladora.

Ele também disse que a ele tocava apodrecer, e aos Aleksandres Ivánovitches, viver.

Era sufocante ali, naquele cantinho escuro da floresta, escolhido pelo Toirovelha para termo dos seus tormentos. Já na clareira tudo era tão luminoso e alentador. A lua banhava-se no azul do céu, e os pinheiros e os abetos dormitavam.

(Paris, 28 de novembro de 1862)

COMENTÁRIOS AOS CONTOS

Noé Oliveira Policarpo Polli

O ESPÍRITO DA SENHORA GENLIS
("Дух госпожи Жанли")

Publicado primeiramente na revista humorística *Oskólki* (Estilhaços), números 49 e 50, de 5 e 12 de dezembro de 1881. O título foi tirado do livro *O espírito da senhora Genlis* (*Dukh gospoji Janli*), da escritora francesa Stéphanie-Félicité de Genlis (1746-1830), saído, em tradução russa, em Moscou, no ano de 1808.

O espiritismo chegou à Rússia lá pelos idos de 1860 com "médiuns" ingleses e estadunidenses, por patrocínio de milionários russos que os haviam conhecido em viagens ao exterior. Corriam tantas histórias de aparecimento de espíritos e levitação de gente e objetos em salões da aristocracia e da corte, que Leskov procurou informar-se do assunto e acompanhar os trabalhos das comissões de estudo de fenômenos paranormais, instituídas por universidades e encabeçadas por acadêmicos de prestígio, como Dmitri Mendeléiev, o criador da Tabela Periódica dos Elementos Químicos. Apesar do peremptório veredicto de charlatanismo, emitido nos relatórios oficiais pelos homens da Ciência acerca dos intermediários entre o mundo dos vivos e o dos mortos, o espiritismo teve adeptos e o apoio de órgãos de imprensa até ao primeiro decênio do século XX.

Leskov viu-o sempre apenas como forma de misticismo. Ele devia decerto gostar duma passagem de William

Shakespeare: em *Henrique IV*, duas personagens dialogam: — "Eu posso invocar os espíritos do abismo." — "Eu também posso, qualquer pessoa pode, a única questão é se eles virão".

O que interessava a Leskov, que via o espiritismo apenas como uma forma de misticismo, eram apenas a Literatura, o seu papel na educação da juventude e a liberdade do artista. A primeira ilação da personagem-narrador ("Para falarmos de algum livro, devemos tê-lo lido antes") devia estar dirigida aos críticos de então, quase todos hostis a Leskov, e serve também de bofetada na cara de muita gente de hoje que fala deste e daquele autor, sem nunca os haver lido ou compreendido. A opinião do diplomata, político do governo, por sua vez, é que os escritores representam uma malta perigosa (possuem veneno, como as serpentes) e, tal como os espíritos, são indignos da nossa confiança.

Viagem com um niilista
("Путешествие с нигилистом")

Publicado originalmente no jornal *Nóvoie Vrémia* (Novo Tempo), em 1882, com o título "Noite de Natal num vagão. Viagem com um niilista".
Segundo escreve Andrei Leskov, filho do escritor, no livro *Jizn Nikolaia Leskova* (*A vida de Nikolai Leskov*), o conto inspirou-se num incidente relatado, três anos antes, por uma amiga da família. Viajava essa senhora num trem certa vez, à altura do Natal, e no seu vagão um homem respondia com um irritado "Não desejo" a todos os pedidos de que tirasse de cima do banco uma cesta supostamente dele. Os funcionários da ferrovia, incitados pelos passageiros, pretendiam chamá-lo à ordem na sua estação de destino e aplicar-lhe uma multa, mas eis que ele ali é recebido com todas as honras por

autoridades locais, ainda na plataforma. Era um promotor de justiça, e verificou-se que a cesta não lhe pertencia.

A primeira ferrovia russa construiu-se em outubro de 1837, com 27 km de extensão, no povoado de Tsárskoie Seló, nas cercanias da capital. A linha São Petersburgo-Moscou foi inaugurada em 1851, e tudo nela fora importado da Europa Ocidental, das locomotivas e vagões até os parafusos de prender os carris (trilhos) às travessas (dormentes).

A possibilidade de o passageiro do conto ser um "terrorista" perigoso e armado até aos dentes relaciona-se com o fato de, à época, membros da organização *Naródnaia Vólia* (Vontade do Povo) praticarem atentados contra representantes do poder, havendo, num deles, matado o tsar Alexandre II, em 1º de março de 1881. Os padres, nas prédicas, faziam ativa campanha contra os revolucionários, e pessoas portadoras de volumes eram olhadas com suspeita. Na figura do diácono, há farpas contra a cúpula da Igreja Ortodoxa (que vemos em outros contos do autor, como "A fera", "O papão" e "O canhoto"); Leskov, assim como Tolstói, achava-a distanciada daquilo que considerava "a verdadeira fé".

O conto pode ver-se como uma fotografia instantânea do contexto histórico. A palavra "niilismo" provém do latim *nihil* (nada) e designa correntes (filosóficas, éticas, estéticas, religiosas) de pensamento, com raízes nos primeiros séculos da nossa era, que teriam em comum a negação dos valores, normas, tradições e princípios estabelecidos. Já "niilista" é criação do crítico e cientista Nikolai Nadiéjdin, que a usou no artigo "Sónmichtche niguilístov" ("Ajuntamento de niilistas"), publicado na revista *Viéstnik Evrópy* (O Mensageiro da Europa) em 1829. O termo "niilista" popularizou-se a partir de março de 1862, com a publicação do romance *Pais e filhos*, de Ivan Turguêniev, pelo fato de uma das personagens principais, o estudante Bazárov, oriundo das classes subalternas, compartilhar ideias dos democratas de tendência revolucionária da década de 1860. Em meio às acaloradas discussões dessa obra, passaram a acoimar os populistas revolucionários de "niilistas". Turguêniev costumava contar que, ao seu retorno a Petersburgo, depois de uma viagem ao exterior, em maio de 1862, bem na semana dos grandes incêndios ali ocorridos, a palavra "niilista" já andava na boca de toda a gente e que o primeiro conhecido encontrado na rua logo increpou-o, mandando-o ver o que os niilistas "dele" estavam a fazer à cidade.

O FANTASMA DO CASTELO DOS ENGENHEIROS
("Привидение в инженерном замке")

Publicado primeiramente no jornal *Nóvosti i Birjevaia Gazieta* (Notícias e Jornal da Bolsa de Valores), em novembro de 1882, sob o título *"Posliédnee prividiénie v Injeniérnom Zamkié. Rasskaz"* ("O último fantasma do Castelo dos Engenheiros. Conto").

Andrei Nikoláievitch, filho de Leskov, em seu livro já citado, refere que o conto nasceu dum fato relatado ao escritor por um engenheiro, capitão do Exército: "Ivan Zaporójski contou uma travessura de meninos, presenciada por ele ao pé do caixão do diretor da Escola de Engenharia Militar, general Lomnóvski". O general Piotr Karlovitch Lomnóvski (no conto, Leskov o chama "Lamnóvski") dirigira o estabelecimento de 1844 a 1860 e não morreu em novembro, mas a 27 de janeiro daquele ano.

O conto possui todas as características do gênero dos dias santos, precisando somente da inclusão de algum adjunto adverbial de tempo que atrelasse a ação ao fim ou comecinho de ano.

Apresenta, por outro lado, traços da literatura gótica. Começa com alusão a "construções habitadas por fantasmas e outros seres impuros" e aponta aquele como um "castelo terrível", cheio de "casos assustadores". Castelos costumam ter passagens secretas, masmorras, corredores escuros e algum aposento misterioso, no caso a alcova do fantasma de Pedro, o Grande; ela pode, simbolicamente, representar o lado obscuro das pessoas e a morada do "homem cinzento".

O velório do diretor enseja a criação de um ambiente sinistro, amplificador das comoções humanas, especialmente o medo e a ansiedade; era já novembro, "quando Petersburgo tem o seu aspecto mais misantrópico: frio, umidade, a qual chega até os ossos, e lama; a iluminação, sobremaneira embaciada, dos dias nublados age de modo penoso nos nervos e, por meio deles, no cérebro e na fantasia. Tudo isso produz uma mórbida inquietação do espírito e certa angústia". Deixados sozinhos no imenso castelo, em noite de tempestade, os quatro meninos da guarda do caixão sentem-se desamparados e entregues a forças acima do entendimento humano; nesses momentos de mistério e suspense, em que o metafísico prevalece sobre o físico, e de quase insanidade, aflora um psiquismo nada saudável das personagens: "tudo fica a meia-luz e todos sentem vontade de dizer o que carregam de mau na ideia". Uma personagem, então, explora os limites do desconhecido e de si; a sua subsequente experiência de pavor equivale ao elemento "fantástico" do conto dos dias santos e dá a "moral", bem cristã: até a pessoa mais detestável tem alguém que o ame, e ninguém deve alegrar-se com a morte de outrem.

O "final feliz" é o fato de que, "desde então, na escola acabaram os horrores causados por fantasmas".

O RUBLO MÁGICO
("Неразменный рубль")

Publicado primeiramente como "O rublo mágico. História natalina", na revista *Zaduchévnoe Slovo* (Palavra Amiga), em dezembro de 1883.

Pertence ao gênero conhecido como "conto natalino". Este provém da tradição europeia ocidental, que tem Charles Dickens como fundador e tornou-se popular na Rússia no decênio de 1840, com a tradução de obras suas, bem como de E. T. A. Hoffmann e Hans Christian Andersen. O grande mestre inglês, com histórias publicadas nos números decembrinos de revistas da Inglaterra, estabeleceu uma tradição sólida, assimilada pela literatura europeia. O modelo dickensiano do gênero enriqueceu-se, na Rússia, com os motivos dos contos dos dias santos do século XVIII e da primeira metade do século XIX. Tornou-se comum, entre os escritores russos de então, escrever histórias cuja ação transcorresse por volta da última semana do ano e da primeira do seguinte e contivesse algum acontecimento extraordinário e edificante — era uma "literatura de calendário", com presença certa nos jornais e revistas do país, no período dos grandes feriados invernais.

Ela destinava-se às crianças e aos adultos, bem como ao leitor já exigente e ao iniciante, e era, ao fim e ao cabo, para ler-se pela família toda, precisamente nessa quadra, de descanso e atividades temporariamente interrompidas, quando a comida e a bebida são ingeridas em excesso.

A Rússia possui rico folclore acerca do dinheiro. Um camponês, ao lavrar a terra, quando encontrasse uma moeda, deveria cuspir-lhe nos dois lados, para espantar a maldição nela eventualmente posta. Quem encontrasse alguma, tinha duas escolhas: fazer-lhe uma reverência, isto é, inclinar-

-se e pegá-la, mas, se estivesse com fome e o achado fosse de manhã, deveria deixá-la no lugar, já que estaria destinada a outrem; ou, então, simplesmente não tocá-la, pois, como se dizia, dinheiro facilmente conseguido, também facilmente perdido. Não se devia guardar moeda achada, porque a prometida riqueza viria somente a quem a desse ao primeiro mendigo que visse. Não se devia reclamar de receber como troco alguma moeda desbeiçada, com a borda danificada, uma vez que andar com ela no bolso traria sorte. E até os finados precisavam de alguma pecúnia para a aquisição de um cantinho aprazível no além-túmulo.

Não obstante desempenhe funções importantes no mundo (meio de troca, medida de valor, meio de acumular fortaleza contra as incertezas do futuro, meio de pagamento e até instrumento de filantropia), o dinheiro não se dissocia da ideia de coisa má, suja, escusa e diabólica. Natural, então, a crença de que prosperidade só pudesse advir de pacto com o Diabo. Todos precisam do "vil metal", e não só para arranjar-se bem no Céu, senão também para comer e viver, de modo que se procuravam meios de obter alguma fartura dele.

Havia muitos ritos mágicos destinados à obtenção de riqueza, e a maioria poderia realizar-se pela própria pessoa com dinheiro seu e até em alguma igreja. Já o mais conhecido, aquele distinguido pelo folclore com maior dose de poesia e adrenalina, era o "rublo mágico". Este podia ser cédula de papel, mas, quase sempre, uma moeda de pequeno valor, de prata e até de ouro. Ela obtinha-se uma única vez na vida; em caso de perda ou furto, voltava ao bolso do felizardo; para mantê-la, o sujeito devia, ao usá-la nalguma compra, pegar o troco, por mais ínfimo que fosse, e guardá-lo logo. Sabia-se aonde ir procurar uma e a quem pedi-la.

Fala disso o escritor e etnógrafo Vladímir Dal no seu dicionário, ao definir o adjetivo неразменный (*nierasmiénnyi*): "que é impossível trocar em valores menores, falando-se principalmente de dinheiro". E logo apresenta a expressão que é título do conto de Leskov: "Неразменный рубль" ("O rublo mágico"): "nunca se esgota e, por mais que se troque ou se gaste à grande, volta sempre ao bolso do dono". E em letrinhas miúdas: "Его получают, связав чёрную кошку смоляною верёвкою и продав её за рубль" ("Para obtê-lo, é preciso amarrar um gato preto com cordão alcatroado e vendê-lo ao preço de um rublo").

Os gatos pretos têm rica presença em ritos, folclore e lendas em muitas culturas, como elemento de bruxarias e mandingas. Os simples mortais não fazem mágicas, de modo que o seu único possível comprador só poderia vir do mundo sobrenatural, onde reinam o mistério, a escuridão e o ignoto. Em toda a Rússia, apresentava-se sempre a mesma figura: o Diabo. Era ele que detinha a moeda encantada. Já o rito, o sítio da transação e o dia a ela propício variavam de região para região.

Na Sibéria ocidental e na Ucrânia, ela era para fazer-se na Páscoa. Devia-se atar bem o gato preto com o tal cordão alcatroado e ir para a igreja assistir às matinas; quando o sacerdote perguntasse quem ressuscitara nas lendas bíblicas, o russo deveria responder três vezes "У меня черная кошка есть" ("Eu tenho um gato preto"), e o ucraniano, "Анталюз маю" ("Eu tenho a moeda mágica"); a errada resposta era invocação ao Demônio, que apareceria e daria o rublo mágico à pessoa. No Norte do Cáucaso, o indivíduo iria de noite, a qualquer data, com o gato para alguma ruela bem escura e entregá-lo-ia ao primeiro passante que oferecesse um rublo pelo animal. Nos montes Urais e para os lados de Oriol (terra de Leskov) e Vorónej, no Sudoeste da parte europeia da Rússia, a venda realizava-se, geralmente, em alguma encruzilhada, à meia-noite, momentos antes do Ano Novo, com o gato preto num saco, e devia-se aceitar somente um rublo, ainda que o comprador insistisse em pagar muito mais.

O que levava gente a horas mortas a sítios ermos para tal aventura, era a ânsia por dinheiro fácil. Ela vencia a consciência do perigo daquele passeio noturno, potencialmente funesto para a saúde. Assim que pegasse a desejada moeda, a pessoa deveria fugir do local na mais desabalada carreira, pois o tempo já estaria a correr contra ela: nem bem concluída a venda, o Tinhoso já quereria empregar os afiados gadanhos para arrancar-lhe a alma do couro. O expediente ensinado pelas muitas gerações era, no ato de amarrar o gato, dar muitos nós e fazer a mesma coisa na boca do saco; enquanto os laços do cordão embaraçassem o desígnio do cardeal das trevas, o indivíduo deveria alcançar a soleira da sua porta; senão, seria trucidado, feito em pedaços pelo suposto benfeitor de momentos antes. Tal deve ter sido o fado de muitos cristãos; após o escambo nalgum templo, tinham de abalar dali com a vela que haviam segurado durante toda a missa, e não podiam deitá-la fora nem deixar a chama apagar-se.[1]

Leskov escreve, em "O espírito da senhora Genlis": "Por natureza, sou um tanto supersticioso e escuto sempre com muito prazer quaisquer histórias em que haja pelo menos uma nesguinha de espaço para mistério". Tinha profundos conhecimentos do folclore e crendices do povo russo, no campo de feitiços, esconjuros, elixires, milagres, adivinhação de sonhos, mezinhas e benzimentos, entre muitas outras coisas, e usa a historieta como subsídio às famílias na educação das crianças: pela intensa experiência de um menino de oito anos, mostrar como guiá-las nas escolhas feitas no mundo das tentações, tão perigosas quanto os *grandes terrores* associados à conquista do "rublo mágico".

---

[1] Para mais pormenores acerca do assunto, vide o artigo de O. V. Belova, "Неразменный рубль в поверьях и магических практиках славян" (O rublo mágico nas crendices e práticas mágicas dos eslavos). Disponível em <elibrary.ru>. (N. do T.)

Um pequeno engano
("Маленькая ошибка")

Publicado originalmente na revista humorística *Oskólki* (Estilhaços), n° 43, em 22 de outubro de 1883.

Na Rússia, bastava um biltre qualquer meter-se em algum capão de mato, armar uma cabana de galhos e engrolar palavras para as primeiras pessoas que o encontrassem, e já logo correriam histórias de prodígios ali acontecidos. A fama de profeta e milagreiro acompanhara Ivan Iákovlevitch Koréicha desde Smolensk, a sua cidade natal, de onde fugira por contas não quitadas com a Justiça. Ex-seminarista, fora interno de um hospício moscovita, homem de maneiras rudes, que metia palavras do russo eclesiástico, do latim e do grego nas suas profecias. Alimentava-se no próprio quarto e ali também aliviava a bexiga e a tripa e recebia a clientela. Amontoava as oferendas dos fiéis num canto e compartilhava tudo com os outros internos.

Leskov conhecia a história do santarrão e verberava o culto aos "mendigos loucos e considerados sábios" (*iuródivye*). O humor acentua o absurdo da crença dos seus devotos e a patifaria de tirar-lhes dinheiro e prendas.

Acerca do tal milagreiro, à época da publicação do conto, havia uma brochura, *Jitió Ivana Iákovlevitcha, izviéstnovo proroka na Moskvié* (A vida de Ivan Iákovlevitch, famoso profeta de Moscou), que tivera muita saída nos anos de 1860, e a ele fora dedicado o primeiro e maior capítulo (34 páginas) do livro 26 *moskóvskikh lje-prorókov, lje-iuródivykh, dur i durakov* (Os 26 falsos profetas, falsos mendigos sábios, joões-bobos e marias-bobas de Moscou), de 1865. Ambas as obras são de autoria do historiador Ivan Pryjov.

Escreve Pryjov que Koréicha tinha realmente o hábito de escrever bilhetinhos, distribuídos aos clientes. "Os bilhetinhos são portados sobre a cruz; curam dor de dente, mas o principal é que, segundo o que neles estiver escrito, advinha-se o futuro. Ivan Iákovlevitch escreve muito bem, mas rabisca de propósito garatujas em lugar de palavras, para que na sua escrita haja mais miraculosidade. Com esse objetivo empregam-se palavras gregas e latinas. As suas previsões e bilhetinhos são sempre tão enigmáticos, que chegam até a não terem sentido nenhum. Neles, é possível ver tudo e também não ver nada, e por isso, quando explicados com certo propósito, sempre se cumprem."[2] Nos últimos anos de vida, o vigarista raramente pegava na pena, e a tarefa de escrever bilhetes ficara para um diácono que o visitava diariamente.

A historinha dos apertos da família de comerciantes exigia nomes com clara orientação semântica para o humor e, entregue a algum bom escritor de argumentos (roteiros), teria rendido uma comédia e tanto ao diretor Mario Monicelli, com Totò no papel do milogreiro, Vittorio Gassman e Anna Magnani (casal de comerciantes) e Alberto Sordi (genro).

Colar de pérolas
("Жемчужное ожерелье")

Leskov foi o mais prolífico escritor russo de contos dos dias santos ("natalinos"). Em "Colar de pérolas", publicado primeiramente na revista *Nov* (Terra Virgem), em janeiro de 1885, estabelece as marcas do gênero: "Desse tipo de conto exige-se, sem falta, que traga uma história coincidente com fatos de alguma noite do período, que tenha algo de fantástico e encerre alguma moral, ainda que a simples negação de

---

[2] Ivan Pryjov, *Jitió Ivana Iákovlevitcha, izvéstnovo proroka v Moskvé* (Vida de Ivan Iákovlevitch, conhecido profeta de Moscou), São Petersburgo, 1860, p. 18. Disponível em: <https://litbit.ru/ru/pryzhov-i-g/zhitie--ivana-yakovlevicha-izvestnogo-proroka-v-moskve>. (N. do T.)

algum preconceito pernicioso, e, por fim, que termine de maneira necessariamente feliz". Um programa aparentemente fácil de cumprir-se, mas a forma tem de ser curta e, ademais, a vida é parca em inspiração para obras do tipo requerido. Onde procurar a centelha da criação, então?

Leskov viajou por toda a parte europeia da Rússia, conviveu com todos os tipos de gente, ouviu todos os tipos de história da boca dos mais variados narradores e observou o interesse das pessoas pela experiência alheia. Por ocasião de festas, amigos e familiares reúnem-se e falam da vida e esperanças; já pessoas estranhas entre si acabam juntas por força das circunstâncias. Arrebanhadas em algum lugar, elas acabam por interagirem entre si, conforme a situação; viajantes, refugiados numa estalagem perdida na estepe ("O anjo selado"), sentem a necessidade de mútuo apoio frente a uma ameaça das forças naturais; um bom contador de casos alegra qualquer viagem ("O peregrino encantado"), a comoção por um crime cometido por gente dita "de bem" reúne pessoas numa praça ("Assalto") e assim por diante. Leskov trouxe essa sua observação para a literatura; costuma apresentar um grupo e destacar dele alguém para o relato de algo; tal pessoa distinguir-se-á, na maioria das vezes, por traço físico (estatura, cor dos cabelos, aparência etc.) ou psicológico (honradez, saber, seriedade).

Em "Colar de pérolas", para o entretenimento dos convivas, adianta-se um "homem respeitável, cuja palavra vinha sempre a propósito". A ação — os apressados esponsais do irmão do narrador — transcorre nos "dias santos", o que é lembrado várias vezes no texto, e o atrelamento daquela ao dito período recebe a justificação de um fato histórico: era nas gélidas noites de fim de ano, durante os festejos do solstício, que os russos pagãos, em meio a adivinhações, narração de histórias e ingestão de muita comida e bebida, realizavam casamentos.

O elemento "fantástico" não tem nada de fantasmagórico ("O fantasma do Castelo dos Engenheiros"), esotérico-espírita ("O espírito da senhora Genlis") ou alegadamente sobrenatural ("Um pequeno engano"), resumindo-se a um acontecimento deveras extraordinário: o encontro de um homem e uma mulher que parecem ter sido feitos um para o outro. A mútua simpatia dos dois encontra uma apoiadora na esposa da personagem-narrador; ela vence as discussões com o cauteloso marido e investe contra o "preconceito pernicioso" segundo o qual não existe amor à primeira vista e ele só pode levar à desilusão. Se, em "O rublo mágico", o protagonista desperta mais puro e mais maduro de uma lição apenas sonhada, em "O fantasma do Castelo dos Engenheiros", a personagem passa por uma experiência traumática, transformadora do seu caráter; igualmente, o pai da noiva, confrontado pelas virtudes e integridade do futuro genro, sofre um abalo moral ("não dá pra enganar uma pessoa dessas — o coração dói, que não deixa!"), torna-se generoso e reconcilia-se com as outras filhas. O elemento "fantástico" é o "milagre" de um velhaco chorar de arrependimento e mudar.

"Colar de pérolas" termina em clima de festa e compartilha com "Viagem com um niilista", além da agilidade dos diálogos, uma "moral": nem tudo é o que aparenta ser. Amor à primeira vista não é "coisinha de nada", "capricho burlesco" de pessoas que acabam de conhecer-se, "propósito muito distante da sua realização"; ele pode dar certo. As pérolas aludem às virtudes humanas, de modo que o colar de pérolas falsas, embora bonitas, é o senso comum, os preconceitos das pessoas ditas "de bem". O verdadeiro colar de pérolas é a noiva.

Este talvez seja o melhor conto dos dias santos de Leskov, já que a história poderia ocorrer a qualquer pessoa, em qualquer lugar do mundo. E também pela mensagem de que devemos "apoiar em todos a crença na felicidade".

O imortal Golovan
("Несмертельный Голован")

Publicado primeiramente na revista *Istorítchekii Viéstnik* (O Mensageiro Histórico), em 1880.

Leskov dizia não ter fantasia e que só a realidade conseguia impulsionar-lhe a imaginação. Pois bem, profundo conhecedor da província russa, é um grande escritor de costumes e possui admirável poder de observação e evocação. Consegue fazer uma romaria parecer manobra de um exército e entrega-nos um verdadeiro afresco de folclore e etnografia, mostrando a talentosidade do povo russo, tema caro a ele. Conhecia a vida de todos os estratos da sociedade (o seu único rival nesse quesito viria a ser Tchekhov), mas poupa-nos da aristocracia canalha e da nobreza falida e medíocre e volta-se para o povo trabalhador, de quem aponta as virtudes e as mazelas, e os parasitas de sempre: comerciantes, padres, militares e funcionários públicos corruptos.

Mas como pode uma pessoa ser *imortal*?

A personagem representa uma daquelas pessoas das quais se diz serem "o sal da Terra", gente tão necessária aos bandos de vertebrados humanos quanto o cloreto de sódio a cada indivíduo. Assim que não admira os seus cabelos e barba definirem-se como "da cor de sal com pimenta" (ou seja, *grisalhos*; por "pimenta" entenda-se a pimenta preta). Esses dois elementos, essenciais para a comida ser tragável, assentam bem a uma personagem que ganha a vida com a produção de alimentos, e constituem o emblema do seu caráter.

A pimenta associa-se a energia, espirituosidade e sensualidade. A hiperatividade de Golovan (sublimação do amor a Pavla), o vigor físico e a clarividência (todos agradecem-lhe os conselhos, e os mais instruídos apreciam a sua palestra) conjugam-se com inteligência e um agudo senso da beleza; o leitor de Pope conhecia uma infinidade de versos e, quando as mãos não estavam ocupadas com nenhum trabalho, ia para o telhado da casa do amigo Anton e dedicava-se à Astronomia ("a poesia das estrelas", como já lhe chamaram). A pimenta usou-se para enganar o paladar à ingestão de comida estragada e lembra a agudeza de pensamento, que, ao prover fortaleza de espírito, ajuda Golovan a levar adiante a sua existência de trabalhos.

Já sem o sal, nenhum animal, do elefante à borboleta, inclusivamente o bípede falante, consegue viver. O corpo precisa duma certa quantidade diária dele. E vitalmente necessário a muitos conterrâneos era Golovan, com o auxílio alimentar, arrimo espiritual e os serviços de notário, juiz de paz e curandeiro.

O sal é um produto barato e ocupa lugar humilde até nas mercearias de bairro. Do mesmo modo, os justos de Leskov não dão nas vistas; são pessoas modestas e não sobressaem do vulgo, e a retidão torna-os refratários às matulas religiosas e coloca-os como que à margem da comunidade. Os necessitados iam ter com a nossa personagem àquele pedacinho de terra que se desprendera da margem do rio e não constava nem no mapa da cidade, tal qual se tem de ir buscar o sal à última prateleira de algum canto dos estabelecimentos comerciais.

O sal impede a decomposição dos alimentos e constitui símbolo de estabilidade e permanência. Gente como Golovan constitui um marco de apoio e esperança para os bons e impede que a gente conservadora e vil, conhecida como "gente de bem", acabe por impor de vez a ditadura da ignorância e da canalhice ao mundo. E ao seu couro pouco se lhe davam as caloraças e as invernias, tal como o sal não é afetado pelas variações de temperatura.

Golovan mantém o aprumo, apesar dos muitos maus encontros e reveses na vida, e enfrenta a maldade e a estupidez dos conterrâneos, encarnando a tolerância religiosa, o respeito à diversidade e o amor ao próximo. Por, ao socorro a muitos doentes, não ter sucumbido à peste que assolara a região, granjeou fama de "imortal".

Toirovelha
("Овцебык")

Publicado originalmente na revista *Otetchéstvennye Zapíski* (Anais da Pátria), em 1863. A ação ocorre entre 1840 e 1860.

Trata-se da primeira obra madura de ficção de Leskov, e duas circunstâncias da sua escrita merecem apontar-se.

Um seu artigo a respeito de uma série de incêndios ocorridos durante semanas, em 1862, em São Petersburgo, fez os representantes do pensamento de esquerda acharem que Leskov atirava as culpas para cima dos estudantes (até a comunidade alemã da cidade fora citada); aos intelectuais de direita pareceu uma acusação de incompetência à polícia; foi tanta a indignação de um lado e a irritação do outro, que a *Siévernaia Ptchelá* (A Abelha do Norte), revista conservadora da época, houve por bem enviar o seu colaborador como correspondente ao exterior, por um ano. Leskov disse-se mal compreendido, mas o fato é que o seu pseudônimo, M. Stebnítski, tornou-se sinônimo do mais soez reacionário.

Esse momento da vida de Leskov acompanha-se, na novela, do reflexo do estado de profunda crise conhecido pela Rússia após a Guerra da Crimeia (1853-1859). Por três decênios (1825-1855), a vida russa permanecera estagnada sob Nicolau I, inclinado a ver, em cada abertura no campo social e econômico, uma ameaça às prerrogativas da aristocracia. O país acumulara grande atraso tecnológico e científico em relação ao Ocidente, e o novo tsar, Alexandre II, procurou recuperar o tempo perdido, realizando uma série de reformas, a mais importante das quais levou à abolição da escravidão dos camponeses (1861), com outras iniciativas no campo das liberdades civis. Pessoas havia, porém, que queriam reformas mais abrangentes e mais rápidas e até o derrube da monarquia, e Leskov contrapõe-se a esses "impacientes" com a tosca caricatura dos revolucionários representada pelo Toirovelha.

Leskov costuma misturar os modelos oferecidos pelos gêneros literários. Na opinião dos estudiosos, isso tem relação com uma particularidade, para eles, dominante, do seu fazer literário: uma certa amplitude de oscilação entre a forma propriamente ficcional, produto da imaginação, e a forma publicística; por outras palavras, uma orientação ora mais para a fantasia, ora mais para a fidedignidade. Leskov dizia que a sua imaginação se amparava na realidade.

O título da novela aponta para a mitologia, ao passo que a epígrafe, tirada de um conhecido compêndio de zoologia, aponta para o relato de uma testemunha de fatos e o relato rememorativo de acontecimentos. O estrato documental e memorativo da obra estabelece a orientação do autor para a fidedignidade.

O aspecto mitológico, aqui, possui vários níveis e modelos de encarnação, personificação. Leskov trabalha com o arquétipo do homem-monstro e o mito literário de Quasímodo, partindo de um mito da época, nascido das conversas e lendas acerca de uma pessoa viva e seu amigo de longa data — o escritor, etnógrafo e folclorista Pável Ivánovitch Iakúchkin (1802-1870). Este percorria a Rússia a pé e fora preso, certa vez, por suspeitas de ativismo político, quando, na verdade, não passava de um tipo inofensivo e devotado somente à recolha de cantigas, provérbios, ditados e histórias pelos sítios visitados. Com as suas ideias e aparência insólita, longa barba negra e basta cabeleira com redemoinhos, o casaquinho puído das pessoas simples, as maneiras rústicas e uma negação *sui generis* da propriedade privada, Iakúchkin serviu de protótipo para o Toirovelha.

Por fim, cumpre assinalar que Leskov, já nesta sua primeira obra significativa de ficção, apresenta alguns dos traços principais do seu método de criação: 1) contar a história de alguém, misturando realidade, fatos históricos e fantasia; 2) personagem principal com traços, como a excentricidade e a integridade, que a façam sobressair do meio circundante; a sua galeria de justos é imponente (Toirovelha é o seu protótipo); 3) gosto por anedotas e historinhas ligadas à linha principal do enredo e 4) tendência a dividir a narrativa em pequenos capítulos.

É-lhe também muito característica a tendência a colorir o relato com o folclore local (as histórias acerca de andarilhos e bandoleiros) e impressões literárias (*Quasímodo*, de Victor Hugo; *Manual ilustrado de Zoologia*, de Iulian Ivánovitch Simachko) e, por fim, analogias com a pintura (o quadro de David Teniers, pintor flamengo). Por último, mas não menos importante: a escolha escrupulosa do título da obra e dos nomes das personagens.

* * *

É preciso prestar contas de algumas escolhas à leitora e ao leitor. No original, a personagem iletrada caracteriza-se por deslizes gramaticais e estilísticos, construções sintáticas tortas, troca de casos de declinação das palavras, uso intensivo de partículas e tropeços semânticos (traços também do narrador leskoviano). Os únicos meios disponíveis para a manutenção desse registro são a deturpação de palavras (*seje, alouvado, pracido, num tá entendível, dereito, imporquinavam, forminar* et caterva), o uso de palavras inexistentes, mas inteligíveis (*desfundadamente* por "infundadamente", *conviventivo* por "sociável", *indesejosa* por "fria" etc.), e o atropelo das regras de concordância (a fala do facínora ao comerciante de Oriol na romaria).

Adulteram-se palavras com mira na absorção de significados por ela. O Toirovelha escreve *velikátnost* (*velíkaia* + *delikátnost*, "grande delicadeza", "deligrandeza") que deu: *ingenteleza* (ingente gentileza). Há, ainda, *buminamite* (pela onomatopeia para explosão) por "dinamite".

Outro procedimento de Leskov é usar palavras em contextos alteradores do seu significado. Por exemplo, o ditado "*Kto dúmaet tri dni, tot vybiráet zlýdni*". Segundo os dicionários da língua russa, o seu sentido é que pensar por tempo exagerado (três dias), aquando da escolha de algo, é inútil e leva à escolha de *coisas ruins* (*zlýdni*), que trarão tristeza e lágrimas. Pela necessidade de rima, fica: "Quem três dias escolhe, desgraças colhe". Usa-o uma personagem de "Colar de pérolas", a quem o irmão menor pede que lhe arranje um casamento no breve período de doze dias; no contexto do conto, de escolha de uma companheira de vida, a personagem, ao proferir o ditado, atribui-lhe o significado oposto ao do original.

Por fim, duas palavras deturpadas por uma personagem de "O imortal Golovan", em tropeços semânticos. Eis a tradução literal da conversa do tio do narrador com um morador de Oriol:

— Esse Golovan, quer dizer, foi para vós uma espécie de *notário*? — perguntou o meu tio [...].
— Mas por que que *desbaratador*?! O Golovan era uma pessoa justa.

"*Notárius*" (notário, tabelião) foi entendido como "*motárius*" (desbaratador, desperdiçador), por contaminação pelo verbo "*motat*" (gastar, esbanjar, arruinar, dilapidar). A personagem, de nenhuma familiaridade com aquela palavra

Comentários aos contos

(não russa, frise-se), ouvira sarcasmo na pergunta do interlocutor; para ele, o outro insinuara que Golovan era um trapaceiro, que mamava nos bens alheios.

"Tabelião" produz "ta*pe*lião", mas o verbo "tapear" (lograr, induzir a engano) não leva à ideia de ganhos desonestamente obtidos.

A tarefa era encontrar uma palavra que, levemente deturpada, reproduzisse o efeito do original.

"Notário" apresenta boas credenciais: primeiramente, é palavra pouco conhecida no Brasil e pode, portanto, ser apreendida deturpadamente pelo ouvido de alguém de poucas letras; segundamente, justapõe-se perfeitamente ao substantivo designador da pessoa pouco esperta, fácil de cair em arriosca.

Existe a expressão "fazer as vezes de", que significa "desempenhar as funções que competem a alguém; substituir" (*Dicionário Caldas Aulete*). O verbo "fazer" e a preposição "de" integram a locução "fazer alguém de otário". O ouvido da pessoa ignorante não penetra a locução culta e deturpa-a: o complemento direto do verbo (*as vezes*) da primeira frase, proferida pelo juiz de Direito, é entendido como adjunto adverbial de tempo (às vezes) pela outra personagem. Produz-se a confusão sonora e semântica das duas frases:

— Esse Golovan, quer dizer, vos *fez as vezes de notário*?
— Ele nunca que nos *fez às vezes de otário*, não! O Golovan era uma pessoa direita.

Outra saída, menos complicada, também pela sintaxe. O protagonista da novela era um tabelião informal, pelo "modo de proceder", pela "prática, uso, costume" de assentar as propriedades dos conterrâneos em cadernos (as aspas encerram duas acepções do substantivo "estilo" no *Dicioná-*

rio Caldas Aulete). Do perguntador, bacharel de Direito, não destoa um sinônimo livresco para "uma espécie de", a expressão constante no original:

— Esse Golovan, quer dizer, atuou para vós ao *estilo de notário*?

A expressão grifada em itálico, lida de corrido, remete ao criminoso agraciado com o artigo 171 do Código Penal brasileiro, e o interlocutor do juiz apanha daquelas sete sílabas só o que a sua experiência linguística reconhece (e o que, por contraste, se infere de *pessoa direita*; no original está "pessoa justa"). Assim, o velho morador de Oriol transforma, com estilo, um notário em batoteiro:

— Por que que *estilionatário*? O Golovan era uma pessoa direita.

As duas soluções, no entanto, são inaceitáveis. Tiram o foco da presumida ação de dolo, que é substituída, na primeira, pelos prejudicados por ela e, na segunda, pelo agente. Aquela domestica o fato literário, reformulando-o em elementos culturais do idioma de chegada e arrastando o autor até à leitora e ao leitor; esta, por sua vez, aferra-se à forma (à palavra usada) e não atende o conteúdo, já que, rigorosamente, o estelionatário vende, cede ou obriga bens não alheios, mas seus, próprios, de que já se haverá desfeito.

O socorro vem de uma palavra do português coloquial brasileiro, significadora de troca, barganha, transação, em que as partes costumam entrar com algum bem de valor e dinheiro; tal palavra, no contexto em que Golovan fazia o catálogo, lista, relação, enumeração das propriedades imóveis dos conterrâneos em cadernos, assume o significado de dilapidação de bens alheios:

Comentários aos contos

— Esse Golovan, quer dizer, *fazia rol* dos bens dos outros? — perguntou o meu tio [...].
— Por que que diz que ele *fazia rolo cos* bens dos outros?! O Golovan era uma pessoa direita.

Esta solução faz o que é preciso: reproduz o mal-entendido, colocando o foco na ação de dolo, e leva a leitora e o leitor até o autor.

Em seguida, o tio do narrador afirma que a automutilação de Golovan não passa de *leguénda* ("lenda"): "*Lenda!*". O velho replica que Golovan não é nenhuma *lgenda* (*sic*), deturpando a palavra por contaminação pelo verbo *lgat* (mentir; pronuncia-se *lygat*). O som de *i duro* (*y*), ao substituir o do *e*, brando, na primeira sílaba, contagia o substantivo *leguiénda* com a ideia de *mentira*:

— Não, meu senhor, o Golovan não é nenhuma *lyguenda* [menti*lenda*]...

O juiz de Direito encara a ação de Golovan "*ter cortado carne dos seus próprios ossos vivos*" como metáfora, algo exagerado e distorcido pela imaginação popular, pois plausível somente no reino das lendas. E os dialogantes fazem cada qual a sua parte: o magistrado alista Golovan na *mitologia* do lugar, e o morador de Oriol lembra-nos de que *lenda*, entendida como narrativa fantasiosa, é sinônima de *mito*, e que essas três palavras têm um viés para a *mentira*:

— Mitologia! — proferiu baixinho o meu tio, mas...
— Mi*n*tologia minha, não, mas a verdade, e alouvada seje a memória dele.

Com o acréscimo do pronome possessivo "minha" e a deturpação de *mitologia*, a ideia de *mentira* brota do substantivo com força de verbo. A solução dá uma reação mais viva e mais natural do velho ao que ele supõe o outro dizer.

ONOMÁSTICA LESKOVIANA
(Prova dos nomes)

Noé Oliveira Policarpo Polli

> "Как корабль назовёшь, так он и поплывёт."
> "Conforme o nome dado por ti ao barco, assim ele navegará."
>
> (Ditado russo)

Onomástica (do grego *onomastikon*, "a arte de dar nomes") é o estudo dos *nomes próprios*. Também designa o conjunto de todos eles: os nomes de gente, de animais de estimação, cidades, rios, mares, acidentes geográficos, corpos celestes, os patronímicos, os sobrenomes, os apodos, as alcunhas, títulos de obras literárias, nomes de estabelecimentos comerciais, escolas, instituições e mais um monte de coisas. Em tal conjunto incluem-se os nomes realmente existentes e os inventados pelas pessoas, bem como os das personagens do folclore e da literatura.

Os artistas da palavra, para o batismo das personagens, precisam de muita imaginação e do exercício da curiosidade em paralelo com olhos e ouvidos bem abertos. Tchekhov anotava nomes e sobrenomes de pessoas e escreveu que alguns não conseguiria inventar nem bêbado; Zola lia a relação dos moradores de Paris e outras cidades francesas com o olho do garimpeiro para o cascalho na bateia. Quando o acervo onomástico do idioma não oferece nenhum nome conveniente à ideia do escritor, este inventa alguns, adultera outros e até recorre a outros idiomas, como Guimarães Rosa, que exemplifica maximamente todo o supradito.

Quem tiver já dado voltas à moleira por causa de nomes estranhos, encontrados em obras literárias, e não só estrangeiras, deverá desculpar os escritores: "É-me desagradável repetir tantos nomes bárbaros, mas histórias extraordinárias sempre só acontecem com gente cujos nomes sejam difíceis de pronunciar", escreve Prosper Mérimée em *Il viccolo di madama Lucrezia*.

A onomástica poética estuda a funcionalidade dos nomes próprios em literatura. É ineludível o artigo "Imená" ("Os nomes") do filósofo Pável Floriênski (1882-1937), reflexões acerca dos dezoito nomes russos mais populares e do papel do nome da personagem principal no processo de realização da obra literária.

Segundo ele, "declarar todos os nomes literários em geral — o nome como tal — como arbitrários e escolhidos ao acaso, como signos subjetivamente inventados e convencionais dos tipos e figuras literárias, seria clamorosa incompreensão da arte literária".[1]

Corrobora tal afirmação Iuri Tyniánov, quando fala do fato literário:

"O nome e o sobrenome são para nós, na vida cotidiana, o mesmo que o seu portador. Quando nos dizem algum sobrenome desconhecido, dizemos: 'Tal nome não me diz nada'. Na obra literária, não há nomes que não falem. Todos os nomes falam. Na obra literária, cada nome é já uma designação, que cintila com todas as tintas das quais somente ele é capaz. Ele desenvolve com força máxima os matizes, ao largo dos quais costumamos passar na vida. 'Ivan

---

[1] Pável Floriênski, "Imená. Metafísika imión v istorítcheskoi interpretátsii. Ímia i lítchnost" (Os nomes. A metafísica dos nomes em uma interpretação histórica. Nome e personalidade), *Sotchiniénia v tchetyriokh tomakh* (Obras reunidas em quatro volumes), Moscou, Mysl, 2000, tomo III, p. 181.

Petróvitch Ivanov' não é, absolutamente, um nome sem graça para uma personagem, porque a falta de graça é um atributo negativo apenas para o cotidiano, ao passo que numa construção ela torna-se imediatamente um atributo positivo."[2]

A singularidade intencional dos nomes próprios exige comentário da sua função na obra vertida, pois trata-se de recurso da poética do escritor para a estruturação da narrativa. A prová-lo basta a protagonista da novela *Lady Macbeth do distrito de Mtzensk*, de Leskov.[3] Ela traz a sua história no nome, e este sumariza a novela.

Ekaterina (grego *Aikatherhine*, "pura", "casta", "imaculada"): a infância, a adolescência e a sua vida até o casamento trazem o frescor da alegria inocente. O nome e a cor dos cabelos e dos olhos estão interligados; eles são de azeviche, duas coisas suscitadoras de temor, na mitologia russa, pois atributos dos ismaelitas, dos ciganos e dos judeus, enfim, daqueles que não são como os ortodoxos e não vivem pelos preceitos cristãos; isso inclui as bruxas e as feiticeiras (sempre pelinegras!), e aqui pode ter-se um dos significados etimológicos de *Ekaterina* — do grego *Hékate*, "deusa da bruxaria, da magia negra". Mas, antes, a cor negra nutre a atmosfera de plenitude sensorial de Ekaterina, em meio ao luar, ao canto de rouxinóis e aos aromas do pomar, e expõe outra versão da origem do seu nome: Hékate é, também, a deusa da lua minguante, da noite e da magia.

O patronímico *Lvovna* (filha de *Lev*, "leão") mostra-a como uma leoa ciosa da paixão encontrada. A cor negra as-

---

[2] Iuri Tyniánov, *Arkhaísty i novátory* (Arcaístas e inovadores), Leningrado, Priboi, 1929, p. 27. *Ivan Petróvitch Ivanov*, nome encontradiço na Rússia, seria algo como *João Peres da Silva*.

[3] Ed. bras.: trad. Paulo Bezerra, São Paulo, Editora 34, 2009.

socia-se a *força* e *juventude* (traços de Ekaterina, enfatizados na novela) e a *poder* e *autoridade* (vide "os homens e as mulheres da capa preta" e as forças policiais, cuja farda, em muitos países, é também dessa cor); o negro dos trajes monacais, além de indicar afastamento do mundo, escolheu-se para infundir temor e respeito aos crentes. Ekaterina investe-se da autoridade de matar a quem veja como óbice à sua felicidade.

O sobrenome *Izmáilov* provém do hebraico antigo e significa "pois deus ouvirá", "deus ouvirá tudo", estabelecendo que os crimes de Ekaterina não ficarão impunes.

Nome, patronímico e sobrenome formam um tríptico. Equivalem à tríade "cabeça, tronco e membros" da personagem literária e dão-nos dela o retrato moral e a história. Descerram imensas possibilidades sonoras, morfológicas e semânticas, que os escritores russos soem explorar aquando do batismo das suas criaturas.[4]

Leskov tem um talento onomástico especial e recorre à História, à mitologia e até a dialetos e outros idiomas — é um filólogo-arqueólogo.

> "O sistema de antropônimos desse autor está inalienavelmente ligado à tradição russa antiga, ainda mais que ele frequentemente colhe as suas personagens no meio clerical. No entanto parece que Leskov, além disso, tinha, mais do que os outros, o sentimento da riqueza aberta à criação, que o sistema de nomeação no mundo russo encerra em si pela existência de nomes, patronímicos e sobrenomes. Leskov foi agraciado com uma rara habili-

---

[4] Acerca do sistema russo de nomeação, com nome-patronímico-sobrenome, há trabalhos na *Revista USP* e na *RUS*, revista do Departamento de Letras Orientais da FFLCH-USP.

dade de explorar as suas possibilidades sonoras, morfológicas e semânticas e dominava a peculiaridade do sistema russo de nomes. Isso expressou-se não somente na obtenção de sutilezas estilísticas especiais, senão também numa habilidade excepcional em dominar os procedimentos linguísticos no aspecto do conteúdo, e ele logrou com isso um elevado alcance simbólico."[5]

* * *

Floriênski entende o nome como o núcleo semântico da personagem e a sua essência, a qual expressar-se-á em ditos e atos. Do programa narrativo, condensado pelas suas sílabas, a imaginação do autor extrai os encaminhamentos possíveis para a sua criatura. À medida, então, do desenvolvimento da ação, ela revela os traços de caráter, as baldas, as aspirações e a própria natureza. Por outras palavras, os atos da personagem compõem a materialização da semântica do seu nome; personagem e nome encontram-se numa relação de unha e carne ("dente e gengiva", pelas palavras de Floriênski), o que pode ver-se no conto "Um pequeno engano".

A *exposição* (também conhecida como "introdução") apresenta-nos um casal de comerciantes com um problema: a infertilidade da primogênita afastara os pretendentes à mão das irmãs. Talvez seja impossível encontrar outro nome capaz de sintetizar tão bem a situação; *Kapitolina* provém do latim *Capitolium*, a principal das sete colinas de Roma, também conhecida como *monte Capitolino*, sobre o qual se ergueu um templo ao deus Júpiter; está, por conseguinte, a ir-

---

[5] N. M. Kaukhtchvíli, "Teória imión P. Floriénskovo i driévnorússkaia onomástika v literatúrie XIX viéka" (A teoria dos nomes de P. Floriênski e a onomástica russa antiga na literatura do século XIX), *Rússkii Iazyk za Rubejóm* (Língua Russa no Exterior), nº 1, 1992, pp. 84-9.

mã maior para as menores como a catedral de uma cidade para as igrejas de bairro; do ponto mais alto da hierarquia (etária), ela lança a sombra da sua cruz (a provável infertilidade) sobre as outras, e estas comem o que ela cozinha na sacristia (alcova); exatamente como a capital para as outras cidades de uma região ou país (vide o *Capitólio*, sede do Congresso dos EUA, em Washington). *Kapitolina* seria, em português, *Kapitalina*, o nome perfeito para a moça, cuja sorte é o impedimento *capital* do andamento esperado para a vida das demais integrantes do seu grupo.

Estabeleceu-se o *conflito*, com a ameaça à sobrevivência do clã de mercadores. Uma trapalhada do milagreiro, convocado como salvador, manda a gravidez à moça errada, e isso promove a *complicação* (ou *desenvolvimento*) do enredo. A filha do meio era solteira e a menos querida do pai; ao problema somaram-se, então, um escândalo e o desgosto de vê--lo criado por quem menos se prezava; se, com *Kapitolina*, Leskov apresenta o *conflito* e faz deste a síntese, com *Ekaterina* (gr. "pura", "casta"), pela contradição entre tal nome e a condescendência da personagem com as tentações dos hormônios, ele usa o nome, agora, para acrescentar voltagem ao conflito.

Sobrevem o *clímax*, o ponto máximo de tensão: o irado pai quer ir ao manicômio pedir contas ao santarrão. É contido à força pelo genro, que lhe lembra que o homem poderia ainda causar a maior das desgraças — arruinar a vida à filha menor, Olga (do escandinavo antigo *Helga*, "santa", "sagrada", "sublime"), a preferida do pai, a sua "rainha". Trata-se de um nome régio: chamava-se Olga a primeira mulher governante da Rus (fins do século X da nossa era), como viúva do príncipe Igor.

O *desenlace* (ou *desfecho*), que só poderia ser cômico, vem pelas mãos de um ateu que trabalha para a glória da religião; ele apaga com champanha o rastilho a uma bomba e é uma pessoa cuja jovialidade, sem-cerimônia e presença de espírito materializam-se no nome *Ilári* (*Hilário*, do grego *hilarós*, "alegre", "folgazão"). Assim como os gordos soem caracterizar-se por bonomia e fleuma, os indivíduos folgazões parecem deveras ter nascido com espírito cordato e solidário, riqueza de ideias (ainda mais um artista) e capacidade de reagir a problemas da vida melhor do que a questões vagas.

Os nomes são os marcos miliários da narrativa e reproduzem o conto em miniatura; são alavancas do movimento narrativo. As personagens dividem o mesmo espaço físico, e os nomes, como sustento e fomento do teatrinho vivido pelo clã do comerciante, ecoam na ação por meio dos seus significados, possuindo uma base léxica claríssima e demonstrativamente sublinhada para intensificar o efeito de cada passo do enredo. E o patronímico *Nikítitchna* das moças garantia final feliz: o pai, Nikita (gr. *Nikitás*, "vencedor") estava fadado a conseguir a expansão do grupo familiar.

* * *

Floriênski assinala a relação entre nome de personagem e *tipo literário*. Para entendermos a expressão em itálico, recordemos que há pessoas que parecem tiradas dos livros clássicos. *Romeu* é o homem apaixonado, e *D. Quixote*, quem tenha nobres impulsos e se avoque missões inglórias. Esses nomes próprios cristalizam uma ideia e ligam-se a um *modelo*. Apanham-se as qualidades e as imperfeições humanas mais salientes e elas interpretam-se como as principais motivadoras do comportamento de personagens construídas especialmente para ampliarem a imagem estereotipada de alguém ou grupo de primatas humanos. Tais personagens variam com o tempo e o país dos seus criadores (e até de um escritor para outro), mas conservam um núcleo comum, reconhecível pelas sucessivas gerações de leitores; são os *tipos literários*. A de Shakespeare figura como *galã*, homem gentil e nobre de caráter, movido pelo amor a uma mulher; a de Cervantes apresenta-se como *cavaleiro*, tipo surgido no Medievo e representado por personagens errantes em busca de aventuras para provarem o seu valor como homens da corte. Escreve Floriênski:

> "Os tipos literários são profundas generalizações da realidade; orientações que, embora subconscientes, são extraordinariamente genéricas e extraordinariamente precisas. O tipo literário adensa a percepção e é, por isso, mais verdadeiro do que a verdade da vida e mais real do que a própria realidade. Uma vez descoberto, o tipo literário entra na nossa consciência como uma nova categoria de percepção do mundo e compreensão deste."[6]

Leskov, ainda rapazola, trabalhou no Tribunal de Justiça de Oriol e ali soube do caso de uma mulher da região que, ansiosa pelo desfrute dos bens do sogro, decidira abreviar, com ajuda do marido, a história do velho no cartório dos vivos e vertera-lhe chumbo derretido num ouvido, quando ele dormia a sesta. Os autores da violência (um casal), o motor do delito (a cobiça) e o braço dos criminosos (a crueldade) remeteram o futuro escritor às tragédias de Shakespeare, autor já então muito traduzido na Rússia, e com isso a literatura ganharia uma Lady Macbeth russa (que pode, *grosso modo*, considerar-se uma *mulher fatal*).

Floriênski acrescenta que a importância dos nomes é igual à do tipo literário por eles designado, porque "é em torno deles e — digamo-lo francamente — é deles que se cristaliza, na criação artística, essa nova categoria de percepção do

---

[6] Pável Floriênski, *op. cit.*, p. 181.

mundo e da sua compreensão" (*idem*). Isso lembra o surgimento da pérola: quando um corpo estranho penetra numa ostra, ela envolve-o com uma camada de células epidérmicas do seu manto, e, na sequência, depositam-se sobre ele sucessivas camadas de nácar (substância branca que reveste interiormente várias conchas), originadoras, em média três anos depois, do tão formoso glóbulo, de aproximadamente 12 milímetros.

E qual era o tipo literário por excelência de Leskov? Numa época da vida, ele sentiu necessidade de procurar por pessoas que, até nas circunstâncias mais desfavoráveis, fossem capazes de conservar a sua peculiaridade e independência de caráter e praticar o bem, indo contra a ordem das coisas. Criou uma galeria de figuras peculiares, inspiradas em gente das camadas mais pobres, a qual se distinguia pela estatura moral, desprendimento dos bens materiais, altruísmo e, não raramente, também por engenho, habilidades manuais e dotes artísticos — o *právednik* ("justo", de *pravda*, "verdade"). Esse tipo de personagem entra na literatura clássica russa na segunda metade do século XIX, muitas vezes com uma auréola de santidade, e ocupa lugar importante na consciência literária da época, como mostram os exemplos de Turguêniev (*Relíquia viva*) e Dostoiévski (*O idiota*).

Pois bem, um *justo* de Leskov permite-nos verificar que o nome é o núcleo central da figura retratada, no sentido de que ela é o prolongamento do nome, como afirma Floriênski:

"Tais figuras não são outra coisa que não os nomes na sua forma desdobrada. O completo desdobramento desses centros espirituais, torcidos em espiral que se fecha, realiza-se pela obra inteira, a qual é o espaço do campo de forças dos nomes próprios. Já as figuras literárias, graus intermediários dessa auto-revelação dos nomes, constituem o corpo de que se reveste o nome, que é a primeiríssima das manifestações da essência espiritual, a qual, por sua vez, é invisível e inaudível, escapa à percepção e à compreensão e existe em si e para si. O nome é o tecido sutil, por meio do qual se nos apresenta a essência espiritual."[7]

No conto "A sentinela",[8] um soldado abandona o posto de guarda para salvar uma pessoa. O sobrenome *Póstnikov* deriva do substantivo *post* (*jejum*), e este constitui uma palavra-cacho.

Eis os seus significados, pelo *Dicionário de Vladímir Dal*: a) ação do verbo *postit*, não comer absolutamente nada (*jejum*); b) *post*: lugar ocupado por um militar para a função de vigilância; o próprio sítio vigiado (*posto*); c) *karaul*: a guarda de um lugar, o grupo de militares que a fazem (*guarda*), com a circunstância de que *karaul* também tem o significado de "pedido de socorro de alguém que se encontre em situação de perigo" (*Acudam! Socorro!*); d) *pritin*, limite de movimento ou lugar onde algo deve ficar; e) *piket*: destacamento de soldados, enviado para guarda avançada ou tarefa extraordinária (*piquete*); f) *vedét*: ponto de vigilância mais próximo da linha inimiga, ocupado por cavaleiros (*posto avançado*).

Post, *d*estorcido em espiral que se abra, *reproduz* o episódio central do conto (as páginas seguintes relatam a reação dos superiores ao ato do soldado). Ele dá-nos o lugar da ação, instalação militar ou sítio com vigilância armada (*b*), e a personagem como integrante da guarda do lugar (*c*), de um destacamento de soldados, postados na defesa avançada (*e*)

---

[7] *Idem*, pp. 181-2.

[8] Ed. bras.: "A sentinela", em *Homens interessantes e outras histórias*, trad. Noé Oliveira Policarpo Polli, São Paulo, Editora 34, 2012.

do regime (o palácio do imperador), ao qual apresentar-se-á uma situação extraordinária. O que se seguirá é um drama anunciado, uma vez que, entre os membros da guarda, há uma "pessoa muito nervosa e muito sensível", em cujo próprio nome ecoa já um eterno pedido de socorro (c).

O serviço de sentinela pauta-se por normas férreas. A ação transcorre num espaço tolhedor de impulsos e movimentos (d), que enleia a sentinela com uma teia de proibições (não pode afastar-se da guarita por nada e não pode distrair-se com nada); tal ambiente, porém, é confrontado pelas "dúvidas da razão" experimentadas pelo soldado, cuja atitude, pela excepcionalidade (ele faz algo que dele não se podia esperar), alinha-se com a anomalia climática (a acentuada subida da temperatura em pleno janeiro) e, pelo sentido de ruptura (quebra de juramento), com a oposição do vento ao fluxo das águas do rio (o soldado vai contra a corrente, infringindo o regulamento). Jejum, ato deliberado de abstenção parcial ou total de comer (a), torna-se sinônimo da atitude do soldado: quem jejue, vai contra a ordem natural, desobedece a uma praxe inalienável da nossa vida de animais, e a sentinela, ao sobrepor o instinto de compaixão ao dever, como que *jejua* em relação à norma de conduta, ditada pelo código da caserna. Assim como o jejum pode levar à morte, o ato de Póstnikov é a sua potencial condenação a fuzilamento; o rio Nievá representa o Letes para o bêbado e para a sentinela. Quem veja de perto a morte iminente de outro vivente, é tal qual uma sentinela em posto avançado (f), a qual vê claramente uma linha divisória entre a vida (o seu lado) e a morte (o outro).

O sobrenome *Póstnikov* despeja na ação todos os significados de *post* e revela a "essência espiritual" da personagem, soldado que recebe do Acaso uma missão extraordinária e corre a honrar o seu posto, transformando-se em guardião de algo mais elevado do que o sossego e o sono de biltres. Mas por que se intitula o conto "A sentinela" e não "Soldado (ou Militar) de sentinela"? Leskov quis, com isso, salientar que, em qualquer função que exerçamos, devemos *permanecer gente*, revelar compaixão pelo próximo, devemos todos nós ser guardiões de tudo o que seja belo e/ou frágil e estar sempre dispostos a socorrer os outros viventes. É preciso que cada qual ocupe o seu posto no mundo como verdadeiro ser humano; vale dizer, o impulso ditado pela consciência deve impôr-se à praxe do profissional.

* * *

Na história do queijeiro de Oriol, a alcunha da personagem possui um lastro semântico oculto no texto. Colocada no título da novela ("Niesmiertiél'nyi Golovan"), instiga-nos a procurar o que da personagem nela lateja.

O substantivo *golovan* significa "*pessoa ou animal de cabeça desproporcionalmente grande*" ("macrocéfalo", "megalocéfalo")[9] e provém de *golová*, "cabeça". Se a figura cabeçuda tivesse nome civil, por exemplo, "Mark" (Marco, Marcos) ou "Tsézar" (César), a tradução da sua alcunha poderia ser *Marcosséfalo* ou *Macrocésarfalo*.

Os mais de dois metros de altura tornam-no um *galalau*. Como *Golovan* pronuncia-se *ga-la-ván* (na língua russa, a vogal "o", quando átona, soa como "a"), não ficaria mal como *Galalauvan*. Tal palavra seria a solução perfeita, se não apanhasse somente o lado sonoro do nome; a exuberância em centímetros de altura não é funcional, a saber, não contribui para a apreensão da massa do ser, sentir e agir da personagem. A medida métrica deve associar-se à medida ética da vida de Golovan e faz deste um "grande homem grande".

---

[9] *Dicionário de Vladímir Dal*, tomo I, p. 368.

Os muitos centímetros a mais na medida da circunferência da cachimônia emulam a auréola com que os santos se veem nas oleografias. Floriênski acende uma luz, com afirmar "a necessidade vital do nome como centro e coração da obra inteira".[10]

A exaltação da existência de um indivíduo tão invulgar reflete-se no texto: a sua alcunha aparece 157 vezes em 33 páginas. *Golovan* constitui uma palavra-dínamo, que faz vibrar em tudo a energia moral da personagem e, ao perpassar a narrativa qual fio evocador de uma necessária perenidade para uma existência adornadora do mundo, torna-se o elemento estruturante da novela, o "seu centro e coração".

A medida da circunferência da cabeçorra materializa a lucidez de mente, formosura de espírito e bondade ativa. A "essência espiritual" de Golovan pauta-lhe as atitudes, e ele, *cabeçudo* no sentido de "teimosamente altruísta", e a sua alcunha estão consubstanciados: a cabeçorra simboliza hipertrofia da Virtude, enormidade em anatomia e enormidade em caráter. A carga semântica da alcunha Golovan (*bolcháia golová*, cabeça grande, cabeção) rima com a sua semântica interna (*bolcháia duchá*, grande alma/coração).

As questões do interesse da personagem-narrador ("o pecado de Golovan" etc.) esclarecem-se com o nome do soldado desertor: Fotéi (do gr. *fotós*, "luz").

* * *

Título de obra literária, quando reduzido ao nome da personagem principal, alerta-nos para a importância desse nome para a consumação da ideia do escritor. Em "Toirovelha", o nome é o "centro concentrado" da personagem principal, e a sua "essência espiritual", a antinomia; o ex-semi-

---

[10] Pável Floriênski, *op. cit.*, pp. 171-2.

narista Bogoslóvski transpira contradições e constitui um compêndio de antíteses.

A sua alcunha e título do conto, *Ovtsebyk*, é o nome popular do boi-almiscarado (*Ovibos moschatus*), bovino das regiões árticas da Rússia e do Canadá. Um apodo tão eloquente, quando, em literatura, os nomes próprios soem possuir dois lados, o da expressão e o do conteúdo, fez-nos considerar a possibilidade de transmitir tanto a sua forma quanto a sua carga semântica. *Boi-almiscarado* exclui-se, pois não reproduz a antinomia contida no nome russo — combinação dos nomes de dois animais antagônicos: *ovtsá*/"ovelha", símbolo de *mansidão* + *byk*/"touro", evocador de *ferocidade*. *Ovinotauro* e *Taurovino* também não servem, porque, primeiramente, são latim puro, ao passo que *ovtsebyk* se forma de duas palavras russas correntes, e, segundamente, parecem designar algum ser mitológico, quando, no original, se faz referência a um animal da fauna do país. *Ovelhatouro* então? Não, pois escancara a figura gerada pelo idioma de partida (uma pessoa, cujas contradições começam já pelo nome), quando o nome precisa instigar a imaginação da leitora e do leitor. O fato de o protagonista apresentar-se como boi bravo na primeira parte da novela e apequenar-se qual cordeiro na segunda, sugere a inversão dos elementos constituintes da sua alcunha. *Toirovelha* reproduz mais eufonicamente a forma interna do antropônimo russo.

A alcunha espelha a principal característica do sujeito (a natureza dual de alguém dotado dos traços psicológicos de um animal e de outro) e determina a composição da obra; a ação transcorre como um combate em três *rounds*, cada qual disputado pelo Toirovelha com um espírito. Tem-se exemplo de quão importante é o nome para o desempenho da personagem. O homem iracundo, crítico ácido de tudo e de todos e disposto a arrebentar tudo pelo seu ideal de justiça, quando se exaspera, semelha o touro, que investe contra quem dele se abeire; o lado taurino, se lhe dá a força das fundas convicções e ímpeto para tentar traduzi-las em atos, torna-o um ser marginal e solitário. Na primeira parte da narrativa, a personagem é vigorosa e aguerrida, combinação de pujança física e ardor ideológico; é um touro, que sai a campo aberto a desafiar os vertebrados humanos.

O primeiro prato da antítese *força-ferocidade-impetuosidade* versus *fragilidade-desamparo* prevalece na primeira metade da história; depois, golpes da vida à personagem carregam no segundo. Como boi-almiscarado facilmente dominado por dois ou três lobos, ele enreda-se na pseudo-sabedoria dos velhos crentes, deposita ingenuamente confiança nos miseráveis dos seminários e sucumbe diante da sórdida boçalidade dos assalariados de um empreiteiro; no transcorrer desse passo, de sob a carapaça de irascibilidade do touro, expõe-se a vulnerabilidade da ovelha. Os momentos do trânsito da personagem de um extremo ao outro estão muito bem marcados: no início da novela, as tranças da personagem "encurvavam-se nas faces, fazendo lembrar os cornos do animal [o touro], em cuja honra ele recebera a sua alcunha", ao passo que, no final, elas "tal como antes, espetavam-se para cima, como os cornos de um carneiro".

O seu nome de batismo, *Vassíli Petróvitch Bogoslóvski*, amplifica as contradições expressas na alcunha.

Vassíli (Basílio), que teve grande difusão, na Rússia, do século XV ao XIX, ficando atrás apenas de "Ivan", junta ideias conflitantes. Vem do grego *Vassileios* ("soberano", "rei", "majestoso", "principesco") e contrasta com a pobreza e vida ascética da personagem. Ele dá a estatura moral e intelectual da personagem; o santo homônimo escrevera uma coletânea de regras da vida moral, ao passo que Bogoslóvski possui um programa de endireitamento do mundo; a mesma ânsia de pregação levara o primeiro a calcorrear as terras do Egito, da Síria e Palestina e tangeu o segundo por milhares de quilômetros na província russa; do monge, nascido na Capadócia por volta do ano 330 da nossa era, dizia-se que era "um navio carregado de tanto conhecimento quanto pudesse caber na natureza humana", e o nosso ex-seminarista, exercitado em teologias e filosofias, dava quinaus aos mestres na academia eclesiástica. O nome *Vassíli* contrapõe-se à beligerância taurina da personagem, pois, como assinala a professora Kaukhtchvíli, aos ouvidos russos ele lembra o peixe *vassil'* (uma pequena perca da Carélia) e a flor *vassiliok* (centáurea, *Centaurea cyanus*).

O patronímico *Petróvitch* ("filho de *Piotr*/Pedro", do gr. *pétros*, "rochedo", "pedra"), reforça o que define a personagem, que se julga um apóstolo: a agrestia da aparência, a robustez e solidez da figura, por um lado, e a austera impassibilidade diante das vicissitudes e a inabalabilidade das suas ideias, por outro. A sua principal função é contrapor-se a *Vassíli*:

> "A natureza antinômica dessa personalidade determina-se também pela contradição entre o nome e o patronímico: o peixinho temeroso ou o homem de sentimentos delicados contrapõe-se a uma obstinação incomum ou à severidade do homem-pedra, que defende constantemente a sua ideia."[11]

Eis o raio-X da personagem.

Por fim, o sobrenome *Bogoslóvski* escolheu-se também por bom motivo. Ele provém de *bogoslóvie* ("palavra de deus", "teologia"), algo como "Teologíski", "Teólogov". Era comum darem-se sobrenomes dessa natureza a seminaristas, diáconos e sacristãos; o sobrenome passara do pai (sacristão

---

[11] N. M. Kaukhtchvíli, *op. cit.*, p. 87.

de aldeia) à personagem e firmara-se nas escolas religiosas frequentadas por ela. Assim, talhara-se a personagem, com toda a carga simbólica do nome civil, para a milícia clerical, mas ela dedicar-se-á à agitação política.

A alcunha, o nome, o patronímico e o sobrenome são "dente e gengiva" com a natureza antinómica do nosso amigo, e esta, por sua vez, determina a composição da novela. Vê-se a contraposição de personagens, ideias ou atitudes no texto inteiro. O antagonismo entre uma coisa ou pessoa e outra constitui a ideia estruturante da novela, o seu DNA, e manifesta-se no permanente descontentamento do Toirovelha com o mundo.

Leskov apresenta-nos uma personagem destoante do seu entorno. O amigo Tchelnóvski cultivava plantas exóticas, e não admira que gostasse de um exemplar de mamífero humano para lá de estranho ("eu nem suspeitava da existência desse estranho animal na nossa região de terras negras, abundante em cereais, mendigos e ladrões"). Da estima de Tchelnóvski por Toirovelha fala o seu cão, outro esquisitão ("de porte bem indecente e um andar que lembrava um pouco o 'can-can'") — um *buldogue* (inglês *bull*/"touro" + *dog*/"cão"), que se identifica onomasticamente com a insólita personagem. E também animicamente, pois o Toirovelha é de uma devoção verdadeiramente canina aos amigos, embora não dê expansão aos sentimentos ("o feroz Boks olhava para ele como para um amigo e não lhe fazia festas somente porque vir com carinhos é coisa dos cães de raça francesa e não está no caráter dos cães de raça anglo-saxã").

A identificação do cão-touro com o homem-ovelha-touro avança pela semântica do seu nome, *Boks*. Segundo o *Dicionário da Língua Russa*, de Serguei Ójegov, a palavra possui três acepções, e todas elas remetem à personagem: 1) "boxe", a arte marcial dos socos, coisa muito consonante com a natureza belicosa da personagem; 2) "corte de cabelo masculino, em que as têmporas e a nuca são rapadas", quando um dos atributos distintivos do Toirovelha, de nuca rapada e tranças, é precisamente o penteado ("Ele penteava-se de um tal jeito, que parecia querer de propósito confundir as pessoas acerca da figura do seu "andar superior") e 3) "enfermaria de isolamento (em hospital)", quando, pelos modos e pelas ideias, a personagem vive apartada do convívio social.[12]

O simples nome *Boks* vale por uma descrição do modo de ser do protagonista; a bocaça do buldogue, adornada pela não menos intimidante dentuça, faz digno par aos cornos do touro bravo, primeira imagem do Toirovelha. O cão imita-o no corpo de afeto e fidelidade, que pode explodir de raiva para a defesa de alguém.

Assim, a "delicadeza de flor" e "o princípio animal", presentes no nome *Vassíli*, abrigam-se na fragilidade das plantas exóticas de Tchelnóvski e na bocarra medonha, apesar de amiga, do buldogue. O antagonismo de coisas ou seres percorre toda a narrativa.

Para o retrato psicológico do Toirovelha contribui outra personagem episódica; ele, apesar da misoginia, tem afeição a uma "moça muito doce e extremamente infeliz", Lídotchka. O carinhoso diminutivo revela que, sob a carapaça de rudeza, o nosso amigo possui capacidade para sentimentos delicados. *Lídia* significa "mulher moradora ou proveniente da Lídia" (região da atual Turquia, mais ou menos); por ter como berço a Grécia Antiga, terra da alta cultura clássica, esse lindo e luminoso nome alude à erudição do Toirovelha.

A *exposição*, composta pelos três primeiros capítulos, dá-nos o protagonista com as suas ideias e o seu retrato e pa-

---

[12] S. I. Ójegov, *Slovar' Rússkovo Iazyká* (Dicionário da Língua Russa), Moscou, Rússkii Iazyk, 1990, p. 59.

tenteia um tema, o *Bem e o Mal*.[13] Seguem-se as memórias infantis da personagem-narrador, páginas magistrais, cuja leitura deve fazer-se à escuta de "Melancholy" em sol menor, opus 48, nº 3, composição de Edvard Naprávnik, e com uma olhadela a quadros de Mikhail Nésterov.

Surge o tema do *Locus amoenus*. O Toirovelha sente o hálito de algo misterioso e intangível e prova uma paz ausente de toda a sua vida: "Tamanho *lugar tranquilo* era aquele" (grifo do original russo). O desenvolvimento do *Locus amoenus*, que vai até o capítulo VII, promove, na composição da novela, um divisor-de-águas, de onde se vê o protagonista com ímpeto ascendente, de um lado, e já em processo de derrocada, do outro.

O tema do *Bem e o Mal* expressa-se na contraposição do presente ao passado. Gente da racionalidade calculista, da praticidade alheia a sentimentos e da adulação ao dinheiro substitui pessoas cuja marca eram a cordialidade, a solidariedade e o apego a algo superior, como a natureza e os costumes de antanho. Essa contraposição expressa-se onomasticamente: *Aleksandra*, nome da avó da personagem-narrador, é o feminino de *Aleksandr* (gr. *aleks* "defensor" + *andrós*, "homem" = "defensor/amigo dos homens"), e contrapõe a beata ao empreiteiro Aleksandr Svirídov, para mostrá-lo como falso "amigo e protetor dos homens".

Leskov esmerou-se na figura do capitalista, tornando-o a antítese de Bogoslóvski na novela. O patronímico *Ivánovitch* ("filho de *Ivan*", o nome masculino mais popular de sempre na Rússia) enfatiza o fato de ele ter vindo de baixo, das classes populares, e o sobrenome *Svirídov* (grego *Spiridon*, genitivo plural de *spyris*, "cesto") casa perfeitamente com o sujeito — um acumulador de patrimônio. Com a afir-

---

[13] O *tema* de uma obra literária é uma ideia por extrair-se do texto, algo oculto nas entrelinhas, em um nível abstrato e geral.

mação do capitalismo na Rússia, Svirídov encarna o tipo emergente na sociedade, que chegara para ficar e impor as suas regras; *Aleksandr*, ademais, nome de muitos tsares russos, inclusivamente o da época da escrita do conto, faz pensar que os empresários seriam os novos reis. Associa-se o Aleksandr-empreiteiro, que está a construir um império, ao Aleksandr-conquistador, de modo que Svirídov constitui, na verdade, o cabeça de um exército de ocupação.

Ele foi ungido como um deus, e a malta corre a levar-lhe prendas de incenso, mirra e ouro. Do metal ele não precisava; bastava-lhe a mirra, um tipo especial de incenso. Representa-a o cocheiro Mironka, cujo nome é diminutivo de *Míron* (e também *Mirón*), de origem grega, que significa "mirra", "que exala mirra". O mujique pequeno e de língua ferina encarna bem a *Commiphora myrrha*, arvoreta cheia de espinhos do Corno da África. As resinas olorosas, em especial a mirra, simbolizam bem a adulação dos pobres e dos remediados aos favoritos do deus-dinheiro.

Outro aspecto do tema do *Bem e o Mal* é a contraposição *masculino-feminino*. O primeiro associa-se à frieza e ao furor acumulativista de Svirídov, à torpeza e ignorância dos seus empregados e à infâmia dos crentes cheios de tretas; o segundo traz consigo empatia, paciência e bondade. Tal como a primeira esposa de Ivan, o Terrível, que se chamava Anastassia, conseguia, segundo os fastos, movê-lo a atos de generosidade, a mesma ação sobre Svirídov exerce Anastassia Petrovna. O patronímico constitui marcador onomástico da sua relação afetiva com Vassíli Petróvitch, e o nome dá o diminutivo *Nástia*, que pode interpretar-se como "boa", "bondosa", pois proviria do substantivo arcaico "*nástie*" ("bom tempo"), em contraposição a "*nenástie*" ("mau tempo"). Ela, com o seu carinho maternal, e o marido, com a rapacidade material, reiteram a antinomia *delicadeza de flor* e *princípio animal* (aqui, de predador), contida no nome *Vassíli*.

Os nomes das novas personagens apontam todos para o Toirovelha, como os girassóis para o Astro-Rei. O campo onomástico da novela, como aponta Kaukhtchvíli, caracteriza-se pelo seu "aspecto coral", em referência à tragédia grega, em que o coro explicava aos espectadores a ação, o desenvolvimento dos acontecimentos; vale dizer, os nomes das personagens são eloquentes e associam-nas à figura principal. Puxa-se o fio à meada pelo nome bem helênico do monge Prokhor (*pro*/diante de + *khor*/coro), que significa "aquele que fica diante do coro", o seu puxador, diretor ou solista. Os nomes das personagens secundárias abrem caminhos para o conhecimento cabal do protagonista e do seu destino.

Os patronímicos da avó do narrador e do cocheiro, derivados de *Vassíli*, relacionam os dois com o protagonista. Entre os que eram modelo de gente que o Toirovelha deveria haver buscado encontrar pela vida e imitar, alinham-se também os monges Serguei e Vavila. O primeiro é um artesão eternamente ocupado, já o segundo vive na ociosidade e na contemplação da natureza e, criatura absolutamente mansa, desmente um dos significados do seu nome latino: *mitiéjnik*, "rebelde".

Os dois monges servem a um objetivo maior do autor. Acabam por serem também antagonistas do empreiteiro, em desenvolvimento do tema do *Bem e o Mal*, pela função de guardiões do lago do mosteiro e defensores da natureza, inclementemente explorada e conspurcada pelo capitalismo dos Svirídovs. Mas eles são guardiões também de outra coisa. De que, precisamente, diz-nos Vavila, quando volta inebriado de um passeio pelos arredores do lago: "*Russí dúkhom pákhniet!*" ("Aqui paira o espírito da Rus!").[14] Serguei e Vavila eram guardiões da memória daquela Rus medieval, a Rússia

---

[14] *Rus* é o primeiro nome da terra habitada pelos russos. Usa-se hoje para comunicar solenidade à invocação da pátria.

anterior ao reinado de Pedro, o Grande (1672-1725), tão cara a Leskov; habitada, a seu ver, por ínclitos varões, ela teria, como características principais, a coesão da nação russa, o sentimento, em cada indivíduo, de pertença a uma família, sentimento alimentado pelo espírito de um cristianismo primitivo de comunidades em conúbio com a natureza e robustecido pela constante presença de inimigos nas fronteiras.

As quatro últimas personagens compõem referências espirituais para uma vida serena, mas estagnada e egoísta, e, claro está, só poderiam realmente contrastar com o Toirovelha, a encarnação do desassossego e de uma existência preocupada com a sorte dos outros.

Dada a sua alcunha de bicho, chancelada pela figura animalesca, e a sua identificação inicial com um cão, não admira que outro filho da Mãe-Natureza continue a falar dele. Se a relação de Boks com o Toirovelha se deduz do contexto, a associação do gato Vaska ao protagonista da novela é direta, pois ambos têm o mesmo nome: *Vaska* é diminutivo de *Vassíli*. Representa o nome mais comum para o felino doméstico na Rússia e usa-se até para designá-lo de modo genérico (como lhe chamamos "bichano" e "ronrom"). Essa familiaridade toda serve de cortina de fumo para ocultar a razão da sua escolha: *Vaska* usa-se como caracterização da personagem naquele momento da ação. No reencontro com a personagem-narrador após alguns anos, vale dizer, no segundo *round* da sua luta, o Toirovelha aparece baço e abatido aos olhos dela ("*o meu propagandista* [...] *perdera já a chama interior*"); o seu vulto não impõe já respeito, e no mosteiro tratam-no como a um coitado; o revolucionário, representado pelo touro, agora, sem discurso candente, transformou-se na ovelha da sua alcunha; ele ainda clamará pela justa vingança dos oprimidos contra os opressores, mas falharão sempre as suas tentativas de conseguir adesões ao seu plano de ação política — como as marradas de um certo ruminante cavicórneo contra um muro: *Vaska* é também o nome genérico para *bode*.

Dentre as personagens secundárias sobressai Timofiéi (grego *timao* "honrar" + *teos* "deus", "aquele que honra a deus", Timóteo) Nevstrúev, outro duplo do Toirovelha. Os dois caracterizam-se pela pujança física (Nevstrúev era "um hércules invencível", e o Toirovelha, um candidato a Maciste russo) e correram mundo, um por sonhar com a união e a dita de todo o povo cristão, o outro por entender a necessidade de combater um regime social injusto, para a libertação do povo oprimido.

Nevstrúev reflete a natureza dual do Toirovelha e passa de *amigo* a *traidor*, e a onomástica registra a sua transformação. Por um lado, o nome *Luká*, recebido por ele à ordenação como diácono, serve a justificar a sua traição; o santo homônimo, São Lucas, figura na mitologia como "o médico armado", e, como qualquer diligente esculápio deve prontamente meter-se a aniquilar qualquer agente patógeno detectado no seu meio, Nevstrúev delata o subversivo Toirovelha aos superiores. (Tal ato reitera a ideia de subordinação às autoridades e a não insurreição contra a ordem vigente e proveio do desejo de mostrar competências aos chefes.) Por outro lado, *Luká* contém veneno e constitui a coima de Leskov a Nevstrúev: a delação foi uma atitude de *astúcia* e *manhosa sagacidade* — em russo, *lukávost* (substantivo sem nenhuma relação com o nome do santo), que dá o adjetivo *lukávyi*, um dos nomes para o Diabo (*Lukávyi*, o Manhoso).

Surge outro *motivo*[15] do tema do *Bem e o Mal*, quando a personagem-narrador refere que, na última noite passada com os noviços à beira do lago, "Timofiéi Nevstrúev não estava inteiramente de maré — passara aquele dia ajoelhado,

---

[15] *Motivo* é qualquer coisa (ação, acontecimento, alusão, pormenor etc.) que se possa interpretar como manifestação do tema.

de castigo, no meio da igreja, por ter, alta noite, saltado a cerca do pomar do prior". O desacato de um subalterno a um superior faz pensar que quem se insurja contra os detentores do poder maior (o tsar, a nobreza, os capitalistas, enfim, todos os parasitas do povo) deve ser punido, ainda mais se é um aspirante a padre, quando a religião é aliada dos opressores; pelo Toirovelha, então, espera um castigo. Tendo-se apresentado como a repetida perda do ganha-pão pelo Toirovelha, revoltado com empregadores canalhas, o motivo do *castigo* ressurge na punição ao noviço Nevstrúev pelo furto de fruta do pomar do prior e na morte de outro duplo do Toirovelha, o gato Capitão, assanhado pelas provisões de alimento dos seus tutores. Contestação dos privilégios de alguém de um estrato superior (social, hierárquico ou especicista), eis a falta dos três, seguida de punição. A cena final da novela remata o tema do *Bem e o Mal* com o motivo do castigo:

> "Os joelhos estavam dobrados e quase tocavam o chão. Como se ele se houvesse ajoelhado. [...] A sua figura toda estava oculta à sombra, enquanto sobre a cabeça, filtrando-se por entre os ramos, caía a pálida luz da Lua."

O particípio "ajoelhado" sugere a postura de quem peça perdão a alguém. Anunciara-se a punição ao Toirovelha no seu passeio noturno pela floresta do lago, e o castigo viria relacionado com o *fogo*. A cena antecedente ao temporal representa um quadro de David Teniers, "iluminado pela cálida luz rubra da lareira"; tem-se o fogo amigo, dominado, que alumia ambientes, aquece corpos e cozinha alimentos. O temporal desperta os padres, e estes, amedrontados, pegam a rezar. Para os cristãos antigos, a tempestade representava a zanga da corte celeste com os vertebrados humanos, e não é por outra razão que o padre Vavila estremunha a personagem-narrador: "Levanta-te! Não está bem que se durma com um tempo destes. Quem sabe se não é a hora de alguma vontade de deus". Leskov, já aqui, na sua primeira obra significativa de ficção, recorre à mitologia judaico-cristã e pinta um quadro de fim do mundo: "Um estrondo seguia-se a outro, cada qual mais potente, cada qual mais medonho, e os raios não emudeciam nem por um minuto. Como se todo o céu se houvesse aberto e estivesse prestes a abater-se com fragor sobre a terra numa torrente de fogo".

Agora tem-se o fogo ameaçador, fora do controle do homem (mais uma contraposição). Um ribombo terrível acompanha-se de um estremecimento da isbá inteira, e o padre Vavila grita que ela está a arder ("*Fogo!*"). A sacudidura da habitação fora causada pela égua da personagem-narrador, que, assustada com o último trovão, se atirara contra a parede do vestíbulo. O episódio lembra a aventura do cocheiro Iliá Vassílievitch com o imperador (cavalos compartilham uma aflição de momento com o vivente humano próximo) e a subida aos céus do santo homônimo em carruagem de *fogo*; não há, portanto, como não interpretar a passagem pelo viés religioso.

Um raio fulminara um pinheiro seco, vestindo-o de chamas: "— Assim estava ele destinado por Deus — respondeu pai Prokhor, sempre temente a Deus". O padre alegra-se com a ira celeste haver-se descarregado sobre outrem. Mas quem era o pecador merecedor de punição? Aquela "vela colossal", resposta dos céus à ânsia dos padres por alguma chama de vela, estava acesa para o Toirovelha... Ele via-se no pinheiro, como um guerreiro que imaginasse a combustão do seu ser na fúria de contestador das injustiças do mundo. Só que, na crença dos eslavos antigos, a pessoa que morresse por raio, só poderia ser um pecador, e o Toirovelha era um, já que pregava contra as ordens vigentes do mundo. Importante salientar que isso possui uma interpretação espacial: aquando de uma tormenta, quem não esteja sob o teto de alguma casa, não é cristão, mas pecador.

Enfim, a cena anuncia a punição guardada para o Toirovelha, desviado das sendas da religião e revoltado com as disposições celestes para o mundo. O remate do motivo do *castigo*, por meio da ideia de punição pelo *fogo*, é o topônimo *Jógovo*, nome da aldeia, onde o protagonista dá cabo de si: o radical *jog*, entre outras coisas, refere-se à *queima* de uma floresta para a sua transformação em terra de plantio.[16]

É um motivo do tema do *homem e a natureza*; a ação do primeiro sobre a segunda, apontada no caso do rio Séim, encontra o seu desfecho no extermínio de uma floresta. E a morte do Toirovelha compara-se à de um animal já sem o seu habitat.

Nevstrúev, como duplo e antagonista do Toirovelha, contribui muito para a apreensão deste e tem importância fundamental para a compreensão da obra, pela funcionalidade do seu sobrenome. O noviço segue-o à risca: *Nievstrúev* (prefixo de negação *nie*/"não" + preposição *v*/"em" + *struiá*/"corrente"), "o que nada não pela corrente, mas contra ela". Tal sobrenome é um motivo do principal tema da novela: *a vida como um rio*. Representa um comando remissivo à leitora e ao leitor, para que voltem a capítulos anteriores ("à jusante") e indaguem do uso de alguma palavra e julguem o momento da ação com dados de situações apresentadas anteriormente. Leskov usa o procedimento literário de apresentar alguma ideia e depois reafirmá-la como súmula de alguma experiência vivida, para caracterizar sucintamente,

---

[16] A informação consta do *Slovar Toponímov Novosokólnikovo Raiona Pskóvskoi Óblasti* (Dicionário de Topônimos do Distrito de Novossokólnik da Região de Pskov).

com a palavra-esteio, algum acontecimento importante do enredo. O motivo da água mostra isso com mais evidência, além de perpassar toda a narrativa.

Na descrição das pescarias no lago do mosteiro, identificam-se os barcos ao Toirovelha. Ele ressurge com a veste talar e o capuz dos noviços, a saber, todo de negro, e, à semelhança desses barcos de difícil manejo e negros da ação do tempo, continua desjeitoso no trato e impermeável a visões de mundo diferentes da sua, tal como uma embarcação é fechada à água circundante. Como os referidos barcos, presos a estacas e calados fundo na água, longe da margem, o Toirovelha, por ter-se assentado sobre as suas ideias dominantes e nelas ter feito finca-pé, está impossibilitado de atingir um ponto de mínima aproximação às outras pessoas e de entendimento com elas.

O ato de Nevstrúev carregar o futuro narrador até uma das embarcações é a tradução imagética do tratamento de outra pessoa ao protagonista da novela. As quinze braças de água, insuperáveis pelo menino, correspondem às circunstâncias da vida, nas quais o Toirovelha perdia o pé; exasperado com as injustiças sociais, sem emprego, tinha de recorrer ao amigo Iákov (Jacó), que se contrapõe, pelo altruísmo, ao seu homônimo da mitologia religiosa. É com a sua intercessão que o Toirovelha escapava de submergir entre os dois pólos do seu mundo, o das ideias e o das necessidades vitais — o sobrenome de Iákov é *Tchelnóvski* (de *tchioln*, "canoa"). Corrobora-se tal decantação semântica da passagem com o fato de o criado de Tchelnóvski-*Canoa*óvski chamar-se *Moisséi* (Moisés), nome de uma personagem *salvada* das águas dum rio, na mitologia judaico-cristã.[17]

---

[17] Não se usou o particípio preconizado pela gramática (*salvo*), porque não conserva a ideia da *ação de salvamento*, que é preciso frisar.

Onomástica leskoviana 313

A natureza esquiva e arisca de Vassíli, que tem quase nome de peixe, equipara-o às "escorregadias lampreias", e o brilho *dourado* do outro peixe apanhado no lago do mosteiro, o carássio (*Ciprinus carassius*), suscita à memória o amarelo-claro das calças usadas pela personagem no introito da novela. Com tal cor prossegue a associação *homem-peixe*: dos peixes servia-se aos noviços uma sopa (água modificada por substância nutritiva, que nela se cozinha) da cor do âmbar *amarelo*.

"... lembro-me ainda mais da expressão descontente, e como que má, de todos os rostos na hora de atrelar os gordos cavalos para levar para o mosteiro os carássios apanhados e o nosso comandante, pai Ignáti, atrás de cuja telega as 'lesmas' deveriam marchar até os muros do mosteiro.
E foi bem nesses lugares, de grata memória para mim desde a infância, que me aconteceu encontrar mais uma vez, e de modo completamente inesperado, o Toirovelha fugido de Kursk."

O primeiro parágrafo dá o quadro de um cortejo fúnebre, e o segundo introduz o Toirovelha na cena. O substantivo *komandir* ("comandante") e o verbo *chéstvovat* ("marchar"), provenientes do jargão militar, asseveram que o movimento do rancho de noviços é ordenado; dirige-o, ademais, não uma pessoa qualquer, e não para um lugar qualquer: à testa dos préstitos fúnebres de antanho ia sempre um agente da religião, e o finado era sempre levado a enterrar, em carro tirado por cavalos, a terreno adjacente a algum templo. Nesse apólogo visual, de animais reais (cavalos e peixes) ou figurados (lesmas; a palavra "noviços" impediria a associação homem-animal, alusiva ao Toirovelha), não há as carpideiras, mas não faltam uns essenciais indivíduos do passado.

Os noviços tinham o apodo de *slimak*, regionalismo do Sudoeste da parte europeia da Rússia, usado tanto para *ulitka* ("caracol"), quanto para *slizniak* ("lesma"), segundo o *Dicionário de Vladímir Dal*. Escolheu-se o segundo porque ele se emprega coloquialmente e pejorativamente como epíteto da "pessoa sem força de vontade, sem caráter, insignificante",[18] o que não difere em essência de "pessoa indolente, pessoa insípida", significado figurado de "lesma" no *Dicionário de Cândido de Figueiredo*; e também porque a preguiça e insignificância aos olhos alheios era o apanágio dos noviços. *Grosso modo*, isso pode resumir-se a "pessoa sem importância; indivíduo qualquer", uma das acepções de nada menos que *gato-pingado*: "indivíduo que acompanha os enterros a pé, com tocha ou archote na mão" (*Cândido de Figueiredo*). E quem dará *fogo* às lesmas-pingadas para os fachos é o monge Ignáti, o capitão da procissão — o seu nome, na forma antiga *Ignat*, em uma das versões acerca da sua origem, teria vindo de *Egnatius*, nome de um clã romano de procedência etrusca, que, por sua vez, teria produzido *Ignatius* por influência da palavra latina *ignis* ("fogo").

Tem-se uma alegoria, um mudo apólogo, do enterro do Toirovelha, representado pelos peixes mortos (por *asfixia*, como o gato Capitão e, futuramente, ele). O exercício de pesca dos noviços equivale à ação do exército de empregados de Svirídov: os primeiros realizam as exéquias simbólicas do Toirovelha, os segundos preparar-lhe-ão a morte real.

A frase feita *"mnógo vodý uplílo"* ("muita água correu"), início do capítulo V, em lugar de alguma formulação neutra, como *"mnógo vriémeni prochló"* ("muito tempo passou-se"), cumpre a função de alertar-nos para mais inserções do motivo da água.

[18] S. I. Ôjegov, *op. cit.*, p. 728.

Na cena do reencontro com a personagem-narrador, ocorrida no mosteiro, o Toirovelha mostra a sua natureza imutável — de pessoa insociável e inadaptada ao mundo; pedem-lhe que sirva chá ao hóspede, e ele diz: "... eu não sei servir chá". Quando o chá é água transformada em bebida da esfera do convívio humano, de expressão de boas-vindas a alguém e de convite a uma palestra descontraída.

Naquele dia de mormaço, com ameaça de *tempestade* (água que cai do céu), ouve-se do monge Prokhor: "uma mosca, desde a manhãzinha, como uma possessa, quis-me lamber a cara". A mosca doméstica, ao pressentir chuva, mete-se nas habitações humanas; a queixa, sob a capa da trivialidade da situação, tem a função de preparar-nos para a apreensão de uma passagem posterior do texto. E o próprio Leskov adverte-nos: "... não fora à toa que uma mosca tanto quisera lamber a cara a pai Prokhor".

Na apresentação de Tchelnóvski, a palavra "mosca" usa-se num lugar-comum, referente a mansidão e bondade ("incapaz de fazer mal a uma mosca"), e confere à mosca o status apenas de ser pequenino e indefeso; como toda frase batida, mil vezes repetida, ela não nos evoca o ser real e não vai além da sua denominação. Pois bem, a expressão de incômodo por parte do monge Prokhor destina-se a avivar a extensão daquele chavão, guardada no nosso subconsciente: a imundície da mosca e o asco por ela provocado, que a fariam merecedora de esmagamento. Esse reforço textual é necessário, pois é essa reavivada associação que nos deve suscitar a palavra "mosca", na sua terceira aparição.

O Toirovelha casara-se com uma rapariga de uma aldeia de religiosos. O seu nome, *Glafira* ("bela", "airosa"), e o patronímico, *Afinoguiénovna* (filha de Afinoguién, "descendente de Afina", ou seja, de Atenas, a deusa da sabedoria), ambos de origem helênica, constituem uma autêntica certidão de nascimento da moça em uma coletividade ciosa da manutenção dos ritos gregos recebidos de Bizâncio e, principalmente, visam a associar sapiência, elevação e majestade à referida liturgia e, por extensão, aos seus praticantes. Só que a recalcitrante perseguidora alada do monge Prokhor põe uma nódoa no conceito daquela gente... Apoiado na antítese *bom--asqueroso*, estabelecida pela frase feita acerca dos mamíferos humanos mais inofensivos, e no marcador textual da reavivada asquerosidade da mosca pela queixa do monge, o sobrenome *Múkhina* (Mosca*khina*) contrapõe-se semanticamente ao nome *Glafira* e ao patronímico *Afinoguiénovna*: como a mosca conspurca tudo o que toque e suscita repugnância às pessoas, ele desmente toda a nobreza, conhecimento emancipador e energia vitalizante que o Toirovelha supusera haver naquele movimento religioso, ocupado e preocupado, na verdade, apenas com aspectos formais da religião e alheio a pensamentos de justiça social. *Múkhina-Mosca*khina estabelece o sinal de igualdade entre o arraial dos velhos crentes, situado na aldeia *Dubý*, e um monturo. O topônimo vale por cem imprecações: é o plural de *dub*, "carvalho" (*Quercus pedunculata*), que designa, na linguagem coloquial, uma "pessoa obtusa e grosseira".[19]

Nas reminiscências da personagem-narrador, a natureza aparece como jardim para deleite de corpos moços e abrigo para consciências sensíveis, e a intervenção do vertebrado humano limita-se à retirada de água e algum peixe do lago e à coleta de frutos silvestres. De *templo* ou *santuário* (ambas as palavras sem nenhuma conotação religiosa e só no sentido de espaço de coisas preciosas e raras, frágeis e insubstituíveis), a natureza transformar-se-á em *oficina*, tal como ordenaria, no início do século XX, o selecionador Ivan Mitchúrin

---

[19] S. I. Ôjegov, *op. cit.*, p. 184.

("Não podemos esperar esmolas da natureza; nós devemos tomá-las!"). O que é patrimônio de todos, passa, sob os auspícios dos governos, para os gadanhos de alguns — os acionistas de companhias e os capitalistas.

O tema *o homem e a natureza* aparece junto com o tema d*a vida como um rio*, no início da novela, quando a personagem-narrador fala dos passeios pelas margens dos rios Tuskar e Séim: "O primeiro desses dois rios vós não encontrareis em muitos mapas da Rússia, e o segundo é famoso pelos seus lagostins extremamente saborosos, mas fama ainda maior ele adquiriu pelo sistema de comportas, nele construído, que absorvera imensos capitais, mas não o livrara da reputação de rio 'impróprio para a navegação'".

O trecho traz a tradução cifrada da ideia principal da novela (negação da revolução como via para a transformação da sociedade). O rio Séim pode indicar o destino do Toirovelha; o fracasso daquela intervenção do vertebrado humano na natureza sugere a vanidade da atividade contestadora do protagonista da novela; os saborosos crustáceos, dote distintivo do riozinho, e os dinheiros gastos nas suas comportas fazem par com o valioso cabedal de humanitarismo e cultura da personagem, o qual não o livrou da fama de pessoa "imprópria para a convivência" e foi mal aproveitado.

O motivo da água carreia de várias maneiras o destino do protagonista. O topônimo *Kursk*, nome da cidade natal da personagem, provém do hidrônimo *Kur* e significa "cidade da margem do rio Kur". O lugarejo de despedida do Toirovelha chama-se Ólguina-Póima ("Terreno Aluviano de Olga"). Terreno aluviano é qualquer sítio baixo, inundado por rio na cheia da primavera, quando as suas águas descongelam e são engrossadas pela água do derretimento da neve nos sítios ribeirinhos; a área submersa, de tão vasta, semelha um mar, quando este é uma alusão à morte, onde todos os viventes deságuam. Perfaz-se o ciclo de renovação da natureza, e o depósito de sedimentos no solo lembra inumação de pessoas.

O motivo da água realiza a associação improvável do estalajadeiro do povoado de Pogódovo, personagem apenas citada, e Nástia. O sujeito incita o Toirovelha à luta pela transformação do mundo, ao passo que ela, ao acolhê-lo sob a sua proteção, leva-o a transformar a si próprio como pessoa. A associação dos dois é selada onomasticamente: *Nástia* remete, como se viu, a *tempo bom* (*nástie*), enquanto *Pogódovo* é um topônimo provavelmente inventado por Leskov e derivado do substantivo *pogóda*, palavra russa para *tempo* — o estado da atmosfera em um lugar em determinado momento.

Expõe-se a essência do antagonismo entre Toirovelha e Svirídov. A propriedade e moradia do segundo chama-se Barkóv, sobrenome proveniente do nome *Borkó*, forma contracta de *Boris*, *Borislav* e *Borimir*; como na língua russa não há acento gráfico para a sílaba tônica, pode ler-se também como *Bárkov*, genitivo plural de *bark*, embarcação marítima com velas triangulares no mastro da popa, quando *Svirídov*, sobrenome feito à medida para um acumulador de bens, deriva do genitivo plural do grego *spyris* ("cesto"). E um barco e um cesto têm em comum o fato de servirem para armazenamento e transporte de coisas. Então, se *a vida é como um rio*, Svirídov, um bem-sucedido espécime de primata humano (os seus negócios vão de vento em popa), é um daqueles que seguem por ela de barco, carregando-se de bens e lanços, e o Toirovelha não passa de um peixe do cardume acossado por predadores, aqueles poucos que se apropriam do fruto do trabalho de muitos. Svirídov acaba contraposto também a Tchelnóvski, que, apesar do nome Iákov, trata os outros como seus irmãos.

E a mais pungente inserção do motivo da água: Vassíli e a perca *vassil* estão consubstanciados na cena final da novela: "A três passos de nós, pendia dum ramo o Toirovelha.

Onomástica leskoviana 319

Ele enforcara-se com o cinto fininho dos camponeses, atado a um galho a uma altura não superior à de uma pessoa".

A vida como um rio chega ao seu termo com uma natureza-morta, com um peixe pendurado pela linha de uma vara de pescar.

A alcunha *Toirovelha* sintetiza a animalidade do protagonista e irradia-a a outras personagens; com a exceção de alguns poucos como Tchelnóvski e Anastassia Petrovna, a Humanidade divide-se, *grosso modo*, entre a estultice do vulgo ("porcos"), a apatia e alienação dos jovens ("lesmas"), a canalhice dos crentes ("moscas") e a torpeza dos assalariados de um novo-rico ("lobos").

À luz da comunhão do vertebrado humano com outras espécies animais em aparências, comportamentos e destinos, e como ilustração da interdependência de todos os seres vivos, o *princípio animal*, aninhado no nome *Vassíli*, produziu *avatares* (termo da religião bramânica) do protagonista: o cão Boks, o gato Capitão e os peixes apanhados no lago do mosteiro.

Como pôde ver-se, as personagens secundárias, até as que não interagem com o protagonista (por serem de tempo pregresso à ação ou aparecerem apenas citadas), contribuem para a apreensão da sua figura e o julgamento dos seus atos e constituem elos de importantes relações entre elas.

Nas entrelinhas, conta-se a história de um monstro misógino (a religião metera ao Toirovelha nos miolos a minhoca de que a mulher era "o vaso da serpente", um ser inferior e empenhado apenas em desviar o homem dos seus altos desígnios, e ele estendia a todas as mulheres o desprezo votado à genitora), que acaba por humanizar-se. Tal história sintetiza-se pela anedota do gato Capitão, cuja pelagem amarelo-parda traz à lembrança as calças amarelo-claras do Toirovelha dos primeiros capítulos e cujo nome combina com a belicosidade de alguém que espera reunir um exército de "humilhados e ofendidos". Felino e homem aproximam-se pela ideia de *mãe*, e o laço entre os dois foi dado bem apertado: ambos morrem por asfixia.

No final do capítulo II, a personagem-narrador interroga-se acerca do agastamento e sumiço do Toirovelha. O estado de espírito do Toirovelha, naqueles dias, fora do desalento à revolta; tentara interceder por uma mulher, cujo filho fora alistado no exército à força, e vira crianças de uma minoria étnica serem levadas para a caserna. Leskov, emitindo um alerta dissimulado, faz a personagem-narrador afirmar que os dois episódios "não tinha[m] nenhuma relação com a situação de Vassíli Petróvitch"; a conversa das duas mulheres compadecidas dos recrutinhas, no entanto, acerca de todos terem uma mãe algures e de filhos de qualquer nacionalidade sofrerem por elas, suscita a irritação do Toirovelha, espetado no âmago do seu ser; a pergunta "Onde está a tua mãe?", feita ao soldadinho doente, lembra ao Toirovelha o seu tratamento à própria genitora e é uma bofetada na sua soberba de ver-se como um nobre aspirante a vingador dos oprimidos; ele precisa haver-se com a sua contradição e desaparece do lugar, em busca de quem lhe revigore a raiva cívica e justifique a escolha de tornar-se paladino da justiça, ainda que em detrimento do dever de filho. A pergunta, porém, não se cala, rediviva na sua lembrança dos recrutinhas, na noite de despedida com Tchelnóvski e a personagem-narrador ("O Diabo é que sabe por que a lembrança agora: eu tenho uma mãe, e cada qual deles também tem uma mãe, e isso toda a gente sabe"). O fio *mulher-mãe* fecha-se com o episódio da criada Aliona (cujo marido é cozinheiro para lembrar-nos das duas cozinheiras compadecidas dos recrutinhas): a mulher *sofredora* consegue mover o Toirovelha em defesa dela.

Uma imagem viva de *mulher* e *mãe*, feita de amor, compaixão e dor, que se concretiza nas duas cozinheiras, nas mães dos recrutinhas e Lídotchka, prepara a apreensão da anedota do gato Capitão. A revelação do seu verdadeiro sexo constitui um lembrete da importância das figuras de *mãe* e *mulher* no destino do protagonista. A história do que se dará com ele constitui uma meada, a cujo fio puxa o nome do gato. Ele traz, por parentesco, a *atamanikha, capitã* de um grupo armado; significativamente, dois traços seus ("toda bexiguenta e robusta") remetem-nos à "bexiguenta e grandota" das cozinheiras e revelam a contraposição entre uma mulher e cabeça de bando de sequestradores, de uma parte, e, de outra, uma mulher conhecedora da dor das mães a quem se arrancam filhos. A contraposição completa-se semanticamente quando a "loira e robusta" chefe de bandoleiros encontra outra sua antípoda, mãe Natália ("loira, alta e de saúde rija"): a primeira arranca pessoas a quem mais as ama, as suas mães, ao passo que a segunda, como a mercadora Puzanikha, adota quem tenha perdido a sua.

Como pôde ver-se, Leskov usa o artifício de introduzir personagens para falar do protagonista. As desventuras de Emilián Vyssótski e Timofiéi Nevstrúev nas suas romarias aludem ao Toirovelha, e um lembrete disso faz-se claramente: o nome de uma das acompanhantes do primeiro na peregrinação a Mtzensk é *Aliona*, o mesmo da moça defendida pelo protagonista em casa de uns aristocratas. O nome *Natália*, feminino de *Natal*, designação do feriado do 25 de dezembro (latim *dies natalis, natalis domini*), pode traduzir-se como "dia de nascimento" ou, simplesmente, "nascimento"; ele aponta para a nova maneira de o Toirovelha encarar as mulheres. Os desencontros e malogros deitam abaixo a sua misoginia, e ele, sensível somente à mulher a quem tenham feito ou façam mal, agora apaixona-se por uma, e ela engendra-lhe a transformação, insinuada pela revelação do gato Capitão (*Kapitan*): um *capitão*, homem de armas, associado a guerra e morte, dera lugar a uma *mãe*, matriz da vida e dela promotora (variante da oposição de contrários, contida em *Vassíli* e *Toirovelha*). A anedota do bichano tem a função de realizar a história dentro da história.

Quando ao Toirovelha confronta a possibilidade de haver contribuído para o nascimento de um ser, vale dizer, de ser o análogo masculino a uma *mulher-mãe*, inicia-se a sua transformação: a natureza prevalentemente arrogante e estúpida, associada ao *masculino*, recebe um golpe, assestado pelo poder moderado e benfazejo, prevalentemente associado ao *feminino*. A remessa à esposa do dobro da quantia enviada à genitora faz pensar numa nova apreciação da mulher; rebrota tudo o que havia de belo e luminoso no nome *Glafira* e no patronímico *Afinoguiénovna*, sobrepondo-se à carga negativa do sobrenome *Múkhina*: a compaixão pela mulher sofredora prepara o caminho para o reconhecimento da mulher também como amiga e companheira do homem, como ser também inteligente e sensível à beleza e à cultura. O processo de humanização do Toirovelha é insinuado pelo gato Capitão-mãe e pela mãe Natália e Glafira, e culmina com Anastassia, que cuidou dele como *mãe*: *Anastassia* é a forma feminina do grego *Anastás* ("volta à vida", "ressurreição").

Os nomes próprios encontrados na novela representam algo como a fronde de uma árvore, cujo tronco é a alcunha *Toirovelha*. Tendo estabelecido uma teia de ligações entre as personagens, distribuem os temas e reforçam a junção das partes da narrativa e encontram sempre uma justificação para a sua escolha; alguns dão início à linha de um tema, outros desenvolvem-na, e alguns retomam veladamente situações do enredo e apresentam-nas em patamar semanticamente mais saturado. Fica bem evidente, pelas palavras de Floriênski, "essa função do nome — a de consolidante da abóbada do castelo".[20] Os nomes próprios têm enorme fun-

---

[20] Pável Floriênski, *op. cit.*, p. 172.

ção composicional, como importante fio da textura da narrativa, já que escrever uma obra literária semelha confeccionar um tapete.

* * *

Em obras ficcionais, a função dos nomes próprios pode, além de identificadora, ser também informativa.

A literatura constitui um campo de nomes "falantes", vale dizer, nomes de gente ou de coisas, patronímicos, apelidos, apodos e alcunhas mais ou menos semanticamente densos, dotados, mor das vezes, de transparente significado e viva figuratividade. Eles constituem combinações de letras e sons destinadas a estabelecer uma relação da semântica da sua base nominal com o caráter da personagem e a suscitar determinadas associações de natureza de fundo histórico ou cultural; sóem, ademais, revelar estratos mais profundos da obra.

A singularidade intencional dos nomes próprios exige comentário do seu lado semântico e da sua função na obra vertida. Os antropônimos, em particular, constituem importante meio da poética dos escritores e contribuem para a coerência do enredo, o adensamento do conteúdo da obra e o desenvolvimento das ideias dela originadoras. Deve estabelecer-se o propósito norteador do batismo das personagens para a apreensão cabal do texto.

O nome, bem escolhido, interage com a ideia de partida do escritor e comunica-lhe um impulso da natureza da potência despertada na ostra perlífera, quando nela penetre algum corpo estranho (grão de areia, parasita, pedaço de coral ou rocha); o instinto defensivo do molusco torna-se poder criador. Por outras palavras, o nome da personagem principal atua como coadjuvante da ideia original do(a) escritor(a) e sói ser a parte visível do iceberg da personagem.

Na transmissão dos nomes próprios russos para o português tem prevalecido o método da transliteração e acrescimo de comentário, e, em geral, tal é a prática adequada. Necessitados de invólucro legível, eles passam por *transliteração* — troca das letras do alfabeto cirílico, com a observância do seu som, pelas do português: Раскольников (*Raskólnikov*), Мышкин (*Mýchkin*), Волхонский (*Volkhónski*), Собакевич (*Sobakiévitch*), Бульба (*Bulba*), Гусев (*Gússev*).

Aos nomes dotados de claro sentido conotativo e necessitados, portanto, de especial atenção da parte do(a) tradutor(a), costuma dar-se uma interpretação adequada. É o caso de figuras históricas, a quem tenham sido dados apodos por alguma característica ou ação, como Piotr *Velíki* (Pedro, o Grande; "grande" pelos mais de dois metros de altura), e Ivan *Gróznyi* (Ivan, o Terrível; filhicida e tirano). Vale o mesmo para personagens de contos de magia e desenhos animados: *Tsariévna-liébed* (Princesa-Cisne), *Liagúchka-putechéstvennitsa* (Rã-Viajora), *Koniók Gorbuniók* (Cavalinho Corcovadinho) e *Tcheburachka* (Tchebolachas), macaco de orelhas de abano, parecidas a bolachas.

A tradução de antropônimos esbarra, quase sempre, no fato de inscreverem-se sobre um fundo histórico e religioso peculiaríssimo, com uma carga semântica e cultural desconhecida do leitorado estrangeiro (*Raskólnikov, Karamázov, Oblómov* etc.). O sistema russo de nomeação, com nome, patronímico e sobrenome, restringe a sua tradução a casos excepcionais. Um destes casos são contos da fase inicial de Tchekhov, nos quais a função dos nomes é clara (produção de efeito cômico) e tem-se liberdade em relação ao original ("Sobrenome Cavalino", "A morte de um funcionário", "Subtenente Prichibiéiev" e outros, nos quais a tradução dos sobrenomes beira com a obrigação).

Já apodos e alcunhas podem traduzir-se. Como acréscimo à identificação da personagem, caracterizam-na sob algum aspecto, suscitam expectativas em relação a ela, enfim, fazem parte da sua história e possuem, portanto, uma semântica, a qual se deve explicitar, se isso for possível e apropriado em termos estéticos. Devemos basear-nos na relação entre, de um lado, o apodo ou alcunha e, do outro, o caráter, modo de ser e agir da personagem, na tentativa de qualificá-la com um apelativo honroso a ela (o que esperamos ter logrado com *Toirovelha*).

Uma última palavra acerca dos nomes próprios russos: eles constituem um dos encantos de obras já tornadas patrimônio da humanidade, pela aliciante sonoridade, que nos acena com tudo o que a terra de Gógol, Leskov e Gárchin possui de misterioso e fascinante.

* * *

Fique registrada a gratidão deste tradutor à senhora Nadejda Íurievna Danílova, do grupo encarregado das notas às *Obras completas* de Nikolai Leskov, pelo esclarecimento de passagens das novelas, topônimos e termos de medicina popular.

SOBRE O AUTOR

Nikolai Semiónovitch Leskov nasce a 16 de fevereiro de 1831, na pequena cidade de Gorókhovo, província de Oriol. Seu pai, Semión, é um ex-seminarista que ocupa um elevado posto no departamento criminal da região, tendo a fama de ser um brilhante investigador. Em 1839, porém, Semión desentende-se com seus superiores e abandona o cargo, partindo com sua esposa Maria — filha de um nobre moscovita empobrecido — e seus cinco filhos para o vilarejo de Pánino, próximo à cidade de Krómi. É nesse período que o jovem Nikolai entra em contato com a linguagem popular que, mais tarde, tamanha influência exercerá em sua obra.

Em 1847, após abandonar o ginásio, ingressa no mesmo órgão em que anos antes seu pai trabalhara. No ano seguinte, Semión falece, e Nikolai Leskov solicita transferência para Kíev, na Ucrânia, o que ocorre em 1849. Nos oito anos que passa na região, frequenta como ouvinte a universidade, estuda a língua polonesa e trava conhecimento com diversos círculos de estudantes, filósofos e teólogos. Em 1853, casa-se com Olga Smirnova, filha de um mercador local, de quem se separaria no início da década seguinte.

Entre 1857 e 1860, trabalha numa empresa comercial inglesa, o que lhe propicia a oportunidade de viajar por diversas regiões da Rússia. As experiências desse período — descrito pelo próprio Leskov como a época mais feliz de sua vida — servirão de inspiração para muitas de suas histórias. De volta à cidade de Kíev, assina pequenos artigos e comentários em periódicos locais.

É apenas em 1862, já em São Petersburgo, que Leskov inicia sua carreira literária, publicando, sob pseudônimo, o conto "A seca". No mesmo ano, escreve, para a revista *Siévernaia Ptchelá* (*A Abelha do Norte*), um controverso artigo a respeito dos incêndios — provocados por estudantes do movimento niilista e por grupos nacionalistas poloneses — que à época assolavam a capital. O texto estabelece uma polêmica tanto com os liberais quanto com os conservadores. Em 1864, surgem duas de suas obras mais conhecidas: o romance *Sem ter para onde ir* e a novela *Lady Macbeth do distrito de Mtzensk*.

Já na década de 1870, após uma crise religiosa, rompe com a Igreja e publica *O anjo selado* (1872), além de uma série de artigos anticlericais. Entre 1874 e 1883, trabalha no Ministério da Educação, mas acaba dispensado por ser "demasiado liberal". Nesse período, surgem algumas de suas mais famosas narrativas, como as novelas *O peregrino encantado* (1873) e *Nos limites do mundo* (1875), e os contos "O canhoto vesgo de Tula e a pulga de aço" (1881), "Viagem com um niilista" (1882) e "A fera" (1883). Seu distanciamento em relação à Igreja Ortodoxa aumenta em 1887, quando conhece Lev Tolstói e adere a muitos de seus preceitos. Referências a essa nova postura aparecem em *Os notívagos* (1891).

Nos últimos anos de vida, Nikolai Leskov segue produzindo contos e peças e até auxilia na edição de suas obras completas, mas torna-se cada vez mais debilitado por conta de uma séria doença cardíaca, vindo a falecer em 5 de março de 1895. A despeito da relativa notoriedade de que gozou em vida, é apenas após a sua morte, na esteira de textos de Maksim Górki e de Walter Benjamin, que Leskov passará a ser reconhecido como um dos grandes nomes da literatura russa do século XIX.

SOBRE O TRADUTOR

Noé Oliveira Policarpo Polli possui graduação em Matemática pela Universidade de São Paulo e doutorado em Literatura Russa pela Universidade Estatal de Moscou. Atualmente é professor de língua e literatura russas na Faculdade de Filosofia, Letras e Ciências Humanas da USP. Publicou diversos artigos em revistas acadêmicas, além de traduções, como *O violino de Rothschild e outros contos*, de Anton Tchekhov (Veredas, 1991), a coletânea *O bracelete de granadas*, de Aleksandr Kuprin (Globo, 2006), os contos "Neve", de Konstantin Paustóvski, e "Viagem com um niilista", de Nikolai Leskov, que integram a *Nova antologia do conto russo (1792-1998)* (Editora 34, 2011), e a coletânea de contos de Nikolai Leskov, *Homens interessantes e outras histórias* (Editora 34, 2012).

COLEÇÃO LESTE

István Örkény
A exposição das rosas
e A família Tóth

Karel Capek
Histórias apócrifas

Dezsö Kosztolányi
O tradutor cleptomaníaco
e outras histórias de Kornél Esti

Sigismund Krzyzanowski
O marcador de página
e outros contos

Aleksandr Púchkin
A dama de espadas:
prosa e poemas

A. P. Tchekhov
A dama do cachorrinho
e outros contos

Óssip Mandelstam
O rumor do tempo
e Viagem à Armênia

Fiódor Dostoiévski
Memórias do subsolo

Fiódor Dostoiévski
O crocodilo e
Notas de inverno
sobre impressões de verão

Fiódor Dostoiévski
Crime e castigo

Fiódor Dostoiévski
Niétotchka Niezvânova

Fiódor Dostoiévski
O idiota

Fiódor Dostoiévski
Duas narrativas fantásticas:
A dócil e
O sonho de um homem ridículo

Fiódor Dostoiévski
O eterno marido

Fiódor Dostoiévski
Os demônios

Fiódor Dostoiévski
Um jogador

Fiódor Dostoiévski
Noites brancas

Anton Makarenko
Poema pedagógico

A. P. Tchekhov
O beijo
e outras histórias

Fiódor Dostoiévski
A senhoria

Lev Tolstói
A morte de Ivan Ilitch

Nikolai Gógol
Tarás Bulba

Lev Tolstói
A Sonata a Kreutzer

Fiódor Dostoiévski
Os irmãos Karamázov

Vladímir Maiakóvski
O percevejo

Lev Tolstói
Felicidade conjugal

Nikolai Leskov
*Lady Macbeth
do distrito de Mtzensk*

Nikolai Gógol
Teatro completo

Fiódor Dostoiévski
Gente pobre

Nikolai Gógol
O capote e outras histórias

Fiódor Dostoiévski
O duplo

A. P. Tchekhov
Minha vida

Bruno Barretto Gomide (org.)
Nova antologia do conto russo

Nikolai Leskov
*A fraude
e outras histórias*

Nikolai Leskov
*Homens interessantes
e outras histórias*

Ivan Turguêniev
Rúdin

Fiódor Dostoiévski
*A aldeia de Stepántchikovo
e seus habitantes*

Fiódor Dostoiévski
*Dois sonhos:
O sonho do titio e
Sonhos de Petersburgo
em verso e prosa*

Fiódor Dostoiévski
Bobók

Vladímir Maiakóvski
Mistério-bufo

A. P. Tchekhov
Três anos

Ivan Turguêniev
Memórias de um caçador

Bruno Barretto Gomide (org.)
*Antologia do
pensamento crítico russo*

Vladímir Sorókin
Dostoiévski-trip

Maksim Górki
*Meu companheiro de estrada
e outros contos*

A. P. Tchekhov
O duelo

Isaac Bábel
*No campo da honra
e outros contos*

Varlam Chalámov
Contos de Kolimá

Fiódor Dostoiévski
Um pequeno herói

Fiódor Dostoiévski
O adolescente

Ivan Búnin
O amor de Mítia

Varlam Chalámov
*A margem esquerda
(Contos de Kolimá 2)*

Varlam Chalámov
*O artista da pá
(Contos de Kolimá 3)*

Fiódor Dostoiévski
Uma história desagradável

Ivan Búnin
O processo do tenente Ieláguin

Mircea Eliade
Uma outra juventude e Dayan

Varlam Chalámov
Ensaios sobre o mundo do crime
(Contos de Kolimá 4)

Varlam Chalámov
A ressurreição do lariço
(Contos de Kolimá 5)

Fiódor Dostoiévski
Contos reunidos

Lev Tolstói
Khadji-Murát

Mikhail Bulgákov
O mestre e Margarida

Iuri Oliécha
Inveja

Nikolai Ogrióv
Diário de Kóstia Riábtsev

Ievguêni Zamiátin
Nós

Boris Pilniák
O ano nu

Viktor Chklóvski
Viagem sentimental

Nikolai Gógol
Almas mortas

Fiódor Dostoiévski
Humilhados e ofendidos

Vladímir Maiakóvski
Sobre isto

Ivan Turguêniev
Diário de um homem supérfluo

Arlete Cavaliere (org.)
Antologia do humor russo

Varlam Chalámov
A luva, ou KR-2
(Contos de Kolimá 6)

Mikhail Bulgákov
Anotações de um jovem médico e outras narrativas

Lev Tolstói
Dois hussardos

Fiódor Dostoiévski
Escritos da casa morta

Ivan Turguêniev
O rei Lear da estepe

Fiódor Dostoiévski
Crônicas de Petersburgo

Lev Tolstói
Anna Kariênina

Liudmila Ulítskaia
Meninas

Vladímir Sorókin
O dia de um oprítchnik

Aleksandr Púchkin
A filha do capitão

Lev Tolstói
O cupom falso

Iuri Tyniánov
O tenente Quetange

Ivan Turguêniev
Ássia

Lev Tolstói
Contos de Sebastopol

Tatiana Tolstáia
No degrau de ouro

Este livro foi composto em Sabon, pela Franciosi & Malta, com CTP e impressão da Edições Loyola em papel Pólen Natural 80 g/m² da Cia. Suzano de Papel e Celulose para a Editora 34, em novembro de 2024.